BERNHARD SPRING

Todesnacht auf Rügen

URLAUB, MEER UND MORD Stefan Wolff verbringt mit seiner Freundin Julia ein paar Tage in Binz. Doch mehr als Ostsee und Strand interessieren den Lehrer die Intrigen um die betuchten Hotelgäste. Unter ihnen sorgt vor allem Katharina von Berg für Aufregung. Die Millionärsgattin kokettiert mit ihrem Liebhaber und provoziert damit nicht nur ihren nachgereisten Ehemann. Als sie tot aufgefunden wird, steht für Kriminalkommissar Steinhagen der Täter schnell fest. Doch Wolff weiß, dass nahezu jeder Hotelgast ein Mordmotiv hatte. Schon begibt er sich auf die Jagd nach dem wahren Täter. Doch seine Nachforschungen stoßen nicht nur bei Steinhagen auf Missfallen. Auch Julia sieht es gar nicht gern, dass Wolff im Urlaub zum Hobbydetektiv avanciert. Entsprechend vorsichtig muss Wolff seine Ermittlungen anstellen. Dabei drängt die Zeit, denn mit jedem neuen Tag neigt sich der Urlaub seinem Ende zu …

© privat

Bernhard Spring, 1983 in Halle (Saale) geboren, ist promovierter Germanist und Krimiautor. Für seine Kurzgeschichten und Romane erhielt er diverse Literaturpreise. Nachdem er mehrere erfolgreiche Krimis um den Dichter Joseph von Eichendorff und den Merseburger Kommissar Till Thamm veröffentlicht hat, legt er mit »Todesnacht auf Rügen« den ersten Krimi um den Lehrer und Hobbydetektiv Stefan Wolff vor. Spring lebt in Leipzig.

BERNHARD SPRING

Todesnacht auf Rügen

KRIMINALROMAN

GMEINER

Immer informiert

Spannung pur – mit unserem Newsletter informieren wir Sie
regelmäßig über Wissenswertes aus unserer Bücherwelt.

Gefällt mir!

Facebook: @Gmeiner.Verlag
Instagram: @gmeinerverlag
Twitter: @GmeinerVerlag

Besuchen Sie uns im Internet:
www.gmeiner-verlag.de

© 2023 – Gmeiner-Verlag GmbH
Im Ehnried 5, 88605 Meßkirch
Telefon 0 75 75 / 20 95 - 0
info@gmeiner-verlag.de
Alle Rechte vorbehalten
1. Auflage 2023

Lektorat: Claudia Senghaas, Kirchardt
Herstellung: Mirjam Hecht
Umschlaggestaltung: U.O.R.G. Lutz Eberle, Stuttgart
unter Verwendung eines Fotos von: © refresh(PIX) / stock.adobe.com
Druck: CPI books GmbH, Leck
Printed in Germany
ISBN 978-3-8392-0421-4

Für Aino, der mir geholfen hat, diesen Fall zu lösen

PROLOG

Wolff drehte sich erwartungsvoll zu der Uhr um, die über der Tafel hing. Der große Zeiger unter dem vergitterten Milchglas schob sich allmählich zur Zwölf hinauf. Noch sieben Minuten, dann konnte er gehen.

Vor ihm lag das Klassenbuch. Er tippte mit dem Kugelschreiber auf die leeren Zeilen. Er hatte keine Ahnung, was er in der vergangenen Woche unterrichtet hatte. In der 4b war er mit dem Stoff weiter gekommen als in der 4c, das wusste er genau. Und in der zweiten Klasse ging es um die Zahlen bis 100 – das ganze Schuljahr schon. Aber die 4c?

Nervös trommelte er mit dem Stift auf das Papier. Der Direktor erwartete das Klassenbuch nachher im Lehrerzimmer auf dem neusten Stand, da war er penibel. Aber wenn Wolff heute nicht pünktlich aus der Schule fortkam, würde zu Hause Julia einen Aufstand machen. Immerhin wollte sie noch bestimmen, was Wolff in die Koffer packen sollte. Und sie wollte ihn abfragen, ob er den Wagen getankt hatte, ob er Frau Keller an die Post und die Blumen erinnert hatte, ob er im Hotel angekündigt hatte, dass sie vor 14 Uhr kommen würden, und – das Wichtigste – ob er daran gedacht hatte, doch wirklich gleich für den ersten Morgen eine Massage zu buchen.

Noch fünf Minuten. Hatte er mit den Viertklässlern multiplizieren oder dividieren geübt? Es wollte ihm beim besten Willen nicht einfallen. Es wurde wirklich Zeit, dass er Ferien bekam. Er vergaß ja alles. Lag das vielleicht daran, dass er im letzten Jahr die Vierzig geknackt hatte? Aber nein, beruhigte er sich. Er brauchte einfach nur dringend Erholung! Und wen interessiert es überhaupt, was da im Klassenbuch stand? Wie wollte der alte Direktor das überprüfen? War es nicht letztlich egal? Noch zwei Minuten. Wolff atmete tief ein. Es war nur eine kleine, harmlose Lüge. Er lehnte sich zurück und setzte den Kugelschreiber an: Am Mittwoch, in der zweiten und dritten Stunde, hatte er mit der 4c also …

Da klopfte es.

Es klopfte so zögerlich, als ob die Person vor der Tür eigentlich gar nicht auf sich aufmerksam machen wollte. Und doch schreckte Wolff wie ertappt auf. »Ja!«, rief er und räusperte sich. Schnell legte er den Kugelschreiber beiseite, als könnte er ihn verraten. »Ja!«, rief er noch einmal, diesmal etwas lauter, weil sich an der Tür nichts tat. Da trat ein Mann ein, den Wolff noch nie gesehen hatte. Trotz seiner Massigkeit huschte er gelenkig wie eine Katze durch den offenen Spalt und schloss die Tür auch schon lautlos hinter sich, alles im selben Augenblick. Der Mann sah Wolff aus gehetzten Augen an. Das verlegene Lächeln auf seinem Mund wirkte wie angeklebt. »Entschuldigen Sie – Herr Wolff? Haben Sie noch Sprechstunde?«

Wolff sah zu der Uhr hinauf. Zwei Minuten nach vier. Er lächelte säuerlich und nickte.

»Es geht um meinen Sohn«, erklärte der Mann und kam mit eiligen Schritten näher. Wolff versuchte, in dem teigigen Gesicht eine Ähnlichkeit zu irgendeinem seiner Schüler auszumachen, doch umsonst. Unter dem Zuviel an Fett und Haut konnten die Konturen eines jeden Jungen verborgen liegen, den Wolff unterrichtete.

»Aber zuerst: meine Frau!«, hastete der Mann. Er zog einen der Stühle heran und nahm auf ihm Platz. Der Stuhl verschwand unter seinen ausladenden Hüften. »Ich weiß, dass Sie normalerweise mit meiner Frau über den Jungen reden, natürlich. Da will ich mich auch gar nicht einmischen. Und gerade deshalb – Sie verstehen sicher. Man ist ja auch nur ein Mensch, nicht wahr? Also, nun ja, unterm Strich: Ich will keinen Ärger, Sie verstehen? Deshalb wäre es mir ganz lieb, wenn Sie unser Gespräch – nun ja – meine Frau muss ja nicht unbedingt wissen, dass ich hier war. Deshalb möchte ich Sie bitten, die ganze Sache …« Sein gequälter Blick wandte sich von Wolff ab und schweifte die Tafel entlang. Ganz offensichtlich suchte er nach dem passenden Wort. Doch die Tafel war leer, und wenn sie es nicht gewesen wäre, wäre sie mit Zahlen statt mit Wörtern beschrieben gewesen. Wolff unterrichtete schließlich Mathematik.

»Ich werde das Gespräch natürlich *vertraulich* behandeln«, half der Lehrer aus. Der Mann atmete erleichtert aus, und Wolff wusste nicht, ob es wegen des gefundenen Wortes oder wegen seiner zugesicherten Verschwiegenheit war.

»Wissen Sie, der Friedrich …«, setzte der Mann an, da hob Wolff schon den Zeigefinger wie sonst seine Schüler. »Lange oder Marek?«

»Marek natürlich! Friedrich Marek, Klasse 4c – ach ja.« Der Mann lachte in kurzen Stößen auf. »Sie kennen ja nur meine Frau. Und deshalb bin ich ja jetzt auch da. Weil mich das ja normalerweise auch alles gar nichts angeht. Welche Hefte für das neue Schuljahr gebraucht werden und wohin die Klassenfahrt geht und wer von den Eltern beim Wandertag als Begleiter mitfährt – Sie wissen schon, das ganze Zeug eben.« Er straffte den Rücken durch, indem er sich auf den Knien abstützte. »Ich würde mich da ja auch einbringen, bei den Wandertagen, meine ich. Aber ich bin berufstätig, selbstständig sogar. Da kann ich nicht alle Wochen auf Klassenfahrt gehen. Ich muss arbeiten.« Er dachte kurz über seine Worte nach, dann beugte er sich vertraulich Wolff entgegen. »Das soll nicht heißen, dass Sie nicht auch arbeiten würden. Aber Sie wissen ja, was ich meine, nicht wahr?«

Wolff nickte ungeduldig. Ohne sich nach der Uhr umzudrehen, spürte er, dass es jetzt sicher schon zehn nach vier war. »Friedrich Marek also«, führte er zum vermeintlichen Anlass des Gesprächs zurück. »Ich weiß eigentlich gar nicht, worüber Sie da mit mir sprechen wollen. Friedrich gehört zu den Besten des ganzen Jahrgangs, ich habe auch eine Empfehlung geschrieben …«

»Ja, genau!«, fiel ihm Marek ins Wort. »Darum geht es ja, um Ihre Empfehlung. Gerade Sie, als Klassenlehrer – und wo Sie doch auch noch Mathe unterrichten und nicht so ein Nebenfach wie Ethik oder Gestalten oder was es da noch so gibt – Sie wissen schon. Da zählt doch Ihre Meinung ganz besonders. Und was machen Sie? Meine Frau hat's mir brühwarm erzählt. Ich hatte ja keine Ahnung!«

Wolff legte die Stirn in Falten. »Ich kann Ihnen versichern, dass ich nur gute Worte über Ihren Sohn verloren habe.«

»Ja, und wie!«, verschluckte sich Marek. »Ich höre sie ja jetzt noch: ›Hochbegabt, hat der Lehrer gesagt. Hörst du, Thomas, hochbegabt ist unser Sohn. Er soll aufs Gymnasium. Alles andere wäre ein Fehler. Und wir sollten ihn testen lassen, die Uni hat da so ein Programm für talentierte Kinder. Hochbegabt, Thomas, hättest du das gedacht – unser Sohn. Ich sag dir, das hat er von mir!‹ So ging das den ganzen Abend. Und am nächsten Tag wusste es das ganze Viertel. Da haben Sie mir ja was Schönes eingebrockt!«

Wolff versuchte, einen milden Blick aufzulegen. »Ich verstehe, worauf Sie hinauswollen«, sagte er schließlich. »Aber das muss Ihnen wirklich keine Angst machen. Auch wenn Ihr Sohn intellektuell vielleicht irgendwann einmal in anderen Sphären unterwegs sein sollte als Sie – und so genau kann man das ja in diesem Alter noch nicht wissen. Ich meine, wer kann schon sagen, was aus diesen kleinen Kerlchen wird? – selbst dann wird er Sie immer auf der sozialen Ebene gehörig brauchen. Glauben Sie mir, Sie werden als Vater immer eine wichtige Bezugsperson für ihn sein, egal, was wird.«

»Aber das will ich doch gar nicht!«, brach es aus Marek heraus. »Darum geht es doch. Denken Sie doch mal an mich! Ich bin selbstständig, ich habe eine Firma. Sanitäranlagen Marek – kennen Sie doch sicher! Den ganzen Laden habe ich aufgebaut, praktisch aus dem Nichts. Und wer soll denn das alles mal übernehmen, wenn ich nicht mehr kann? Verstehen Sie? Was soll ich denn mit einen Sohn, der hochbegabt ist und irgendwas studiert, was keiner braucht – und wenn er den Nobelpreis dafür bekäme! Ich brauche einen Sohn, der sein Handwerk von der Pike auf gelernt hat und nach der Ausbildung seinem alten Herrn unter die Arme greift.«

Der Mann schien nach diesem Ausbruch erschöpft zu sein. Mühsam fingerte er ein Taschentuch aus seiner Hose und wischte sich damit die Stirn ab. »Ich brauche einen Nachfolger, kein Genie«, meinte er kläglich.

Wolff überlegte. »Ich nehme an, dass Sie keinen weiteren Sohn haben – oder vielleicht eine Tochter?«

»Friedrich ist unser Einziger. Und das war schwer genug, sage ich Ihnen! Deshalb schwirrt ja seine Mutter über ihm wie so ein Polizeihubschrauber überm Fußballfeld. Und deshalb hört sie ja so genau hin, wenn Sie oder irgendwer was über ihn sagt. Schon als damals unser Kinderarzt, der alte Huber, keine drei Monate nach der Geburt wegen Friedrichs Leisten meinte …«

Wolff hatte das ungute Gefühl, dass der Mann drauf und dran war, elf Kinderjahre in Echtzeit nachzuerzählen. Die vergitterte Uhr in seinem Rücken fiel ihm ein. Und Julia. Und der Direktor, dazu das Klassenbuch. Was hatte er am Mittwoch unterrichtet: Multiplikation, Division – oder ganz allgemeine Bruchrechnung? Himmel, er war wirklich urlaubsreif! Je länger er darüber nachdachte, umso mehr mögliche Themen fielen ihm ein. Aber es war zumindest etwas Mathematisches, versuchte er sich zu beruhigen. Da hatte er eine Idee.

»Herr Marek«, fiel er mitten in den Bericht über die Windpocken kurz vor Friedrichs drittem Geburtstag. »Ihr Sohn hat doch am letzten Donnerstag eine Leistungskontrolle bei mir geschrieben, nicht? Freitag hat er sie doch zurückbekommen – wieder ein Einser.«

»Ja«, meinte Marek zerknirscht. »Schon wieder.«

»Sie wissen nicht zufällig, worum es in dem Test ging – Multiplikation vielleicht? Oder Bruchrechnung?«

Der Mann sah ihn irritiert an. Wolff erkannte, dass Marek genauso wenig wie er wusste, was er in der vergangenen Woche unterrichtet hatte. »Schade«, meinte der Lehrer mit einem Anflug von Enttäuschung.

Für einen kurzen Moment schüttelte Marek den Kopf wie ein Hütehund, der sich wachrüttelt. »Ja, schade. Sehen Sie, das ist ja genau das, was ich meine. Schon wieder eine

Eins. Geben Sie ihm doch mal eine Drei. Seit wann ist denn eine Drei eine schlechte Note? Und schreiben Sie doch Ihre Laufbahnempfehlung bitte in Richtung Mittelschule. Ich will Ihnen weiß Gott nicht reinreden, aber ließe sich nicht zumindest die Sache mit der Hochbegabung vermeiden? Das ist doch nur ein Wort …«

»Andere Eltern wären stolz darauf«, warf Wolff teilnahmslos ein. Er sah, dass dieses Gespräch zu nichts mehr führte. Und sein Klassenbuch bekam er davon auch nicht voll.

»Ja, aber andere Eltern haben auch keine Firma aufgebaut.« Marek erhob sich schwer. »Bei uns gibt es Punkt um sechs Essen«, meinte er mit einem entschuldigenden Lächeln. »Und da komme ich nie zu spät. Meine Frau denkt, ich bin bei einem Lieferanten. Wenn ich jetzt nicht fahre, gibt's Ärger.« Er reichte Wolff seine breite Hand. »Und Sie vergessen nicht mein kleines Anliegen? Es muss ja nicht gleich ein Vierer sein. Aber vielleicht kommen wir zum Halbjahreszeugnis irgendwie noch auf eine Zwei in Mathe?«

»Man weiß nie«, meinte Wolff unbestimmt und ergriff die ihm dargebotene Hand. Marek nickte bekräftigend. »Hoffen wir das Beste!«, erklärte er zuversichtlich. »Und wie gesagt: bitte kein Wort zu meiner Frau. Ich war nie hier. Sie verstehen.« Damit ging er und zog die Tür ebenso schnell wie lautlos hinter sich zu.

Wolff hatte sich zur Verabschiedung erhoben, jetzt nahm er wieder Platz. Er schlug das Klassenbuch auf. Marek hatte alles nur schlimmer gemacht, wie Wolff mit einem Blick auf die Uhr feststellte. Nicht nur, dass es auf fünf zuging. Jetzt war Wolff ganz sicher der Letzte im Haus und musste überall die Lichter ausmachen und die

Schule abschließen. Der Direktor war da eigen, weil doch der Sicherheitsdienst erst um zehn kam. Und noch immer wusste er nicht, was er am Mittwoch unterrichtet hatte: Multiplizieren oder Dividieren? Doch nun hatte er keine Zeit mehr, darüber nachzudenken. Julia wartete sicher auf ihn, und schlimmer: Bestimmt hatte sie schon angefangen, seinen Koffer zu packen. Und er müsste dann eine Woche lang tragen, was sie ausgesucht hatte!

Wolff griff zum Kugelschreiber. Multiplizieren oder Dividieren? Sein Blick überflog die übrigen Eintragungen. Alle Kollegen hatten den Mittwoch fleißig befüllt, nur die Zeile für die beiden Mathestunden war noch leer. »Was ich unterrichtet habe?«, murmelte er vor sich hin und setzte den Stift hinter dem freien Feld an. »Rechnen«, schrieb er kurzerhand, dann klappte er das Klassenbuch zu.

1. KAPITEL

»Ist es nicht schön hier?«

»Es zieht.«

»Aber schau dir doch nur mal den Strand an!«

»Da zieht's auch.«

Wolff schlug den Kragen hoch. Schon als sie durch die menschenleere Hauptstraße gegangen waren, hatte sich ihm die Frage aufgedrängt, warum sie ausgerechnet im November nach Binz gefahren waren. Ganz Rügen schlummerte in der Außersaison. Nur die Möwen waren noch da.

Es war Julias Idee gewesen. »Den Herbst in Binz!«, hatte sie geschwärmt, und was auch immer sie sich darunter vorgestellt hatte, es hatte sie geradezu befallen wie eine fixe Idee. Und Wolff hatte den Moment verpasst, in dem er noch Einfluss auf die gemeinsame Urlaubsplanung hätte nehmen können. Oder hatte es diesen Moment in Wahrheit nie gegeben?

Und so standen sie nun auf der Seebrücke, wo ihnen der Wind nasskalt um die Ohren wehte. Das Geländer, an das sich Julia lehnte, glitzerte nass. Vor ihr bauschte die Ostsee grün und dunkel um die Pfeiler der Brücke. Graue Gischt spritzte auf die Holzplanken und machte sie rutschig. Wolff fühlte eine unangenehme Kälte unter seine Jacke dringen. Er sah hinaus auf das offene Meer, das fast nahtlos in den wolkendichten Himmel überging. Er sah nichts. Trotzdem starrte Julia ganz gebannt in das Dunkel des Nachmittags.

Vom Strand her schimmerten die Lichter des Kurhauses über das Wasser. Da ist noch Leben, dachte Wolff, dort gibt es etwas zu trinken. Er hatte die Anreise noch nicht verdaut: Sechs Stunden Autofahrt quer durch die Republik, dann Julia, die unbedingt sofort zum Strand musste, um das Meer zu begrüßen, wie sie gesagt hatte. Und das noch vor dem Auspacken! Und zur besten Kaffeezeit!

»Wollen wir langsam zurück?«, fragte Wolff sehnsüchtig. Aber Julia reagierte nicht. Erst nach schier endlos erscheinenden Minuten meinte sie: »Nur noch kurz.« Wolff ging unruhig auf und ab. Im Herbst an die Ostsee! Er verstand noch immer nicht, was er hier machte.

Auf dem Heimweg bekam er es schließlich erklärt. »Natürlich ist im November kein Sommerwetter«, holte Julia aus und hakte sich bei ihm unter. »Aber dafür kriegen wir auch keinen Sonnenbrand, oder? Siehst du. Und überleg mal, wie voll es hier im Sommer ist. Jetzt haben wir den ganzen Strand für uns.«

»Aber dafür können wir hier nichts machen«, warf Wolff ein.

»Wir sind doch aus dem Alter raus, in dem man Sandburgen baut und Muscheln sammelt! Weißt du eigentlich, was für herrliche Wellnessangebote Binz hat? Ich hatte dir doch diese Broschüre aus dem Reisebüro mitgebracht. Und wolltest du nicht auch im Internet noch ein bisschen recherchieren? Hier gibt es sogar Yogakurse. Und Sauna! Hast du übrigens die Massage für morgen früh gebucht?«

Wolff nickte. Wellness! Fast wünschte er sich in sein staubiges Klassenzimmer zurück. Julia schien seine Gedanken lesen zu können. »Aber ganz ruhig, Tiger«, säuselte sie lachend. »Du wirst dich schon entspannen. Du musst es nur zulassen.«

Am Ende der Seebrücke blubberte ein Brunnen vor sich hin. In der Hauptstraße hatte eine Konditorei den halben Fußweg mit runden Tischen und Korbstühlen bestellt. Julia wählte einen Platz unter den Markisen. Es gab Himbeerschnitte und Café Crème. Julia beobachtete aufmerksam, wie Wolff zwei Stück Zucker in Herzform in seiner Tasse verrührte.

»Du solltest mehr Sport treiben«, sagte sie nachdenklich.

»Aber nicht jetzt«, gab Wolff zurück. »Wir sind im Urlaub.«

»Sag das mal deinem Gesicht«, meinte sie schalkhaft und lehnte sich genüsslich in ihrem Stuhl zurück. »Wir sollten Fahrräder ausleihen. Vielleicht kann man uns im Hotel sagen, wo es welche gibt. Gleich für die ganze Woche?«

Wolff legte die Stirn in Falten. »Wie soll denn das Wetter werden?«

»Spielverderber!«, rief Julia. »Wenn du so weiter machst, ertränke ich dich im Moorbad!«

»Die Moorleiche von Binz«, lachte Wolff. »Das wäre ja ein grandioser Abgang.«

Später schlenderten sie zum Hotel zurück und gingen dabei durch die Paulstraße, die Wandastraße und die Margaretenstraße. Die Hotels, an denen sie vorbeikamen, hießen Villa *Seeblick, Meersalz, Strandgut, Düne* und *Sanddorn, Annegret, Augusta, Hanna* und *Viktoria*. Ihr eigenes Hotel hieß *Villa Doris* und war wie die übrigen Häuser in der Straße in der Bäderarchitektur erbaut worden: Das eigentliche Gebäude verschwand hinter hölzernen Balkonen und Verzierungen, alles in Weiß gehalten. Zu beiden Seiten der zweiflügeligen und doch unscheinbaren Eingangstür lagen jeweils zwei beinah ebenerdige Balkone. Darüber erhoben sich zwei weitere Etagen mit je fünf Balkonen, die von einem flachen Dach bedeckt wurden.

Hinter der Eingangstür mündete ein kurzer Flur in einem runden Foyer, in dem eine große, blassgrüne Palme den Tresen der Rezeption beschattete. Daneben schraubte sich eine Wendeltreppe zu den oberen Stockwerken empor. Links und rechts führten flache, marineblaue Läufer aus dem Foyer hinaus in die Räume des Erdgeschosses.

»Guten Tag und herzlich willkommen in der *Villa Doris*!«, rief der Mann hinter der Rezeption, als würde er das eintretende Paar zum ersten Mal in seinem Leben sehen, dabei hatten sie doch schon vor dem Strandspaziergang hier eingecheckt. »Sie haben also das Meer begrüßt und möchten nun Ihr Zimmer beziehen?«, erkundigte er sich und gab damit zu verstehen, dass er Julia zuvor durchaus sehr aufmerksam zugehört hatte.

»Ja, bitte«, bestätigte Wolff, stellte die Koffer ab und drückte vorsichtig den schmerzenden Rücken durch. Was hatte Julia nur alles eingepackt?

»Das Zimmer Nummer 204 ist das Ihre«, erklärte der Portier förmlich und reichte zwei Schlüssel mit einem breiten Messingschild über den Tresen. »Es befindet sich in der zweiten Etage. Einen Fahrstuhl gibt es leider nicht im Haus, aber gern bin ich Ihnen mit dem Gepäck behilflich, wenn Sie mögen.«

Wolff lehnte freundlich ab. Er konnte die Augen nicht von dem Portier lassen. Alles an dem Mann glitzerte und funkelte. Der schüttere, mit Pomade akkurat auf Linie gebürstete Haarkranz, die vollkommen faltenfreie, glänzende Stirn, die sich bis zum Hinterkopf erstreckte, die rahmenlosen Brillengläser, die strahlend weißen Zähne:

Der ganze Mann leuchtete und blendete wie das blank polierte Namensschild an seinem Sakko, das den Portier als Herrn Ehrenstein auswies. Er war weder alt noch jung, weder schlank noch dick, weder schön noch hässlich. Überhaupt fiel es Wolff schwer, an Ehrenstein irgendetwas Besonderes auszumachen. Nicht einmal die Farbe seiner Augen konnte er feststellen, so sehr blinkte das Brillenglas. Fast schien es, als hätte Ehrenstein mehr mit einer Stehlampe als mit einem Mensch gemein: Er leuchtete und glänzte, und wovon dieses Strahlen ausging, war nicht zu erkennen.

»Zimmer 204?«, wiederholte Julia. »Sie haben doch aber hier nicht über 200 Zimmer?«

Der Portier lächelte sein glitzerndes Lächeln. »Natürlich nicht«, räumte er ein. »Das Hotel verfügt über genau 32 Zimmer, allerdings befinden sich die meisten davon im Seitenflügel der Villa, der außerhalb der Hauptsaison verschlossen ist. Da haben Sie aber auch nichts verpasst, wenn Sie mich fragen, denn der Seitenflügel liegt fernab der Straße. Wenn man es ruhiger mag, ist man dort sicher gut aufgehoben, die Aussicht ist allerdings weniger schön.« Er machte eine nachsichtige Miene. »Man schaut halt nur in die Hinterhöfe der anderen Hotels. Hier im Haupthaus befinden sich zehn Zimmer, jeweils fünf in den beiden oberen Etagen, wobei die mittleren Räume etwas komfortablere Suiten sind. Die Zwei zu Beginn der Zimmernummer bezieht sich auf die Etage«, fügte er hinzu.

»Sind noch andere Gäste im Haus?«, fragte Wolff nach.

»Natürlich!«, erklärte Ehrenstein. »Wir sind sehr gut besucht dieser Tage. Direkt neben Ihnen, im Zimmer 205, wohnt Frau Tiberius, eine ganz reizende Person und Witwe eines hessischen Regierungsrats. In der Suite Nummer

203 logiert seit einer Woche Frau von Berg und daneben Frau Neuss. Sie wissen schon, die Keksfabrik. Sie sehen, unser Hotel ist ein Magnet für sehr ausgesuchte Gäste.«

Wolff nickte langsam. »Und offenbar für vorrangig weibliche Besucher. Wie erklärt sich dieser doch etwas einseitige Magnetismus?«

Ehrenstein verzog keine Miene. Sein beharrliches Lächeln überstrahlte das ganze Gesicht. »Nun, Binz ist ein bekannter Luftkurort. Das gilt auch für die Außersaison. Neben den genannten Damen hat unser Haus auch Doktor Gruber und Herrn Nimrod zum Gast, beide in der dritten Etage. Und erst gestern traf Herr von Berg ein und bezog das Zimmer 201. Ich kann Sie also beruhigen, Herr Wolff: Sie sind unter all den Damen nicht auf sich allein gestellt. Des Weiteren …« Ehrenstein rückte sich ein wenig zurecht und fuhr tonlos fort: »Das Frühstücksbüfett steht ab sieben im Speisesaal bereit. Einen Mittagstisch bieten wir leider nur am Wochenende an, allerdings können Sie ab 18 Uhr bei uns zu Abend essen. Wir führen eine umfangreiche Karte mit saisonalen Speisen aus der Region«, führte er aus. »Natürlich können Sie auch im Ort speisen. Einen gastronomischen Führer finden Sie auf Ihrem Zimmer, ebenso eine Übersicht zu allen Freizeitangeboten in Binz und auf Rügen überhaupt. Die Rezeption ist bis 21 Uhr besetzt. Hier stehe ich Ihnen gern für alle möglichen Fragen zur Verfügung.« Wie zur Bestätigung verneigte er sich leicht.

Wolff bedankte sich und schlängelte die beiden Koffer die enge Wendeltreppe hinauf. Im oberen Flur kicherte Julia: »War der nicht absolut komisch?« Wolff konnte sich ein Lächeln nicht verkneifen, trotz Julias schweren Koffers.

Das Zimmer hatte den Komfort eines Dreisternehotels, die Einrichtung wandelte im Grenzbereich zum Kitsch. Alles erinnerte nachdrücklich daran, dass man sich am Meer befand. Die Bilder an den Wänden zeigten Seefahrtsmotive, ein Buddelschiff zierte den Schreibtisch und ein scheinbar vom Strand aufgelesener, längst ausgetrockneter Ast lag im Fensterbrett. Auf der Tagesdecke fanden sich zwei kleine Päckchen mit Sanddornbonbons, im Bad waren Muscheln auf dem Fensterbrett und allen möglichen Flächen ausgebreitet. Bettwäsche, Handtücher und Wände waren in einem zarten Orange gehalten.

Julia schwor darauf, dass man vom Fenster aus beinah die Ostsee sehen konnte, obwohl sich Wolff sicher war, dass das Zimmer nach Süden ging, das Meer aber im Osten lag.

»Woher willst du das wissen!«, wischte sie mit einer flüchtigen Handbewegung seinen Einwand weg.

Während er die Anordnung der Fernsehkanäle überprüfte, räumte sie die Koffer aus. Lange Zeit war sie damit beschäftigt, ihre Waschtasche zu leeren und alle Fläschchen und Bürstchen um das Waschbecken herum zu drapieren. Später nahm sie eine Tablette gegen aufziehende Kopfschmerzen. »Hoffentlich wird es keine Migräne«, sagte sie und massierte sich sanft die Schläfen. Zur Sicherheit verschoben sie das geplante Abendessen in dem Fischrestaurant, das sie in der Hauptstraße ausgemacht hatten, und blieben im Hotel.

Sie waren nicht die ersten Gäste im Speisesaal, der sich im Erdgeschoss befand. Eine ältere Dame saß im hinteren Teil des Raumes und nickte dem eintretenden Paar zu, das am Fenster Platz nahm. Die Dame mochte wohl in ihren Siebzigern sein. Alles an ihr wirkte beigefarben: ihre üppigen Locken, unter denen ein blasses Gesicht aus den unzähligen Falten und Rüschen ihres Kleides ragte. Routiniert zog sie immer wieder ihre Handtasche auf ihren Schoß, um eine Tablette hervorzuholen. Wenn sie nach dem Wasserglas griff, um das Medikament hinunterzuspülen, klickten die Perlen ihrer ausladenden Halskette, die ihr dreifach über dem Dekolleté hing.

Mit behandschuhtem Finger rief sie wortlos die Kellnerin zu sich und gab mit schwacher Stimme ihre Bestellung auf. Wolff hörte vage heraus, dass sie ein weiteres Mineralwasser zum Essen orderte.

»Schau mal, jetzt regnet es«, meinte Julia. »Haben wir ein Glück, dass wir hier geblieben sind.«

»Fällt der Urlaub gerade ins Wasser?«, fragte Wolff und sah hinaus. Von ihrem Tisch aus konnte man in den Vorgarten und noch weiter schauen. Auf der gegenüberliegenden Straßenseite saßen andere Menschen im Speisesaal der *Villa Rosamunde* und schauten wie sie auf die leere Straße hinaus. Wolff überlegte, ob er ihnen winken sollte.

»Doch nicht wegen so einem bisschen Regen!«, sagte Julia bestimmt.

»Und deine Kopfschmerzen?«, erinnerte Wolff.

»Schauen wir mal.« Damit verschwand sie hinter der Speisekarte und bestellte kurz darauf einen gemischten Salat. Wolff nahm die griechische Bohnensuppe. Beides wurde bald serviert. Zu der Suppe gab es ein sehr blasses Baguette.

»Du«, sagte Wolff, während er das Brot abbrach. »Zwischen Massage und Sauna würde ich aber auch gern ein bisschen was sehen von der Gegend hier.«

Julia arbeitete sich durch die Unmengen von Rucola in ihrem Salat.

»Woran hast du gedacht?«

»Na ja«, holte Wolff aus. »Ich würde gern mal die Kreideküste sehen. Natürlich vom Wasser aus. Ich glaube, es fahren auch jetzt noch ein paar Schiffe von der Seebrücke aus ab. Und dann vielleicht eine kleine Fahrt mit dem *Rasenden Roland* runter auf diese Halbinsel, Mönchgut. Wir könnten zum Jagdschloss Granitz oder nach Prora. Ich würde gern den Hafen von Sassnitz sehen. Putbus muss nicht unbedingt sein, weil es das Schloss dort ja eh nicht mehr gibt. Aber wer weiß, an einem sonnigen Tag gefällt es uns dort vielleicht trotzdem? Und wenn uns gar nichts mehr einfällt, fahren wir einfach runter von der Insel nach Stralsund oder weiter nach Rostock. Was meinst du?«

Julia lächelte ihn an. »Du hast dich also doch schlaugemacht über Binz. Ich wusste doch, dass du nicht einfach so ins Blaue Urlaub machen kannst!«

»Ja, aber, was sagst du zu meinen Vorschlägen? Womit wollen wir anfangen? Was zum Beispiel machen wir morgen?«

Sie ergriff seine Hand. »Nichts von alledem.«

Er zog die Stirn kraus. »Was dann?«

»Keine Ahnung«, meinte sie leichthin. »Einen Urlaub kann man doch nicht so einfach durchplanen wie eine Unterrichtsstunde. Kannst du denn nicht wenigstens hier ein bisschen spontan sein? Außerdem weiß ich ganz genau, was du mit diesen Ausflugszielen bezweckst«, erklärte sie triumphierend. »Du willst dich vor der Sauna drücken. Aber damit kommst du mir nicht durch. Hier wird sich entspannt – und wenn ich dich dazu zwingen muss!«

Ehe Wolff etwas entgegnen konnte, betrat ein weiterer Gast den Speisesaal. Die Frau sah sich kurz um und eilte, kaum dass sie das Paar am Fenster erblickt hatte, auf Wolff und Julia zu. Sie wirkte in allem recht unauffällig, hübsch und gut gekleidet und doch etwas unscheinbar. Wenn nicht ihre übermäßig freudig strahlende Miene gewesen wäre.

»Ich darf doch?«, fragte sie höflich und nahm am Nebentisch mit dem Rücken zu Wolff Platz. Umgehend schob sie den Stuhl zur Seite, sodass sie den ganzen Raum im Blick hatte.

»Sie sind neu hier?«, erkundigte sie sich. Wolff bejahte.

»Das wäre ich auch gerne!«, seufzte sie theatralisch und kicherte gleich darauf. »Neu ankommen, alles noch einmal von Anfang an erfahren und erleben. Was würde man anders machen, was intensiver erleben? Ich beneide Sie fast ein wenig.«

Wolff wusste nicht recht, was er darauf entgegnen sollte. So legte er ein unsicheres Lächeln auf.

»Oh, es wird Ihnen hier gefallen, da bin ich sicher«, fuhr die Frau fort. »Allein die Luft! Ich komme fast nur deshalb hierher. Diese herrliche Mischung aus Salz und Nadelholz. Aber wie leicht hier das Atmen fällt, werden Sie erst bemerken, wenn Sie wieder daheim sind. Woher kommen Sie denn?«

»Aus Leipzig«, meinte Julia.

»Ach Leipzig, wunderbar! Die Frauenkirche, der Zwinger, das Grüne Gewölbe«, schwärmte die Frau verzückt.

»Nein, das ist Dresden«, korrigierte sie Wolff. »Bei uns steht nur das Völkerschlachtdenkmal.«

»Na, das macht doch nichts. Das ist sicher auch schön. Wissen Sie, ich kenne Sachsen nur aus der Zeitung.«

Die Kellnerin kam, nahm die Bestellung der Frau auf und räumte Wolffs Suppenteller ab. Julia arbeitete noch an ihrem Salat. Wolff warf einen kurzen Blick auf die Karte.

»Oh, nehmen Sie ja nicht den Heilbutt! Der hat sich bei mir zwei Tage später noch bemerkbar gemacht«, riet ihm die Frau, und zur Kellnerin gewandt: »Nichts für ungut.« Die junge Frau zuckte teilnahmslos mit der Schulter.

Wolff bestellte schließlich das Schnitzel *Hamburger Art* und die Kellnerin verließ den Raum. An den beiden Tischen am Fenster entstand eine unangenehme Pause. Die Frau lächelte Wolff aufmunternd zu, sodass er glaubte, etwas sagen zu müssen.

»Sie sind also schon länger hier?«, fragte er unsicher.

»Jeden Herbst«, erklärte die Frau. »Ich bin geradezu süchtig nach Rügen. Mal ist es Baabe, mal Binz, mal Göhren. Diese Ostseebäder – dieses herbe Klima, diese raue Männlichkeit. Alles hier ist wie der Sanddorn. Es schmeckt bitter, aber man weiß, dass es gesund ist. Oder zumindest bildet man sich das ein. Wenn Sie Ihren Tag auch jetzt im November mit einem Fußbad in der Ostsee beginnen, werden Sie verstehen, was ich meine. Antonia Neuss«, schob sie nach und reichte erst Wolff, dann Julia die Hand. »Neuss wie die Kekse. Das hat Ihnen der schwatzhafte Empfangschef sicher schon verraten. Wahrscheinlich kennen Sie schon Gott und die Welt! So ein herrlich loses Plappermaul!«

»Eigentlich nicht«, gestand Julia. »Um ehrlich zu sein, sind Sie der erste Gast, mit dem wir ins Gespräch kommen.«

»Ist es die Möglichkeit!« Frau Neuss winkte ab. »Das wird sich schnell legen. Es ist langsam Zeit für das Abendessen, und die meisten Besucher speisen im Hotel. Es haben ja auch fast alle Restaurants im Ort geschlossen. Spätestens in ein, zwei Stunden werden Sie wohl einen Großteil von den anderen Gästen kennen. Und dann gehören

Sie quasi mit zur Familie.« Sie rempelte Wolff ihren weichen Ellenbogen in die Seite. »Ob Sie wollen oder nicht!«

Wolff rutschte den Stuhl etwas von ihr weg, auch wenn er damit seinen Bauch unter der Tischplatte einklemmte. Frau Neuss schien das nicht zu bemerken. »Fragen Sie ruhig, was Sie wissen wollen! Nach all den Jahren kenne ich hier jeden und alles.«

Julia schien sie auf die Probe stellen zu wollen. »Wer ist denn diese ältere Dame dort beispielsweise?«, fragte sie neugierig und deutete mit einem kleinen Nicken auf die einzige andere Person im Raum.

»Das da?« Frau Neuss sah sich um. »Ach, ich vergesse immer, dass sie da ist. Sie heißt Tiberius, Rahel Tiberius. Ihr Mann war irgendein hohes Tier in Wiesbaden oder Darmstadt. Er ist schon lange tot. Sie hat so ziemlich jedes Altersleiden, das man sich vorstellen kann. Diabetes, Arthrose, Osteoporose, Gicht und irgendwas an der Schilddrüse. Sie schluckt den ganzen Tag Tabletten und wundert sich wahrscheinlich, dass sie trotzdem noch lebt.«

»Die Arme!«, entfuhr es Julia. Frau Neuss lächelte spöttisch. »Wir haben alle unsere kleinen Geheimnisse«, meinte sie. »Und auch diese kleine zierliche Person dort hat es faustdick hinter den Ohren. Glauben Sie bloß nicht, dass da tatsächlich Wasser in ihrem Glas ist. Sie spült die Tabletten den lieben, langen Tag mit purem Gin runter. Es ist alles nur für den guten Schein.«

Die Kellnerin brachte Frau Neuss eine Minestrone, wodurch das Gespräch unterbrochen wurde. Frau Neuss entschuldigte sich, immer noch lächelnd, und widmete sich ihrer Suppe. Die Kellnerin nahm bei Frau Tiberius im Vorbeigehen eine Bestellung auf und stieß in der Tür beinah mit zwei Gästen zusammen, die in diesem Augenblick den Speiseraum betraten.

»Aber wir bleiben doch nicht lange«, rief der Mann seiner Begleiterin zu. Sie würdigte ihn kaum eines Blickes. »Und wenn wir nur eine Sekunde blieben, Joachim, so wäre mir trotzdem kalt. Ich bestehe auf meinen Kaschmirschal! Oder willst du, dass ich mir den Tod hole?«

Frau Neuss lehnte sich leicht zu Wolff hinüber. »Das ist Frau von Berg mit ihrem Mann«, raunte sie ihm zu. Er nickte mechanisch.

Der Mann in der Tür diskutierte mit seiner Frau. »Lass uns doch erst mal in Ruhe essen, Schatz, dann …«

»Wenn du Ruhe haben möchtest, suche dir ein Grab!«, fuhr sie ihn giftig an. »Aber vorher bestehe ich auf meinen Schal.«

»Ja, Liebes«, gab er sich geschlagen. Sie reichte ihm einen Zimmerschlüssel und er trottete mit hängenden Schultern davon. Frau von Berg aber ließ ihren Blick durch den Saal schweifen und ging auf die neuen Gesichter am Fenster zu. Ihr schulterfreies Kleid unterstrich mit jedem Schritt ihre wunderbare Figur. »Sie müssen die Familie Wolff sein, von der im Haus die Rede ist. Na ja, zumindest wird dieser lächerliche Portier nicht müde, von dem Paar aus Sachsen zu sprechen. Ein furchtbar langweiliger Mann. Überhaupt« – sie blickte Frau Neuss direkt an – »tummeln sich hier überaus langweilige Personen. Wenn Ihnen einmal nach etwas gehobener Gesellschaft ist, kommen Sie gern auf mich zu.«

Damit zwinkerte sie Wolff aufreizend zu und zog sich an einen größeren Tisch in der Mitte des Raums zurück. »Charlotte oder wie Sie auch heißen«, rief sie der Kellnerin zu. »Bringen Sie mir einen Grünlack-Riesling von

Schloss Johannesberg, aber möglichst bald, wenn ich bitten darf.« Die Kellnerin nickte und hatte nun einiges zu tun. Julia bekam ihre Tintenfischringe, Wolff sein Schnitzel. Frau Neuss bestellte einen Haussalat und Frau Tiberius ein weiteres Mineralwasser. Mittendrin erschien ein Mann im Saal. Mit federndem Gang schritt er zu einem Tisch im Halbschatten und setzte sich mit eleganter Bewegung. Sein gepflegtes Auftreten und seine maßgeschneiderte Kleidung zeugten von Stil. Er schien das Altern zu genießen, weil er noch nicht ernsthaft von ihm betroffen war. Bei der Kellnerin bestellte er einen Cappuccino. So saß er bald mit seiner Kaffeetasse zwischen den übrigen Gästen, die mit dem Abendessen beschäftigt waren, als hätte er sich in der Tageszeit geirrt.

»Das glaubst du nicht«, flüsterte Julia Wolff zu, während sie ihre Tintenfischringe zerschnitt. »Schau nicht rüber. Aber der flirtet die ganze Zeit mit dieser unmöglichen Frau von Berg. Nicht rüberschauen, hab ich gesagt!«

Wolff wagte trotzdem einen Blick. In diesem Moment kam Herr von Berg mit dem gewünschten Schal zurück, den er seiner Frau um die nackten Schultern legte. »Lass das, Joachim!«, wehrte sie ab. »Wenn du jemanden zum Bemuttern brauchst, dann adoptiere doch ein Waisenkind.«

Damit stieß sie den Schal von sich und reckte ihre Schulter aufreizend nach vorn. Der Mann ein paar Tische weiter lächelte. Herr von Berg bemerkte den Blickwechsel und setzte sich mit gerunzelter Stirn an den Tisch. »Ich dachte, dir wäre kalt«, meinte er leise.

»Du denkst zu viel, mein Guter«, lächelte sie über seine Schulter den anderen Mann an. »Pass auf, dass du dir dabei nicht noch wehtust.«

»Katharina, ich verstehe dich nicht. Ich bin durch halb Deutschland gefahren, nur um dich zu überraschen. Und jetzt bist du so ... ich weiß nicht, wie.«

»Nun sei doch nicht gleich eingeschnappt, Joachim«, meinte sie mit süßlicher Stimme und kraulte ihn am Kinn. »Wie lange kennst du mich jetzt schon? Du weißt doch, dass ich Überraschungen hasse – genau wie dieses vorwurfsvolle, traurige Gesicht, das du da machst. Das verdirbt mir jedes Mal den Appetit.« Sie leerte ihr Weinglas und erhob sich. »Nein, nein, iss du man ruhig. Ich werde schlafen gehen und möchte keinesfalls gestört werden, ja?« Er nickte schwermütig.

Kurz nachdem Frau von Berg gegangen war, verließ auch der andere Mann den Raum. Herr von Berg sah ihm traurig nach, dann verkroch er sich hinter die Speisekarte.

»Also, diese Frau von Berg«, meldete sich Frau Neuss mit gedämpfter Stimme vom Nachbartisch. »Eine ganz furchtbare Person! Sie bewohnt die Suite im zweiten Stock, das größte Zimmer im Hotel. Deshalb glaubt sie wohl, dass ihr alles gehört. Eine wirklich unverschämte Person, wenn Sie mich fragen.«

Weder Wolff noch Julia hatten sie gefragt, und doch berichtete Frau Neuss immer weiter, während sie noch aßen. Zwischendurch bestellte sie sich einen Prosecco. »Sie ist mit Joachim von Berg verheiratet. Ihm gehört jeder zweite Baum in Niedersachsen. Zur Hochzeit soll er ihr eine Jacht geschenkt haben. Wie man hört, gefällt es ihm offenbar, sein Geld in aussichtslosen Aktiengeschäften zu verlieren und seiner Gattin hinterherzureisen. Nizza im Frühling, Portofino im Sommer, Rügen im Herbst, St. Moritz im Winter – gehobener Jetset, gewissermaßen. Es ist sicher nicht der größte Reichtum, aber wenn man bedenkt, dass sie bei ihm als einfache Sekretärin angefangen haben soll. Wie es heißt, hat sie sich für ihn scheiden lassen. Wenn das nicht die wahre Liebe ist!«

»Aber warum haben sie getrennte Zimmer?«, fragte Julia.

Frau Neuss grinste hämisch. »Wenn Sie das den Portier fragen, würde er sagen, dass sie sein Schnarchen nicht verträgt. Tatsächlich – nun, Sie haben es ja gesehen. Frau von Berg bewahrt sich gewisse Freiheiten.«

»Sie sind ja gut informiert«, meinte Wolff sarkastisch, während er sich über die Reste seines Schnitzels hermachte.

»Ach ja, man hört halt so dies und das«, wehrte Frau Neuss ab. »Ich selbst habe ja kaum Interesse an solchem Klatsch, aber so ganz drum herum kommt man ja doch nicht. Gerade wenn man so viel unterwegs ist wie ich. Apropos, was machen Sie eigentlich beruflich, wenn ich fragen darf?«, wandte sie sich an Julia.

»Ich leite eine Sozialstation der Caritas.«

»Wie interessant!«, erklärte Frau Neuss. »Sie glauben gar nicht, wie viele Frauen erfolgreicher Männer ihre Zeit nur so vertun mit einem kleinen Teeladen oder Yogakursen. Es gibt nichts Langweiligeres als Frauen, die sich nur reich geheiratet haben und sonst nichts. Da ist es ja geradezu erfrischend, einmal einer Ausnahme zu begegnen. Und Sie«, fragte sie Wolff, »in welcher Branche sind Sie tätig?«

»Ich bin Grundschullehrer«, sagte Wolff.

Frau Neuss sah ihn ungläubig an. »Ja, aber«, versuchte sie sich zu sammeln. »Was hat Sie denn da hierher verschlagen?«

»Die Herbstferien.«

Wolff konnte sich ein breites Grinsen nicht verkneifen. Auch Julia sah leicht spöttisch zu der Frau hinüber. Die rang um Worte.

»Ich wollte nicht …«

»Haben Sie nicht!«

»Es tut mir sehr leid.«

»Muss es nicht.«

Eilig zog sich Frau Neuss zu ihrem Prosecco zurück. Wolff warf Julia einen vielsagenden Blick zu, sie lächelte. Sie aßen schweigend weiter, auch einen Nachtisch. Anschließend verließen sie den Speisesaal, da war Frau Neuss schon kaum merklich verschwunden.

2. KAPITEL

Im Foyer bei Herrn Ehrenstein stand ein zweiter Herr hinter dem Tresen der Rezeption, der war groß und breit und sah mit seinem kantigen Kurzhaarschnitt geradezu martialisch aus. Wild gestikulierend wedelte er mit ein paar Zetteln vor dem eingeschüchterten Portier. Dabei redete er mit kaum unterdrückter Wut auf ihn ein. Als er Wolff und Julia aus dem Speisesaal treten sah, senkte er seine zur Faust geballten Hände und zwang sich zu einem freundlichen Gesicht.

»Ich hoffe, Sie genießen Ihren Aufenthalt in unserem bescheidenen Haus«, presste er in der tiefsten Bassstimme hervor. Ohne eine Antwort abzuwarten, wandte er sich von den Gästen ab. »Sehr schön, sehr schön«, murmelte er vor sich hin. Er raffte die Zettel zusammen und trat vor den Tresen. »Wir sprechen uns später noch«, knurrte er Ehrenstein zu, dann marschierte er mit eiligen Schritten den Gang entlang. Sein harter Tritt war noch zu hören, als er längst um eine Biegung des Flurs verschwunden war. Wenig später knallte eine Tür.

»Wer war denn das?«, fragte Julia fassungslos.

»Oh, das«, wiegelte Ehrenstein ab. »Das war nur unser Direktor, Herr Hansen.«

»Ist er immer so gut gelaunt?«, hakte Wolff nach.

»Nun ja, der Direktor ist eine Seele von Mensch«, versicherte der Portier. »Nur kann er eben Unzuverlässigkeiten nicht ausstehen. Aber deswegen müssen Sie sich nicht den

Kopf zerbrechen. Eine Bagatelle, nicht mehr«, fügte er eilig hinzu. »Nebenbei, ich hoffe, es hat Ihnen geschmeckt?«

Julia lächelte matt. »Sie haben sehr interessante Gäste.«

»Nicht wahr?«, freute sich der Portier. »Frau von Berg, natürlich. Eine Sensation.« Er warf Wolff einen prüfenden Blick zu. »Aber vielleicht etwas zu impulsiv für manches Gemüt. Ihr Gatte hingegen ist recht umgänglich und sehr gebildet. Ein feiner Mensch! Doktor Gruber übrigens auch. Den haben Sie, glaube ich, noch nicht kennengelernt. Er kommt meist später zum Essen, er macht endlos lange Spaziergänge an der Promenade. Dafür bleibt er dann auch länger. Vielleicht, wenn Sie nachher noch einmal hereinschauen mögen …?«

»Vielleicht«, meinte Wolff vage. Sie grüßten und gingen die Wendeltreppe hinauf und den Flur entlang. Aus dem Zimmer der Berg war Gekreische zu hören. Türen wurden zugeschlagen und das so oft, dass Wolff vermutete, dass die Suite nicht nur aus einem Raum nebst Bad bestand.

»Ich glaube, jetzt kriege ich doch noch eine Migräne«, murmelte Julia und schloss ihr Zimmer auf. Kaum hatte sie ihre Halbschuhe ausgezogen, ließ sie sich ein Bad ein und zündete zwei Duftkerzen an, die vor dem Badspiegel von Sand umgeben auf einem Stück Rinde standen. Sie bat Wolff, im Schlafzimmer das Licht zu dimmen. Als er zu ihr in das Bad kommen wollte, trat sie ihm in der Tür entgegen und legte sanft ihre Hand auf seine Brust. »Geschlossene Gesellschaft, es tut mir leid«, sagte sie leise und verschloss die Tür vor Wolffs Nase.

Er blieb im Halbdunkel zurück. Langsam schritt er durch das Zimmer und ließ sich in einen Sessel fallen. Wohin hatte es ihn nur verschlagen? Von draußen fiel das Licht zweier Laternen schwach durch die Vorhänge.

Nebenan wurde eine Tür zum letzten Mal zugeworfen. Der Streit bei Frau von Berg hatte sein Ende gefunden.

Als Julia später aus dem Bad kam, legte sie sich ins Bett und schaltete die Nachttischlampe aus. »Unser Urlaub fängt ja gut an«, seufzte sie. »Was sind das nur für verrückte Menschen! Diese Diva – wie sie ihren Mann herumgescheucht hat! Und dann flirtet sie ganz unverfroren mit diesem Mann am Nachbartisch. So was von dreist!«

Wolff lächelte. »Das war wohl sicher etwas mehr als ein Flirt. Der Kerl ist punktgenau mit ihr gegangen – und mit wem sonst sollte sie sich jetzt in ihrem Zimmer streiten? Alle anderen sind unten im Speiseraum, inklusive ihres Mannes.«

»Du meinst, ein Kurschatten? Das wird ja immer besser.«

»Vielleicht sogar noch mehr«, sagte Wolff und streichelte ihr sanft den Nacken. »Ist dir eigentlich aufgefallen, dass die Neuss über jeden etwas zu berichten hatte – nur über diesen Mann nicht?«

»Das glaubst du doch selbst nicht!«, entfuhr es Julia.

»Warum nicht? Die von Berg und die Neuss dürften doch etwa gleich alt sein. Und was, wenn die eine der anderen den Gigolo ausgestochen hätte?«

»Dann wären wir mitten in eine Schlangengrube geraten«, murmelte Julia schlaftrunken. »Die Neuss war überhaupt die Schrecklichste von allen. Wie kann man nur so schwatzhaft sein? Aber die Tiberius hat mich einfach nur traurig gemacht. Sitzt da in der Ecke und trinkt und nimmt Tabletten. So ein erbärmlicher Lebensabend.«

»Immerhin in Binz«, warf Wolff ein.

»Versprich mir eins«, sagte Julia, »bitte stirb, bevor ich so eine traurige Witwe werde. Ich möchte nicht, dass du mich so siehst.«

Wolff überlegte. »Ich denke, das lässt sich einrichten.«

Sie gab ihm einen Kuss auf die Wange. Dann streifte sie ihre Schlafmaske über die Augen. »Morgen geht es mir wieder blendend, versprochen«, sagte sie noch. »Du wirst sehen, ich brauche nur ein paar Stunden Schlaf. Und du hast den Masseur auch wirklich gebucht? Ich hatte vorhin vergessen, den Portier danach zu fragen.«

Wolff nickte in das Dunkel hinein. »Ja«, sagte er irgendwann, da schlief Julia schon fast. Wolff lag neben ihr und hörte ihre gleichmäßigen Atemzüge. Er hörte den Wind um die Hausecke rauschen und das Ticken der Wanduhr. Er hörte all die Geräusche, die nur da sind, um überhört zu werden. Er wurde unruhig. Es war noch nicht einmal halb zehn und er noch kein bisschen müde. Er wälzte sich im Bett umher, er schmiegte sich an Julia, dass sie im Halbschlaf knurrte. Er drehte sich auf die andere Seite und atmete den fremden Geruch des Bettbezugs ein. Immer wieder klopfte er das etwas steife Kissen zurecht. Er fragte sich, wer hier alles schon gelegen hatte. Er hörte Schritte im Zimmer nebenan. Das musste Frau Tiberius sein, die Gin-Trinkerin mit der Perlenkette. Eine Tür ging, Wasser lief, die Tür ging wieder und dann kam nichts mehr aus dem Zimmer 205. Warum können manche Menschen so leicht einschlafen, dachte Wolff. Dann dachte er über sein Leben nach, über die Erich-Kästner-Grundschule in Leipzig, über seine Liebe zu dieser Frau neben ihm und über den Affenbrotbaum in seinem Arbeitszimmer daheim, den er seit Monaten umtopfen wollte. Er suchte einen Gedanken, der ihn fesseln würde, und fand keinen. Schließlich gab er es auf. »Ich geh noch mal raus«, wisperte er der schlafenden Julia ins Ohr. Dann griff er nach seiner Jacke und verließ das Zimmer. Leise klinkte er die Tür zu.

Der Flur wurde von kleinen Deckenlampen weißlich beleuchtet, deren Licht sich an dem weißen Boden und den ebenso weißen Wänden tausendfach brach. Wären die Bilder nicht gewesen, die Fotoaufnahmen vom alten Binz zeigten, Wolff hätte sich wie in einem Krankenhaus gefühlt, so kalt und grell war das Licht. Der blaue Läufer dämpfte seine Schritte, umso mehr knarrte die Wendeltreppe.

Im Foyer stand ein junger Mann im Anzug hinter dem Tresen. »Nanu«, sagte Wolff überrascht, »ich denke, die Rezeption ist nach neun nicht mehr besetzt?«

»Das ist sie auch nicht mehr«, erwiderte der Mann müde. Kurz sah er zu Wolff auf, dann blätterte er wieder ein paar Papiere durch. »Zumindest offiziell nicht. Aber wir sind ja in der Außersaison, da ist alles ein bisschen anders.«

»Und was heißt das konkret?«, hakte Wolff nach. Zwar hatte er bis jetzt noch keinen normalen Menschen in diesem Hotel getroffen, aber nach der auferzwungenen Zimmerruhe war ihm beinah jeder Gesprächspartner für einen kurzen Austausch recht.

»Außersaison heißt, dass Vanessa und ich die einzigen Saisonkräfte sind. Vanessa – die Kellnerin.«

Wolff versuchte, sich an das junge Ding zu erinnern, das ihm am Abend im Speisesaal serviert hatte, aber umsonst. Fast bekam er ein schlechtes Gewissen. Wie unaufmerksam er gewesen war. Andererseits, bei all diesen Leuten, ging es ihm durch den Kopf, da kann man ja geradewegs froh sein, wenn man den einen mehr oder weniger übersieht.

»Vanessa kellnert morgens und abends, dazwischen macht sie den Room Service«, erklärte der Mann. »Und ich bin eigentlich in der Küche, aber abends stehe ich noch an der Bar, wenn jemand im Speisesaal hängen bleibt. Und hier in dieser Liste«, meinte er und zog einen Zettel aus dem Stapel Papier, »da schreib ich dem Ehrenstein rein, wie lange die Schicht heute dauerte.« Damit kritzelte er etwas auf das Blatt.

»Verstehe«, sagte Wolff. »Arbeit im Rotationsprinzip. Und der Portier verwaltet das Einsatzprotokoll, um akkurat auf die Stunde genau zu bezahlen.«

Der Mann lachte schalkhaft auf. »Da kennen Sie unseren Ehrenstein aber schlecht. Der reicht das Stundenblatt auch nur weiter. Das eigentliche Kommando über das Personal hat Fräulein Junghans, die Madame de Maison. Die ist ziemlich streng und akkurat. Es wird gemunkelt, dass sie damit den Chef beeindrucken will. Ist ja bekannt, dass der alte Hansen alles ganz genau nimmt. Ich bin übrigens Felix, Felix Ott. Im wahren Leben studiere ich Ernährungswissenschaften, ich bin die rechte Hand vom Herrn Wildenbrook, dem Chef de Cuisine.«

Damit reichte er Wolff die Hand. »Soso«, meinte der. »Ein Student als Saisonkraft – außerhalb der Saison. Und wen sollte man noch kennen?«

Der Student zuckte mit den Schultern. »Vito ist der Masseur, aber der kommt von extern. Und Susi hat gegenüber vom Speisesaal einen kleinen Wellnesstempel, da macht sie alles von den Nägeln bis zur Meditation. Und das war's schon. Wie gesagt, Außersaison. Kein Vergleich zu sonst. Wobei …«

»Ja?«, fragte Wolff.

»Na ja, als ich hier angefangen habe – das ist vielleicht vier oder fünf Jahre her –, da war deutlich mehr los. Mehr Gäste, mehr Personal … Da kam ich den ganzen Tag nicht aus der Küche raus – und da waren wir dort zu viert unterwegs. Aber seitdem wird es immer ruhiger, auch in der Hauptsaison.«

»Wie das? Ich dachte, Binz platzt im Sommer aus allen Nähten.«

»Das stimmt schon«, meinte Felix. »Aber Hansen hat vor ein paar Jahren recht viel Geld verloren, als er ein zweites Haus oben in Lohme übernehmen wollte. Davon hat er sich nicht richtig erholt. Und so geht es hier schrittweise abwärts. Der komplette Seitenflügel ist geschlossen, weil dringende Sanierungsarbeiten ausstehen. Und von den übrigen Zimmern im Haupthaus sind derzeit nicht alle belegt. Und trotzdem geht der Laden nicht bankrott.«

»Wie das?«

»Keine Ahnung. Der Direktor hat irgendwelche stille Reserven, die er anzapft. Zumindest erzählt das Herr Ehrenstein, und wenn es einer weiß, dann wohl er.«

Mit diesen Worten trat Felix vor den Tresen. In der Hand hielt er einen Motorradhelm. »Ich werde dann mal … War schön, Sie kennengelernt zu haben. Einen schönen Abend noch!«

Wolff sah ihm überrascht hinterher. »Wohnen Sie denn nicht im Hotel?«

»Wo denken Sie hin? Hansen würde nie im Leben ein Zimmer für das Personal freigeben, obwohl in der dritten Etage nur der Nimrod und Doktor Gruber wohnen – und die würde das sicher nicht stören. Vanessa und ich haben unsere Zimmer am Ortsrand hinter dem Großbahnhof, beinah in Prora. Dort stehen ein paar Bungalows für die Saisonkräfte.«

Damit verabschiedete er sich und ging mit großen Schritten zur Tür hinaus.

Wolff folgte ihm langsam.

3. KAPITEL

Draußen hatte sich der Wind gelegt, die Straße wurde von ein paar wenigen Laternen beschienen. Er wusste nicht, wohin er gehen sollte. Hinter ihm knarrte die Hoteltür.

»Na, auch noch unterwegs?«, hörte er eine angenehme Männerstimme. Er drehte sich um. Der Mann zündete sich eine Zigarette an. »Reinhard Gruber«, sagte er dabei. »Freut mich.«

Wolff reichte ihm die Hand und stellte sich vor.

»Sie sind der Arzt, nicht wahr? Der Portier …«

»… ist etwas schwatzhaft, ja. Hab ich gleich gemerkt. Ich habe ihm gesagt, dass ich Kinderarzt bin, damit ich meine Ruhe habe. Denn für Kinderkrankheiten sind die Gäste im Hotel wohl ein bisschen zu alt. Aber wenn sie wüssten, dass ich eigentlich Pulmologe bin, hätte ich doch sofort die alte Tiberius am Hals. Und wer weiß, wen noch. Und ehrlich: Als Arzt ist man zwar schon von Berufswegen mit dem Helfersyndrom geschlagen, aber wenigstens im Urlaub möchte ich nun wirklich nicht noch irgendwelche Lungen abklopfen.«

»Kommen Sie öfter hierher?«, fragte Wolff.

»Na, so alle zwei, drei Jahre schon.« Doktor Gruber zog genüsslich an seiner Zigarette. »Jedes Jahr wäre es mir zu einseitig, aber so ist es ganz nett. Sie hat der Zauber der Insel noch nicht in seinen Bann gezogen, oder?«

Wolff zuckte mit den Schultern. »Ich weiß nicht so richtig, womit man hier die Zeit rumkriegt. Es gibt zwar recht viele Angebote, aber …«

»… es ist nichts Richtiges dabei? Das kenne ich. Aber Sie dürfen nicht vergessen, dass Sie im Urlaub sind. Da gelten die Regeln des Alltags nicht. Jaja, es kann sehr schwerfallen, morgens aufzustehen und nicht zu wissen, was man tun soll. Pläne, Termine: Das Hamsterrad zu verlassen, ist nicht leicht. Aber im Urlaub darf man den Tag mal auf sich zukommen lassen. Man darf Sachen machen, an die man zu Hause nie denken würde. Ich meine, wer würde daheim eine Kirche oder eine Burgruine angucken? Da hat man keine Zeit, da gibt es Wichtigeres! Aber im Urlaub sind das plötzlich Sehenswürdigkeiten. Im Urlaub dürfen Sie sogar den Luxus genießen, einmal nichts zu tun. Sie werden staunen, das befreit den Geist ungemein. Ich zum Beispiel spaziere gern, stundenlang. Heute bin ich bis Middelhagen gekommen. Und ich verrate Ihnen etwas: Sellin und Baabe sehen genauso aus wie Binz. Mal mit Seebrücke, mal ohne – aber sonst? Kein Unterschied. Aber das ist ja gerade das Schöne. Man wandert und sieht die See und den Wald und schaut ein bisschen nach, ob nicht vielleicht doch ein Stückchen Bernstein oder ein Hühnergott zwischen den Muscheln liegt. Und so vergehen die Stunden und der Kopf wird leer. Sehr entspannend. Fast schon Meditation. Und ganz nebenbei«, fügte er hinzu und nahm einen letzten Zug von seiner Zigarette, »ist die Luft sehr gut für die Bronchien.«

»Spaziergänge am Strand sind vielleicht etwas zu viel für den Anfang«, gestand Wolff lächelnd. »Ich glaube, ich bin noch ein ziemlicher Laie, was Entspannung angeht.«

Doktor Gruber sah ihn nachdenklich an. »Ich verstehe«, meinte er schließlich. »Da weiß ich zufällig genau das Richtige. Kommen Sie mal mit – oder haben Sie schon Pläne für den Abend?« Wolff schüttelte den Kopf. »Sehr schön.

Vertrauen Sie mir einfach. Sie werden sehen, es wird Ihnen gefallen.«

Damit warf der Doktor seinen Zigarettenstummel in den Müllkorb und trat auf den Gehweg hinaus, auf die Hauptstraße zu. »Ich habe gehört, dass Sie Lehrer sind. Erzählen Sie mir bloß nichts davon! Urlaub, nicht wahr? Sagen Sie mir lieber, was Sie hierher verschlagen hat.«

Und Wolff berichtete. So kamen sie allmählich zur Hauptstraße. Der kleine Buchladen an der Ecke und alle anderen Geschäfte hatten längst geschlossen. Der Italiener war über drei Etagen mit leuchtenden Adventssternen geschmückt. An dem Fischrestaurant hingen Lichterketten. »Ist doch ganz nett«, meinte Doktor Gruber, als sie an der Seebrücke angelangt waren. »Man sieht zwar das Meer kaum, aber man hört es doch deutlich. Sehr beruhigend.«

Wolff sah ihn skeptisch an, doch dann hörte er auf den Wellenschlag und musste zugeben, dass es sehr schön war. »Leider etwas kalt«, meinte er, um die Stimmung nicht zu pathetisch werden zu lassen.

»Da haben Sie recht«, gab Doktor Gruber zu. »Alles andere wäre aber auch zu komisch für November. Kommen Sie! Wir gehen ins Kurhaus.«

Das weiße, hell erleuchtete Gebäude überragte die übrigen Häuser an der Promenade deutlich. Zwei runde Türme verliehen dem Kurhaus das Aussehen eines Schlosses, dazu die ausladende Treppe, die zu der doppelflügeligen Eingangstür führte.

»Keine Angst, es ist ganz zwanglos«, meinte Doktor Gruber. »Ich denke, es wird Ihnen gefallen.« Er führte Wolff in eine Lounge, die mit Klubsesseln und Couches vollgestellt war. An den Wänden waren griechische Säulen nachgebildet, und von der Decke hingen breite Lampenkreise wie in einem alten Grandhotel. Am Klavier direkt neben der Bar spielte ein Mann im Anzug Jazzmusik.

»Vielleicht etwas weiter hinten, da ist es nicht so laut«, schlug der Doktor vor und wies auf eine Sitzecke am Ende des Raumes. »Tagsüber ist die Aussicht herrlich«, erklärte er, während sie sich setzten. »Man kann Sassnitz und die Hafenanlage sehen. Es ist immer wieder erstaunlich, wie schnell die Schiffe durch die Bucht gelangen. Gerade sind sie nur ein kleiner, weißer Punkt am Horizont, und schon im nächsten Moment legen sie an der Seebrücke an. Was möchten Sie trinken? Und noch wichtiger: Spielen Sie Schach?«

»Nicht besonders gut.« Wolff griff nach der Karte. Währenddessen bestellte Doktor Gruber einen *Golden Cadillac*. »Und bringen Sie doch ein Schachspiel, bitte«, bat er den Kellner. Der nickte höflich, dann wandte er sich an Wolff.

»Für mich bitte ein alkoholfreies Bier.«

»Sie geben ja Gas!«, gluckste der Doktor vergnügt. »Ihre Leber ist wohl auch noch nicht im Urlaub angekommen, was?« Dann schwiegen sie einen Moment und hörten dem Pianisten zu, der Gershwin spielte. »Ganz ordentlich, oder?«, fragte Doktor Gruber. »Ich bin öfter hier. Ich kann Ihnen auch nicht genau sagen, warum eigentlich. Aber auf jeden Fall ist es besser, als den ganzen Abend im Hotel zu hocken. Ah, da kommen ja schon die Getränke – und das Spiel. Also erst einmal: zum Wohl!«

Die Gläser klirrten leicht aneinander, als sie anstießen. »Auf eine angenehme Bekanntschaft!«, meinte der Doktor freudig. »Aber nun zum Spiel! Ich bin so frei und wähle Schwarz. Da haben Sie die Eröffnung.« Damit nahm er die dunklen Holzfiguren aus der Schachtel und stellte sie auf.

Wolff war aus der Übung. Er konnte sich beim besten Willen nicht daran erinnern, wann er das letzte Mal Schach gespielt hatte. Auch bei der Aufstellung der Figuren war er sich nicht sicher. Immer wieder schaute er auf die gegnerische Seite des Schachbretts, wo sein neuer Bekannter die letzten Bauern in Position brachte.

»Nein, nein!«, lachte Doktor Gruber, als er kurz darauf aufsah. »Die Dame gehört auf das weiße Feld. Sie müssen sie mit dem König vertauschen. Und los geht's!«

Wolff überlegte. Dann schob er kurzerhand einen Bauern aus der Mitte zwei Felder vor.

»Sehr schön«, lobte der Doktor. »Immer schön ins Zentrum vorrücken. Das verschafft Ihnen sicher einen strategischen Vorteil. Aber Sie werden verstehen, dass ich es Ihnen nicht so einfach machen kann.« Damit zog er ebenfalls einen Bauern vor, der nun Wolffs Figur blockierte. Wie weiter? Wolff wusste es nicht.

»Oft wird der Eröffnung viel zu viel Bedeutung beigemessen. Als ließe sich ein Spiel vom ersten bis zum letzten Zug durchplanen. Ich bin eher für ein spontanes, beherztes Vorgehen. Dafür verliere ich aber auch recht häufig, um ehrlich zu sein. Aber lieber auf hohem Niveau scheitern als unter Niveau gewinnen, oder?« Er lachte herzhaft und nahm einen großen Schluck von seinem Cocktail. Als er das Glas absetzte, hing ihm ein dünner Saum von Sahne im Schnauzbart. Genüsslich leckte er ihn ab.

»Spielen Sie oft?«, fragte Wolff und rückte einen zweiten Bauern vor.

»Eigentlich nicht. Ich mag Halma mehr, aber das funktioniert ja eigentlich nur zu dritt so richtig. Und es ist schwer genug, überhaupt *einen* Mitspieler zu finden. Es sind fast nur Paare unterwegs, die sich kein bisschen Freizeit voneinander gönnen. Stellen Sie sich vor, in meiner Verzweiflung nehme ich schon an der Seniorenmeisterschaft teil, die in der Binz-Therme stattfindet. Natürlich außerhalb der Wertung. Noch fühle ich mich ein paar Jahre zu jung, um irgendwo als Senior registriert zu sein. Außerdem geht es ja um den Spaß.« Er setzte ein Pferd vor.

»Im Hotel findet sich keiner, der mit Ihnen spielt?«, fragte Wolff möglichst beiläufig und schob einen Läufer raus.

Der Doktor lächelte verschmitzt. »Ich ahne, worauf Sie hinauswollen. Die illustre Gesellschaft lässt Sie also nicht los, ja? Sie wollen etwas genauer wissen, wer da mit Ihnen unter einem Dach wohnt. Nun gut, ich tue Ihnen den Gefallen.« Damit schlug er mit dem Pferd einen von Wolffs Bauern. »Mit Herrn von Berg habe ich einmal in der vergangenen Saison gespielt. Das war kein Vergnügen. Erst ist er zögerlich und zieht die Figuren fast verlegen über das Brett. Aber dann, wenn alles längst verloren ist, spielt er sinnlos aggressiv. Einmal in die Ecke gedrängt, wird er unberechenbar. Ich denke ja, dass ein Mensch so spielt, wie er sich im echten Leben verhält. Finden Sie nicht auch?«

Der Doktor warf Wolff einen vielsagenden Blick zu. »Aber weiter. Hansen sagt nie Nein zu einer Partie, aber er spielt hektisch und macht viele Flüchtigkeitsfehler. Man merkt, dass er mit den Gedanken woanders ist. Immer treibt ihn irgendetwas um. Die Partien sind also recht kurz und hinterher ist er nicht einmal verschnupft deswegen. Wie sollte er auch! Letztlich bleibt er ja auch beim Schach der Direktor und ich bin sein Gast. So sind die Rollen eben verteilt. Was aber, wenn sie es nicht wären? Würde sich Hansen anders verhalten, wenn wir privat spielten?«

»Bestimmt«, murmelte Wolff. Er dachte an den Wutausbruch, den der Direktor über seinen Portier hatte niedergehen lassen.

»Möglich«, räumte der Doktor ein. »Jedenfalls kann man im Hotel eigentlich nur mit diesem jungen Barmann vernünftig spielen, mit diesem Felix. Aber er hat erst viel zu tun und dann Feierabend. Dazwischen gibt es wenig Gelegenheiten.«

»Und wie spielt er?«

Doktor Gruber winkte leichtfertig ab. »Wie die jungen Leute eben so sind. Er setzt seine Figuren unbekümmert und freut sich über kleine Siege genauso, wie ihn seine Niederlagen verärgern. Und dann ist alles schnell wieder vergessen und eigentlich egal. Er ist mir sehr sympathisch.«

»Und was ist mit Herrn Nimrod?« Wolff zog einen weiteren Bauern vor.

Der Doktor lächelte. »Denken Sie tatsächlich, dass sich Herr Nimrod viel aus Brettspielen macht?« Er nippte an seinem Cocktail, dann sprang er mit seinem Pferd in Wolffs Bauernreihe. »Schach, nebenbei. Tja, der Herr Nimrod. Ich persönlich finde ihn recht langweilig, aber die Damen sehen das offenbar anders.«

Wolff rettete seinen König. »Sie meinen Frau von Berg?«

Doktor Gruber schlug mit seinem Pferd Wolffs Turm. »Sie werden mich nicht dazu bringen, solche pikanten Gerüchte zu kolportieren. Nur so viel: Herr Nimrod wohnt quasi das ganze Jahr über in Hotels, mal hier, mal dort – eben immer da, wo die Frau mit dem größten Portemonnaie logiert. Sie verstehen?«

Wolff nickte. »Und in der *Villa Doris* hat er kurzerhand von Frau Neuss zu Frau von Berg gewechselt?«

Der Doktor lächelte. »Sie scheinen ja ein besonders aufmerksamer Beobachter zu sein. Nun ja, ich werde das zumindest nicht verneinen.« Mit einem Fingerzeig zum Kellner bestellte er noch einen Cocktail. »Ich weiß nicht, was ich von Männern wie diesen Nimrod halten soll. Diese Liebhaber bringen so viel Durcheinander in die engste Ehe. Da schickt man seine Frau zur Kur oder gönnt ihr eine kleine Auszeit und dann so was! Zum Glück sind Geschiedene wie ich vor solchen Überraschungen gefeit. Andererseits haben solche Gigolos doch auch eine gewisse Tragik: Immer auf der Suche nach neuen Gönnerinnen sein zu müssen, stelle ich mir recht anstrengend vor. Ein riskanter Drahtseilakt. Man wird ja auch nicht jünger. Und diese Berechnung: von der ersten Begegnung bis zum letzten Kuss. Diese Männer sind Drehbuchautoren, Regisseure und Schauspieler in einem. Nun gut, einen Skandal müssen sie zumindest nicht fürchten, denn die Damen achten sicher peinlich auf Diskretion. Aber was, wenn die Jagd glücklos ist und die Zuwendungen ausbleiben? Verzweiflung!«

Wolff dachte an den Streit im Zimmer der von Berg, den er zufällig mitbekommen hatte. »Was ein Mann wohl alles aus Verzweiflung macht?«

»Das, mein Freund«, sagte der Doktor, »möchte ich mir gar nicht vorstellen. Wobei ich mir denke, dass eine verzweifelte Frau nicht weniger gefährlich ist.« Er betrachtete das Schachbrett. »Sie halten sich recht wacker.«

Wolff zählte die Figuren, die ihm noch verblieben waren. Bislang war es ihm nur gelungen, einen gegnerischen Bauern zu schlagen. Kein großer Triumph. »Ich weiß nicht«, meinte er unbestimmt.

»Doch, doch«, ermunterte ihn der Doktor. »Sie machen das wunderbar.«

Am Ende verlor Wolff trotzdem. Und auch eine zweite Partie endete mit seinem Schachmatt.

Später, als sie zurück zum Hotel gingen, war die Seebrücke noch immer hell erleuchtet. Im eintönigen Regen ging das Schlagen der Wellen unter. Die Straßen waren leer und dunkel. Sie spazierten unter gestutzten Kopfweiden durch die einsame Nacht. Wolff spürte, wie seine Jeans klamm wurde. Der Doktor hatte den Kragen hochgeschlagen. »Ein Sauwetter«, brummte er in seinen Schal hinein. »Aber trotzdem irgendwie schön.«

Wolff nickte. Es war tatsächlich ein wenig anders als zu Hause. Vielleicht, weil er keine Unterrichtsstunden vorbereiten musste. Vielleicht auch wegen Julia, an die er sich in wenigen Momenten in einem vorgewärmten Bett ankuscheln konnte, das fremd und nach Wäscherei roch.

»So, mein Lieber«, setzte Doktor Gruber an, als sie die *Villa Doris* erreicht hatten. »Es war ein sehr schöner Abend. Das können wir demnächst gern wiederholen, wenn Sie mögen. Jetzt aber verabschiede ich mich von Ihnen.« Er zog ein Päckchen Zigaretten aus der Tasche. »Ich muss noch meine Laster pflegen, bevor es ins Bett geht.« Sie reichten sich die Hände zum Abschied. Dann ließ Wolff den Doktor vor dem Hotel zurück, wo er blaue Streifen in die Nachtluft blies.

Wolff versuchte, möglichst keine Geräusche zu machen. Er wollte niemanden in seinem Schlaf stören, vor allem aber genoss er selbst die Stille, die ihn umgab. Die Musik im Kurhaus war laut gewesen, das Gespräch und vor allem das Spiel hatten ihn gefordert. Ihm steckte noch die Autofahrt in den Knochen – verdammt, war er müde! Langsam ging er durch den Flur, auf das immer noch lichtdurchflutete Foyer zu. Die Wendeltreppe knarrte leise unter seinen Schritten. Oben auf der Etage war es still – oder nein, nicht ganz. Vom anderen Ende des Flurs hörte Wolff unbestimmte Geräusche, dann ein Poltern, zerspringendes Glas. Er blieb stehen. Der Krach wurde lauter, bis schließlich die Tür von Zimmer 201 aufsprang und Frau von Berg auf den Flur hastete, dicht gefolgt von ihrem Mann, der sie am Arm festhielt und offenbar zurück in das Zimmer ziehen wollte.

»Du bist ja vollkommen verrückt, Joachim!«, zeterte sie. »Lass mich augenblicklich los, sonst … schreie ich!«

Der Mann dachte gar nicht daran. »Ich habe genug!«, rief er, »Hörst du? Genug! Denkst du, ich weiß nicht, was du hier treibst, du schamloses Biest! Ich hätte dich nie heiraten dürfen!«

Er rang mit ihr, aber lag es an seinem Alter oder seiner schmalen Statur? Frau von Berg gelang es, sich von seinem Griff loszumachen, und hastete ein paar Schritte den Flur entlang. Sie stolperte mit ihren hohen Absätzen über den Teppich. »Du ungehobelter – Wicht von einem Mann! Ich hasse dich. Ja, ich hasse dich und alles an dir. Dein ausdrucksloses, dümmliches Gesicht, deine trüben Augen, deine teigigen Hände, die nicht zupacken können: Mir ekelt vor dir. Du bist kein richtiger Mann, Joachim, du bist eine Witzfigur!«

Herr von Berg taumelte, sein Gesicht hatte jede Farbe verloren. Seine Hände zitterten vor ohnmächtiger Wut, bis sie sich so sehr zusammenballten, dass sich die Knöchel weiß unter der Haut abzeichneten. Er keuchte in schweren Stößen, während sich sein Gesicht dunkel verfärbte. Langsam ging er auf sie zu, die Hände auf seine Frau gerichtet.

»Ich bringe dich um«, presste er zwischen seinen dünnen Lippen hervor. Wolff wollte gerade dazwischenspringen, als sich am Ende des Flurs eine Tür öffnete. Herr von Berg hielt inne. Dort stand Frau Tiberius, mit nichts bekleidet als einem Rüschennachthemd aus einem fernen Jahrhundert und ihrer endlos langen Perlenkette, die ihr bis zur Hüfte reichte. Mit bösen Augen sah sie auf die anderen Hotelgäste.

»Was ist denn das für ein Tohuwabohu mitten in der Nacht!«, rief sie mit uralter, knarrender Stimme. »Seid ihr alle meschugge worden? Wie soll man bei dem Bohei nur ein Auge zubekommen? Und dass Sie mit von der Partie sind, wenn diese Schickse so einen Heidenlärm macht« – sie nahm Wolff mit scharfem Blick ins Visier. Er fühlte sich ertappt, ohne zu wissen, warum. Immerhin war er doch nur zufällig Zeuge dieses Streits geworden. Wolff spürte die Blicke der anderen auf sich gerichtet und merkte, wie ihm die Röte ins Gesicht schoss. Mit einer entschuldigenden Miene sah er sich um. Herr von Berg schien überrascht, seine Frau geradezu entsetzt, als ihr bewusst wurde, dass nicht nur die Tiberius den Ehekrach bemerkt hatte. »Schämen sollten Sie sich, Herr Wolff«, fuhr die Alte fort. »Die ganze Bagage ab ins Bett, närrische Mischpoke!« Ohne eine Reaktion abzuwarten, wandte sie sich um und zog die Tür hinter sich zu.

Herr von Berg hatte die Fäuste sinken lassen. Der Zwischenfall, so kurz er auch gewesen war, hatte sein Gemüt deutlich abgekühlt. Unentschlossen wartete er auf eine Reaktion seiner Frau, die gebannt auf Wolff starrte.

»Wie lange stehen Sie schon dort?«, hauchte sie.

»Ich wollte nicht lauschen, ehrlich«, beteuerte Wolff. »Aber dann haben Sie beide ja den ganzen Flur in Beschlag genommen …«

Frau von Berg schluchzte dramatisch, dann lief sie wimmernd an ihm vorbei auf ihre Suite zu. Mit zitternder Hand schloss sie hastig die Zimmertür auf und war auch schon verschwunden. Wolff blickte zu Herrn von Berg hinüber. Der straffte den Rücken durch, glättete sein Sakko und versuchte, eine gute Figur zu machen. Er räusperte sich.

»Wissen Sie«, meinte er in einem verbindlichen Ton, wobei er ein paar Schritte auf Wolff zuging. »Es ist im Grunde nichts, eine harmlose, kleine Meinungsverschiedenheit. Sehen Sie«, – er war nah an Wolff herangetreten und die Luft voll von seinem herben Rasierwasser – »es ist wie in jeder Ehe. Deine Frau, das unbekannte Wesen. Missverständnisse und Kabbeleien. Und so einen Kleinkrieg hat man sich freiwillig ans Bein gebunden, was?« Er lachte etwas künstlich auf, aber als er merkte, dass Wolff nicht darauf einging, unterbrach er sich und machte eine ernste Miene. »Sie haben recht, es ist nicht lustig. Es ist sogar eine Tragödie. Man liebt aus ganzem Herzen und kann es doch nicht ertragen. Man ist einfach nur ausgeliefert. Ich bin eigentlich ein friedfertiger Mensch, glauben Sie mir! Ich neige keinesfalls zu Temperament oder zu Traurigkeit. Und jetzt schauen Sie mich an!«

Er sah Wolff aus glasigen Augen an. »Wenn ich sie sehe, möchte ich ihr jedes Mal um den Hals fallen, nach all den Jahren immer noch. Aber manchmal könnte ich dabei diesen schönen Hals würgen, bis ihr das höhnische Grinsen vergeht. Oh Gott!« Er hielt sich die Hand vor den Mund. »Bitte denken Sie nicht schlecht von mir. Ich bin eigentlich ganz anders, durch sie komme ich aber immer seltener dazu.«

Entsetzt von sich selbst, lief er eilig zu seinem Zimmer zurück. Die Tür ging schnell und behutsam zu.

Wolff blieb zurück. Auf dem Flur war alles still wie kurz zuvor, als hätte dieses seltsame Schauspiel nie stattgefunden. Von außen machten die Zimmer keinen Unterschied, alle Türen sahen gleich aus: jene von Herrn von Berg, daneben die von Frau Neuss, schließlich die Suite von Frau von Berg, dann Julias und seine, zuletzt die Tür zum Zimmer von Frau Tiberius. Sie waren zum Verwechseln gleich. Und doch taten sich hier und da einfache Schlafzimmer, gelegentlich aber wahre Abgründe auf.

Wolff trottete über den Flur. Er hatte keine Lust mehr, über diese von Bergs und Nimrods und anderen Menschen dieser Welt nachzudenken. Das Bier lag ihm schwer im Magen. Mühsam kramte er nach dem Zimmerschlüssel in seiner Tasche, während er auf die Tür zum Zimmer 204 zuging.

»Alles Verrückte«, murmelte er müde vor sich hin, während er die Tür aufschloss. Vorsichtig betrat er den dunklen Raum. Irgendwo weiter hinten verschlief Julia ihre Migräne.

4. KAPITEL

»Jetzt aber: Urlaub!« Julia strich die Butter dick über ihr Brötchen. Ihre Kopfschmerzen waren über Nacht tatsächlich verflogen, und in bester Stimmung hatte sie Wolff am Morgen geweckt. Nun saßen sie wieder im Speisesaal, Wolff etwas schlaftrunken, Julia dagegen voller Energie. Der Raum machte an diesem Morgen einen ganz anderen Eindruck auf Wolff. Die Sonne schien durch die großen Fenster herein, draußen blitzten die weißen Nachbarhäuser – die Welt sah ungemein freundlich aus.

»Ich lasse mich gleich von diesem Vito durchkneten und habe dann den ganzen Tag völlig entspannt und ohne irgendeine Blockade im Nacken Zeit für dich. Ich denke an einen Spaziergang am Strand. Vielleicht runter nach Sellin. Oder einfach nur hin und her, wie du magst. Nur draußen an der frischen Luft muss es sein – bei diesem Wetter! Und abends in die Sauna. Ich habe gehört, dass es in der Hauptstraße ein Hotel mit Wellnessbereich gibt. Dort könnten wir uns ja mal kurzfristig einlogieren.«

So plauderte sie munter weiter, während sie die Johannisbeermarmelade auf der Brötchenhälfte verteilte. Wolff hatte noch zu nichts eine Meinung. Ihm war es zu früh, um sich an dem Gespräch zu beteiligen. Außerdem wirkte der Kaffee noch nicht. Und eigentlich war er nur froh, dass es Julia besser ging. Mehr brauchte er für den Moment nicht.

Während sie aßen, füllte sich der Raum mit anderen Gästen des Hotels, aber außer einem kurzen Kopfnicken zum Gruß nahm niemand so richtig Notiz von dem Paar am Fenster. Wahrscheinlich hatten sie schon nach einem Tag den Reiz des Neuen verloren, was Wolff recht war.

»Ich mache mir etwas Sorgen um dich«, riss ihn Julia aus seinen Träumereien. »Was machst du bloß, wenn ich zur Massage bin?«

Wolff schenkte sich Kaffee aus der altertümlichen Keramikkanne nach. »Ich schnarche vielleicht noch eine Runde. Oder lese ein bisschen Zeitung. Keine Angst, ich finde schon etwas.«

»Es dauert sicher anderthalb Stunden mit allem Drum und Dran«, erinnerte sie ihn skeptisch. Er aber wiegelte gelassen ab.

»Nicht so schlimm.«

»Na, wenn du meinst«, sagte sie langsam. »Ich hoffe jedenfalls, dass er gut ist. Ich meine, so richtig gut. Weißt du eigentlich, wie schwer es ist, einen Masseur zu finden, der sich nicht so zimperlich hat und auch mal ordentlich zupackt?«

»Nein«, meinte Wolff. »Ich kenne mich auch nicht aus mit Laufmaschen in der Strumpfhose, kussfestem Lippenstift und anderen Frauenthemen.«

Julia musste gar nichts sagen. Sie hob nur drohend das Brotmesser in seine Richtung, und Wolff hatte verstanden, dass er sich zu weit hinausgelehnt hatte. »Mein lieber Freund, ich muss doch sehr bitten!«, sagte sie in scharfem Ton. »Du wolltest doch nett sein – gerade jetzt im Urlaub. Und lass bloß nicht den kleinen Macho raushängen, du Stubentiger. Denn im Geschlechterkampf müsstest du ein paar ordentliche Schlappen einstecken. Oder muss ich dich erst daran erinnern, dass ein gewisser Herr seit einiger Zeit einen bestimmten Aufsatz zum Rasierapparat dabei hat? Rundlich, mit sehr kleinen Klingen – als müsste er sich neuerdings die Nasenhaare trimmen. Und dann die Gesichtscreme und die Handcreme: Mein guter Herr, früher haben Sie nicht so lange im Bad gebraucht. Und überhaupt: Seit wann sind denn Massagen ein Frauenthema? Du wirst sehen, noch bevor wir abreisen, kriege ich dich auch dazu.«

»Mal schauen«, meinte Wolff und lächelte. Die Kellnerin trat an ihren Tisch und grüßte. »Darf ich das abräumen?«, fragte sie und hatte schon nach den leeren Tellern und Julias Eierbecher gegriffen. Kunstvoll stapelte sie alles auf ihr Tablett und stand schon am nächsten Tisch und sorgte dort für Ordnung. In diesem Moment betrat Ehrenstein den Speisesaal. Mit nervösem Blick schaute er sich im Raum um, zugleich tupfte er sich mit einer Stoffserviette den Schweiß von der hohen Stirn.

Als er die Kellnerin ausmachte, eilte er auf sie zu. Er beugte sich nah an sie heran und flüsterte ihr ins Ohr. Die Dringlichkeit seines Anliegens war ihm ins Gesicht geschrieben. Die Kellnerin stellte ihr Tablett an einem leeren Tisch ab und begleitete Ehrenstein, der sie am Arm gepackt hatte, nach draußen.

»Da hat es aber jemand eilig«, bemerkte Wolff interessiert. Zu gern hätte er gewusst, was den so akkuraten Portier zu dieser seltsamen Hektik bewogen hatte. Julia folgte seinem Blick zur Tür. »Und die Kellnerin ist nicht die einzige Frau, die sich aus dem Staub macht. Ich muss auch gehen. Nicht, dass Vito noch sauer wird. Obwohl – vielleicht packt er dann fester zu.« Sie trank ihren Tee mit einem letzten Schluck aus und erhob sich. »Wir sehen uns also später, ja? Ich finde dich entweder hier hinter einer Zeitung oder oben unter der Bettdecke, richtig?«

Wolff nickte, bekam einen Kuss auf die Wange und sah Julia nach, die freudig ihrem Massagetermin entgegenging. Dann betrachtete er die Menschen um sich herum, ohne jemanden zu sehen. In Gedanken versunken, schaute er schließlich aus dem Fenster hinaus und sah dort auf dem Absatz vor der Eingangstür Doktor Gruber stehen. Genauso, wie sie sich am Abend zuvor verabschiedet hatten, stand der Doktor dort und rauchte genüsslich eine Zigarette. Dabei hielt er die linke Hand hinter den Rücken gebeugt und verfolgte die wenigen Spaziergänger, die zu dieser frühen Stunde durch die Straße gingen.

Kurzerhand stand Wolff auf und verließ den Speisesaal. Im Vorbeigehen bemerkte er, dass der Tresen im Foyer nicht besetzt war. Der sonst so dienstbeflissene Ehrenstein war nicht auf dem Posten. Wolff maß dem nicht allzu viel Bedeutung bei. Wahrscheinlich hatte er noch mit der Kellnerin zu tun.

Als Wolff die Hoteltür öffnete, drehte sich Doktor Gruber zu ihm um.

»Na, altes Haus«, begrüßte der ihn freudig. »Auch schon auf den Beinen? Ich sage Ihnen, so ein schönes Wetter kommt nicht alle Tage um diese Jahreszeit. Hören Sie mal!«

Wolff sah ihn fragend an.

»Die Möwen!«, erklärte der Doktor. »Im Sommer die reinste Plage – wie die Tauben in Venedig. Diese Viecher sind extrem zutraulich und mindestens genauso gerissen. So eine Möwe klaut einem den Fisch direkt aus der Hand, wenn man nicht aufpasst. Im Herbst sind sie deutlich seltener zu sehen und zu hören.«

»Vielleicht ziehen sie in den Süden?«

»Ah, da muss ich Sie einmal belehren. Die Seeschwalbe fliegt zum Überwintern weg, ja. Aber die Möwen bleiben, zusammen mit dem Blesshuhn und ein paar Entenarten. Nein, nein, ich denke, es liegt an den Touristen. Weil jetzt um die Zeit viel weniger Leute am Strand sind als im Sommer, lohnt es sich für die Vögel nicht mehr, großartig auf Beutesuche zu gehen. Überlegen Sie mal, wie viele Strandbars sonst in der Bucht verteilt sind. Und jetzt? Nichts. Keine Bar, kein Strandkorb. Nur ein paar lungenkranke Senioren und ab und an mal ein Hund. Und wir zwei.« Er lachte, bis er sich verschluckte. Dann hustete er und zog an seiner Zigarette. »Apropos wir zwei. Haben Sie sich eigentlich von der Schachbegegnung gestern Abend erholt? Falls ja, hätte ich gerade rein zufällig etwas Zeit und Muße ...«

Wolff wollte etwas entgegnen, doch just da flog die Tür auf, dass er überrascht zur Seite trat, und Ehrenstein kam aus dem Hotel gestürmt.

»Herr Doktor? Zum Glück sind Sie da! Ich weiß, Sie sind im Urlaub und auch nur Kinderarzt, wobei entschuldigen Sie das ›nur‹. Das sollte keine Kränkung sein.«

Der Doktor winkte ab. »Was haben Sie denn, guter Mann? Sie sind ja völlig außer Atem!«

»Es geht um Frau von Berg. Aber vielleicht ...« Er warf einen scheuen Blick auf Wolff.

»Nur keine falsche Bescheidenheit«, erklärte Doktor Gruber jovial. »Vor Herrn Wolff können Sie offen sprechen. Das ist einer von den Guten.«

»Nun gut ...« Ehrenstein zögerte. »Trotzdem muss ich Sie um absolutes Stillschweigen bitten. Die übrigen Gäste sollten auf keinen Fall beunruhigt werden.«

»Frau von Berg hat in den vergangenen Tagen sicher keine Gelegenheit ausgelassen, um sämtliche Gäste zu beunruhigen«, scherzte der Doktor. »Was ist es denn diesmal?«

Ehrenstein sah sich unruhig nach allen Seiten um. »Frau von Berg ist heute Morgen leider unpässlich«, flüsterte er. »Ein Unfall.«

»Ist sie verletzt?«, fragte Wolff.

»Auch das«, bestätigte der Portier. »Aber vor allem ist sie wahrscheinlich tot.«

Wolff traute seinen Ohren nicht.

»Tot?«, fragte er perplex nach. Der Doktor hatte sich früher von der Überraschung erholt. »Und das sagen Sie erst jetzt?«, herrschte er den Portier an. Verstimmt warf er seine Zigarette in den Vorgarten und eilte in das Hotel, dicht gefolgt von Ehrenstein. »Bitte denken Sie an die Gäste. Der Ruf unseres Hauses steht auf dem Spiel. Wenn das die Runde macht …«

»Sie ist in ihrem Zimmer?«, fragte Doktor Gruber unbeeindruckt. Ehrenstein bestätigte. Gemeinsam liefen die drei Männer durch den Flur und die Treppe hinauf. Vor der Suite Nummer 203 stand die Kellnerin und sah Ehrenstein mit weit aufgerissenen Augen an.

»Sie haben keinen reingelassen?«, fragte der Portier. »Gut gemacht!« Damit schob er die Frau freundlich, aber bestimmt zur Seite und öffnete die Tür. »Herr Doktor, würden Sie bitte …?«, meinte er und ließ den Mediziner vorbei.

Das Zimmer, das Wolff hinter Doktor Gruber betrat, war hell und luftig gehalten. Das Licht fiel durch dünne, cremefarbene Gardinen, die hohe Fenster verdeckten. Zusätzlich sorgten kleine Stehlampen, die zwischen den zahlreichen Beistelltischen standen, für eine angenehme Beleuchtung. Um einen Fernseher waren mehrere Sitzmöbel gruppiert, weiter hinten befanden sich ein schmaler Schreibtisch und eine Minibar. Ein süßlich bitterer Duft von Zitronengras erfüllte den Raum.

Doktor Gruber sah sich um und entdeckte Frau von Berg vor dem Sofa. Eilig schob er einen Klubsessel aus dem Weg und beugte sich über die Frau. »Hat schon jemand ihren Mann verständigt?«, fragte er, während er die reglose Frau untersuchte.

Ehrenstein verneinte. »Herr von Berg schläft für gewöhnlich recht lang. Wir wollten ihn erst wecken, wenn auch wirklich feststeht, wie schlimm es um seine Gattin steht.«

Der Doktor rappelte sich umständlich auf, bis er neben der Frau auf den Knien hockte. Langsam fuhr er sich über das Kinn. »Ich denke, Sie können ihn jetzt wecken lassen. Hier ist nichts mehr zu machen.«

Der Portier gab der Kellnerin hastig ein Zeichen, worauf sie verschwand.

Nun, da der Doktor den Blick freigegeben hatte, betrachtete Wolff die Tote. Frau von Berg lag auf dem Rücken, direkt neben dem Tischbein eines kleines Tischs, dessen Glasplatte an der Ecke zersprungen war. Ihr Kopf war umgeben von einer Blutlache, die sich rötlich glänzend vom Parkett abhob. Hier und da funkelten Glassplitter aus dem Nass. Das Gesicht der Frau wirkte blass und wie aus Pergament, nur die rot unterlaufenen Augen stachen daraus hervor. Wolff konnte den Anblick nicht ertragen. Nur flüchtig besah er sich den violett verfärbten Hals, die in Unordnung geratene Kleidung der Toten und schließlich die merkwürdig verrenkten Beine.

Doktor Gruber erhob sich und ließ sich schwer in einen der Sessel fallen.

»Ein Unfall?«, fragte Ehrenstein vorsichtig.

Der Doktor zuckte mit den Schultern. »Ich kann Ihnen nur sagen, dass sie tot ist. Wie es jetzt weitergeht, entscheidet wohl die Polizei.«

»Natürlich«, meinte der Portier leise. In der Tür erschien Herr von Berg. Wolff wich ihm aus, als er, nur mit einem Morgenmantel über dem Schlafanzug, ins Zimmer stürzte. Als er seine Frau erblickte, stoppte er abrupt, hielt sich die Hände vor den Mund und wimmerte. »Katharina«, schluchzte er. »Katharina, mein Engel!« Er sank auf die Knie und ergriff die Hand der Toten. Sein Körper wurde von einem heftigen Zucken erschüttert, während er die reglose Hand liebevoll streichelte. »Mein Engel, was ist passiert? Das kann doch nicht wahr sein! Das ist doch alles nur ein Traum, nein!«

Wolff wandte sich ab. Es kam ihm falsch vor, zu sehr auf den trauernden Mann zu starren. Genauso pietätlos wäre es aber gewesen, sich in diesem Moment an Ehrenstein vorbei zu zwängen, um aus dem Zimmer zu gelangen. Er betrachtete den Raum. Neben der Toten kniete ihr Gatte, schräg davon saß Doktor Gruber, in den Klubsessel versunken, und rieb sich gedankenverloren die Stirn. Hinter Ehrenstein erschien der Direktor.

»Die Polizei«, hauchte Hansen. »Herr Ehrenstein, würden Sie bitte?«

Der Portier schien froh, eine Aufgabe bekommen zu haben, deutete eine Verneigung an und verließ den Raum.

Wolff hielt sich im Hintergrund. Die Szene kam ihm so unwirklich vor. In all dieser Schönheit, diesem wohligen, komfortablen Raum, in dem alles zur Entspannung einlud, hatte ein Mensch sein Ende gefunden.

»Meine Herren«, sagte der Direktor, an Doktor Gruber und Wolff gewandt, »ich möchte Sie bitten, hier zu bleiben, bis die Polizei eingetroffen ist. Vielleicht gibt es Fragen, wie die konkreten Abläufe … also wer hier wann gewesen ist.« Er rückte seinen Krawattenknoten zurecht.

»Natürlich«, meinte Doktor Gruber. Als wäre er plötzlich aus tiefen Gedanken erwacht, erhob er sich schwerfällig. »Aber Sie«, sagte er zu Herrn von Berg und half dem Widerstrebenden auf, »Sie sollten hier nicht sein. Nicht jetzt. Gehen Sie doch in Ihr Zimmer zurück. Herr Hansen, kann die Kellnerin vielleicht mal ein Glas Wasser holen und bei ihm bleiben – nur zur Sicherheit?«

»Selbstverständlich!«, beeilte sich der Direktor. Er sah sich um, doch die Kellnerin war verschwunden. »Hat wohl Muffensausen bekommen. Nun gut, klären wir später«, räusperte er sich. »Kommen Sie mit mir, Herr von Berg. Ich denke, wir finden auch so noch ein Mineralwasser in Ihrer Zimmerbar.« Damit griff er dem Mann unter die Arme und führte ihn hinaus.

Zurück blieben Wolff und der Doktor. Die beiden Männer schwiegen sich an. Nach einer Weile fragte Wolff: »Was meinen Sie zu der Sache?«

Doktor Gruber wehrte ab. »Ich bin Lungenarzt, kein Gerichtsmediziner. Aber für mich sieht alles nach einem tragischen Unfall aus.«

Wolff nickte. »Ja. Sie rutscht aus, fällt nach hinten und stößt mit dem Kopf gegen die Tischplatte. Beim Aufprall verliert sie das Bewusstsein und zieht sich eine Platzwunde zu. Sie stirbt an dem Blutverlust.«

Doktor Gruber zog die Stirn in Falten. »Nein, so kann es nicht gewesen sein. Schauen Sie sich mal diese Blutlache an. Das sieht zwar nach viel aus, ist aber höchstens ein halber Liter. Daran stirbt man nicht. Die äußere Verletzung war nicht das Problem. Nein, ich denke, was wir *nicht* sehen können, ist ihr zum Verhängnis geworden. Durch den Aufprall muss ein Gefäß geplatzt sein, das zu einer inneren Hirnblutung geführt hat.«

»Ja«, meinte Wolff. »Auch die verdrehte Stellung der Beine spricht dafür, dass sie rückwärts gefallen ist.«

»Eine klare Sache«, bestätigte Doktor Gruber.

»Ganz sicher. Nur eines ist doch etwas komisch.«

»Und was?«

»Nun ja«, meinte Wolff. »Das Parkett ist ringsum trocken – abgesehen von dem Blut. Und Frau von Berg trägt flache Schuhe. Es gab also absolut keine Rutschgefahr. Warum ist sie also überhaupt gestürzt?«

5. KAPITEL

Es dauerte nicht lange und ein Polizeiwagen fuhr vor. Die beiden Streifenpolizisten – ein Mann und eine Frau – wurden von Herrn Ehrenstein vor dem Hotel empfangen. Er sprach auf sie ein, wobei er beschwichtigend die Hände hob, und führte die Polizisten schließlich um das Haus herum. Wolff, der all das vom Fenster aus beobachtet hatte, vermutete, dass der dienstbeflissene Portier irgendeinen Hintereingang nutzte, um die Polizisten von den Gästen unbemerkt ins Hotel zu bringen.

Wenige Minuten, nachdem sie aus seinem Sichtfeld verschwunden waren, betraten sie die Suite der Toten. »Guten Tag«, grüßte die Polizistin, die alles in allem einen recht gefassten Eindruck machte. Ihr Zopf war straff gezogen, das Gesicht verfinstert. Wahrscheinlich versuchte sie, mit einem betont ernsten Auftreten zu signalisieren, dass sie der Lage durchaus gewachsen war, vermutete Wolff. »Polizeimeister Meinecke«, rief sie übermäßig laut in den Raum. »Das ist mein Kollege Hennings. Und Sie sind?«

»Warten Sie, ich mache Sie schnell bekannt. Das sind Doktor Gruber und Herr Wolff«, beeilte sich Ehrenstein zu sagen. »Die beiden sind unsere Gäste. Ich hatte Doktor Gruber gebeten, nach Frau von Berg zu sehen, als noch Hoffnung bestand, dass sie nicht verstorben sei.«

»Verstehe«, unterbrach Meinecke den Portier. Sie warf einen Blick auf die Leiche. »Was meinst du, Torben?« Der Polizist rümpfte die Nase. »Ein Unfall. Kennt man ja. Wahrscheinlich zu viel getrunken. Oder im Dunkeln gegen ein Möbelstück gestoßen und dann umgekippt. Ist ja oft so, wenn man nicht zu Hause ist, wo alles seinen gewohnten Platz hat.«

»Also?«, hakte Meinecke nach.

»Wir rufen den Notarzt, damit er den Totenschein ausstellt. Ich mache noch ein paar Fotos fürs Protokoll, und dann übernehmen die Angehörigen. Die Tote hatte doch Verwandte hier?«

Ehrenstein nickte. »Einen Gatten.«

»Gut«, meinte Hennings. »Dann ist das ja ganz einfach. Wir nehmen noch die Zeugenaussagen auf, damit alles seine Richtigkeit hat, und das war es dann auch.«

Meinecke nickte. »Klingt schlüssig. Herr Ehrenstein, stellen Sie doch mal eine Liste mit allen Personen zusammen, die in diese Sache verwickelt sind. Wer hat sie gefunden? Wer hat wen kontaktiert? Wer war alles in diesem Raum und hat was gemacht? Torben, du nimmst die Personalien auf, und dann wird alles schön protokolliert. Aber keine Sorge, Herr Ehrenstein, das erledigen wir auf der Wache.«

Hennings fuhr währenddessen fort. »Bei Todesfällen muss das Polizeihauptrevier in Bergen verständigt werden …«

Doktor Gruber trat einen Schritt vor. »Ich möchte mich ja nicht in Ihre Arbeit einmischen, aber die Tote scheint nicht an einer äußeren Verletzung, sondern an einer inneren Blutung verstorben zu sein. Ohne den Kollegen im Ort zu nahe zu treten – aber haben die hier niedergelassenen Ärzte denn die Technik, um eine Obduktion vorzunehmen?«

Meinecke sah ihn verblüfft an. »Eine Obduktion? Herr Doktor, wir sind in Binz und nicht in Berlin. Hier handelt es sich doch offensichtlich um einen normalen Unfall. Die Frau ist unglücklich gestürzt. Das wird Ihnen jeder Arzt im Ort bescheinigen können. Eine Obduktion! Wenn wir das bei jeder Leiche machen würden!«

»Mit wie vielen Leichen haben Sie denn über das Jahr zu tun?«, fragte Wolff schelmisch.

Meinecke stutzte. »Das tut doch nichts zur Sache. Ich werde sicher keinen Gerichtsmediziner bestellen, wenn eindeutig ein Unfall passiert ist.«

»War es denn wirklich ein Unfall?«, wollte Wolff wissen. »Dass Frau von Berg im Dunkeln oder im betrunkenen Zustand gestürzt ist, wie Ihr Kollege vermutet, halte ich für recht unwahrscheinlich.«

»Soso«, meinte Meinecke und schnalzte mit der Zunge. »Tun Sie das? Sind Sie etwa vom Fach, Herr …?«

»Wolff. Stefan Wolff.«

»Und Sie sind auch Arzt?«

Wolff schüttelte den Kopf. »Das nicht gerade. Ich bin Lehrer.«

»Ein Lehrer?«, höhnte die Polizistin.

»Ja, für Mathe und Sachkunde. Ich habe Doktor Gruber begleitet, als er …«

»Ja, gut, aber so geht das nicht!«, wies ihn Meinecke scharf zurecht. »Das ist doch keine Touristenattraktion. Darf ich bitten?« Sie wies zur Tür. Wolff sah sie verdutzt an. »Vielleicht wäre es nützlich, …«

»Natürlich«, wiegelte sie ihn ab. »Halten Sie sich zu unserer Verfügung. Und jetzt …«

Wolff verstand. Trotzig ging er über den Flur. Diese Dorfpolizisten waren aber auch so was von begriffsstutzig! Ehe er die Treppe erreicht hatte, holte ihn der Portier ein. »Herr Wolff, es tut mir unendlich leid, falls Ihnen durch diesen tragischen Zwischenfall irgendwelche Unannehmlichkeiten entstanden sein sollten. Aber ich bitte Sie noch einmal: Bewahren Sie Stillschweigen vor den übrigen Gästen, ja? Es gibt keinen Grund, den armen Leuten den Urlaub zu verderben, nicht wahr?«

Wolff gab keine Antwort. Wütend ging er die Treppe hinab. Er musste an die Luft, und zwar dringend. Diese Arroganz, mit der ihn diese Polizistin abgefertigt hatte, war unerträglich. Und dieser furchtbare Portier, der die Geschichte am liebsten sofort unter den Teppich kehren würde. Interessierte sich eigentlich niemand dafür, was sich wirklich im Zimmer 203 zugetragen hatte? Immerhin war ein Mensch gestorben!

»Hast du es sehr eilig?«

Wolff sah sich um und erkannte Julia. »Entschuldige, ich hab dich gar nicht gesehen. Ist die Massage schon vorbei?«

»Ja, leider. Ich sage dir, dieser Vito hat Hände – einfach nur göttlich! Aber was hast du denn?« Sie nahm sein Gesicht in ihre Hände. »Du siehst ja völlig durcheinander aus. Was ist denn los?«

»Nicht hier«, raunte er ihr zu und machte sich los. »Komm, wir gehen spazieren.«

»Jetzt? Na gut, dann hole ich schnell meine Jacke.«

»Nein, geh da jetzt nicht rauf!«, rief Wolff. »Ich hole sie dir.« Bevor sie etwas einwenden konnte, war er schon auf der Treppe. Als er in der ersten Etage ankam, sah er gerade, wie die Tür zu Frau von Bergs Zimmer zugezogen wurde. Ehrenstein, durchzuckte es Wolff. Glaubte der Portier tatsächlich, den Tod seines auffälligsten Gastes geheim halten zu können?

Wolff hastete über den Flur und betrat sein Zimmer.

Wenige Augenblicke später hielt er der in ihre Jacke gehüllten Julia die Hoteltür auf.

»So, und wo lang?«, fragte sie, da nahm er sie bei der Hand und führte sie die Straße entlang. An der nächsten Kreuzung bog er nach rechts, dann nach links ein. Nur keine geraden Wege, dachte er. Niemand sollte wissen, wohin sie gingen. Niemand sollte sie belauschen können.

»Und ich dachte immer, so ein Spaziergang wäre viel zu langweilig für dich«, meinte Julia. »Aber mir würde es mehr Spaß machen, wenn du das Tempo drosseln könntest. Wir sind doch im Urlaub und nicht beim Marathon!«

»Gleich«, gab Wolff zurück.

»Und überhaupt, was drehst du dich denn dauernd um? Spielen wir Verstecken?« Julia klang etwas ärgerlich. Wolff sah sich ein letztes Mal um, dann bog er in eine kleine Straße, die an den Schmachter See führte. Der Platz davor war menschenleer, der Brunnen führte kein Wasser. Das Röhricht um den Steg rauschte leicht im Wind, Enten schwammen in einer kleinen Gruppe weiter draußen auf dem Wasser. »Also, heraus mit der Sprache!«, forderte Julia und lehnte sich an das hölzerne Geländer.

»Gut«, meinte Wolff und nahm ihre Hände. »Frau von Berg ist tot.« Er machte eine bedeutsame Pause, während der er ihr fest in die Augen sah. »Doktor Gruber und ich wurden von Ehrenstein in ihr Zimmer gerufen. Da haben wir es gesehen. Sie lag tot auf dem Boden.«

»Aber …« Sie versuchte sich zu fassen. »Das ist ja schrecklich! Wie konnte das passieren?«

»Keine Ahnung, die Polizei geht von einem Unfall aus.«

»Was? Die Polizei ist schon da? Ja, natürlich, das muss sie ja.« Julia atmete tief durch. »Na schön. Ein Unfall. Arme Frau von Berg! Ich meine, besonders nett war sie ja nicht, aber schade ist es trotzdem. Sie war gar nicht so alt.« Sie sah auf den See hinaus, der sich in hellem Blau vor ihnen ausbreitete. Ein leichter Wind ließ das Wasser hier und da silbrig schimmern.

»Komm«, meinte sie schließlich. »Wir gehen ein Stück, hier zieht es.« Sie ergriff seine Hand und schlenderte neben ihm an der Uferpromenade entlang. Wolff hatte nichts dagegen einzuwenden. Die frische Luft tat ihm gut, sie kühlte angenehm seine Stirn. Er atmete tief ein und fühlte, wie er allmählich entspannte.

»Eines musst du mir erklären«, sagte Julia, als sie den See hinter sich gelassen hatten und entlang einer leicht ansteigenden Straße den Ortskern verließen. »Warum warst du vorhin so aufgeregt? Du hast mich vom Hotel weggezerrt, als wären wir auf der Flucht.«

Wolff wusste es auch nicht so recht. »Es kam alles so plötzlich. Gerade noch plaudern wir vor der Hoteltür und alles ist in bester Ordnung.«

»Wer ist denn ›wir‹?«

»Doktor Gruber und ich. Wir wollten Schach spielen, als Ehrenstein uns ins Zimmer von Frau von Berg rief.«

Julia sah ihn prüfend an. »Ich verstehe ja, dass man bei einem Unfall den nächstbesten Arzt dazuholt. Aber einen Grundschullehrer? Sag mal, was hattest du da eigentlich zu suchen?«

»Keine Ahnung. Es ging alles so schnell. Das hat sich irgendwie ergeben. Und schon im nächsten Augenblick standen wir alle um die Tote herum. Es war ganz schön gruselig. Ich meine, gestern hat sie noch gelebt und ein paar Stunden später liegt sie tot in ihrem Zimmer.«

»Und das hat dich so mitgenommen, dass du gleich aus dem Hotel gestürmt bist?«

»Nein!« Wolff wusste nicht, wie er es ihr erklären sollte. »Irgendwas stimmt da nicht. Ich weiß selbst nicht genau, was. Die Polizisten haben sich den Unfallort gar nicht richtig angeschaut. Sie haben kaum Fragen gestellt. Alles war so routiniert, so strikt nach Protokoll.«

»Profis halt«, warf Julia ein.

»Nein, sicher nicht! Du hättest sie sehen sollen. Profis waren das bestimmt nicht, zumindest keine Profis für solche Todesfälle. Nein«, beharrte Wolff. »Sie sind von Anfang an davon ausgegangen, dass es sich um einen Unfall handelt. Und Ehrenstein war das nur recht.«

»Was hat der Portier damit zu tun?«

»Er hat uns um Stillschweigen gebeten, da hatte Doktor Gruber noch nicht einmal bestätigt, dass Frau von Berg tatsächlich tot war. Hansen hat so·etwas später auch angedeutet: bloß keine Aufregung unter den Gästen. Denen hat es gut in den Kram gepasst, dass die Polizisten die Ermittlungen kleinhalten wollen.«

»Ermittlungen?« Julia rümpfte die Nase. »Übertreibst du nicht ein bisschen? Wenn du wüsstest, wie oft bei mir in der ambulanten Pflege jemand stirbt, und da gibt es nie irgendwelche Ermittlungen. Weißt du, so tragisch es auch ist, aber der Tod gehört zum Leben dazu, ob du es willst oder nicht.«

Vielleicht stimmte es, was Julia über den Tod sagte: Vielleicht gehörte er dazu, und auch bei Frau von Berg hatte alles seine Richtigkeit. Julia wäre sicher viel gelassener geblieben. Sie hatte tagtäglich mit dem Tod zu tun. Eine Leiche mehr oder weniger hätte sie kaum irritiert.

»Ja, aber vielleicht fallen mir Dinge auf, die andere vor lauter Routine übersehen – gerade, weil ich nicht so oft mit dem Tod konfrontiert bin«, sagte er mit etwas Trotz.

»Noch einmal, mein Schatz«, wiederholte Julia ruhig. »Auch wenn dir die Polizisten einfach gestrickt vorgekommen sind, so wissen sie bestimmt tausendmal besser als du, was in einer solchen Situation zu tun ist. Und dass eine Leiche im Hotel nicht gerade ein Touristenmagnet ist, kannst du dir wohl denken. Von daher finde ich es nur natürlich, dass Hansen und Ehrenstein dich gebeten haben, den Schnabel zu halten.«

»Okay, vielleicht hast du Recht«, räumte Wolff ein.

»Ganz sicher sogar«, entgegnete Julia vergnügt. »Schau mal, da!« Sie zeigte auf einen kleinen Bahnhof, hinter dem eine Dampflokomotive stand. Der gräuliche Rauch, den sie ausstieß, wurde von dem leichten Wind verteilt und hüllte die Waggons in einen dünnen Nebel. Gerade fuhr eine zweite Bahn ein. Die Loks gaben ein kurzes, schrilles Pfeifsignal ab, dann stoppte der Zug mit quietschenden Rädern. Die andere Lok gab stampfende Geräusche von sich, ihr Rauch färbte sich dunkel und überzog den Bahnsteig.

»Der *Rasende Roland*«, erklärte Wolff ohne rechte Begeisterung. »Er fährt von Putbus über Binz nach Sellin, Baabe und Göhren.« Im Kopf war er woanders.

»Sehr schön«, rief Julia. »Das bringt mich direkt zu der Frage, wohin wir eigentlich gehen. Ich meine, wohin führt dieser Weg?«

Wolff dachte nach. »Auf jeden Fall in die Granitz. Vielleicht auch zum Jagdschloss.«

»Die Granitz?«

»So heißt die Gegend. Und der Wald. Mittendrin hat irgendein Fürst von Putbus sein Jagdschloss gebaut.«

Julia sah ihn beeindruckt an. »Wann hast du dich denn schlaugemacht?«

»In den Hofpausen.«

Sie lachte, und für einen Moment war wieder diese unbeschwerte Heiterkeit zwischen ihnen. »Na gut, dann wollen wir mal«, erklärte sie. »Aber auf deine Verantwortung.«

Von der Straße zweigte sich ein schmaler Weg ab, der von hellbraunem Laub gesäumt wurde. Um sie herum erhoben sich die kahlen Bäume. Bald waren sie von dem Wald umgeben, der sich nass, still und menschenleer über die hügelige Landschaft ausbreitete.

»Schon etwas unheimlich«, meinte Julia und rückte enger an Wolff heran. »Und ich hab definitiv nicht die richtigen Schuhe an für so einen Spaziergang durch die Natur. Hoffentlich wird es nicht noch matschiger. Nebenbei: Leben hier eigentlich wilde Tiere?«

»Vermutlich«, meinte Wolff. »Immerhin gibt es ein Jagdschloss.«

»Was wohl das größte Tier auf der Insel ist?«

»Ich denke, ein Hirsch.«

»Aha.« Julia klang nicht sehr angetan. »Na, zumindest beißen die nicht. Und im Herbst haben sie ja zum Glück kein Geweih.«

Wolff lachte. »Doch, das haben sie. Hirsche verlieren erst im Frühling ihr Geweih. Aber die Rehe haben gerade kein Gehörn. Also immerhin etwas!«

»Na super«, ächzte Julia theatralisch. »Wir sind vor den Rehen mit ihren kleinen Spießen sicher, aber die Hirsche rennen mit ihrem endlosen Geweih herum.«

»Ich denke, wir werden weder ein kahlköpfiges Reh noch einen Hirsch sehen, leider. Die sind allesamt sehr scheu.«

»Und was ist mit Wildschweinen? Können die uns gefährlich werden?«

»Das glaube ich nicht. Die müssten mitten in der Paarungszeit stecken. Da haben sie sicher anderes zu tun, als nach Touristen zu gucken.«

»Na, wenn du meinst.«

Sie gingen weiter auf dem Weg, der sich durch die Anhöhen schlängelte, bis sie schließlich die rosafarbenen Türme des Jagdschlosses zwischen den Bäumen ausmachen konnten.

»Was für ein Kasten!«, staunte Julia. Auch Wolff war beeindruckt. Das zweistöckige Schloss mit seinen wuchtigen Ecktürmen erhob sich imposant über das Umland. Überragt wurde das Gebäude von einem mächtigen Mittelturm, der sich trotzig in den Himmel reckte.

»Aber wir gehen da nicht rauf, oder?«, haderte Julia.

»Wenn es geht, warum nicht? Stell dir die Aussicht vor!«

Die Treppe vor dem Eingangsportal wurde von zwei bronzenen Hundestatuen gesäumt. Ihre Rücken und Ohren blitzten hell von all den kleinen und großen Kindern, die sich im Laufe der Zeit auf die Hunde gesetzt und sich an ihnen festgehalten hatten. Wolff schob die schwere Tür auf.

»Ach herrje!«, seufzte Julia, als sie die Eingangshalle betraten und all die Geweihe sahen, die an den Wänden verteilt hingen. Unter der Sammlung ragten zwei ausgestopfte Wildschweinköpfe heraus. »Genau so habe ich mir das vorgestellt. Äußerst rustikal.« Ein älterer Mann, der gerade damit beschäftigt war, eine Weihnachtskrippe aufzustellen, drehte sich zu ihnen um. Mit einem freundlichen Lächeln im Gesicht kam er näher.

»Guten Tag und willkommen im Jagdschloss Granitz!«, meinte er gut gelaunt. »Der Rundgang durch die Ausstellungsräume beginnt gleich rechterhand. Wenn Sie es eilig haben, können Sie sich das sparen und direkt mit dem Aufstieg in den Turm beginnen. In beiden Fällen darf ich Sie aber zuerst zur Kasse bitten, die sich ebenfalls drüben rechts befindet.«

Julia sah Wolff fragend an.

»Na ja, wo wir schon mal hier sind«, meinte er. Also besichtigten sie die Ausstellungsräume. Während Wolff die kleinen Hinweisschilder las, ließ Julia das Ambiente auf sich wirken.

»Ich bleibe dabei: rustikal!«, fällte sie schon im Rittersaal ihr finales Urteil. »An den Wänden Waffen genug, um sämtliche Geweihträger auf die Liste der bedrohten Tierarten zu jagen. Überall irgendwelche Schädel und Hörner. Und die Krönung von allem: zwei Sessel mit Geweihen als Lehne. Mal abgesehen davon, dass das sicher nicht sehr bequem zum Sitzen ist, sieht es makaber aus.«

Eine rot bezogene Chaiselongue konnte ihre Meinung nicht ändern, und auch der riesige Kaminsaal beeindruckte sie nicht. Erst im Speisesaal verschwand die skeptische Miene aus ihrem Gesicht. Anders als die übrigen Räume wirkte dieser hell und luftig. Die Decke war mit Stuckelementen durchbrochen und ging, von einer golden schimmernden Fassung begrenzt, in eine blassgrüne Tapete über. Die Wände waren mannshoch mit einer reich verzierten Holzvertäfelung verkleidet, in die Zierteller eingelassen waren. In der Mitte des Raumes befand sich ein Tisch, um den sechs lederbezogene Stühle mit hoher Rückenlehne gruppiert waren. Auf dem Tischtuch standen zwei Leuchter, dazu Geschirr und Besteck.

»Wie ich sehe, haben es sich die hohen Herren durchaus gut gehen lassen«, stellte Julia fest. »Na ja, mit einem echten Fürsten würde ich auch gern mal speisen – nur dürfte er mir nicht vorher seine Geweihsammlung zeigen. Ich glaube, das würde mir den Appetit verderben.«

Als sie den Rundgang beendet hatten, gingen sie die wenigen Stufen hinauf, die sie in die Mitte des Schlosses führten. Sie standen nun im Inneren des Turms, der sich über ihnen erhob. Vereinzelt hingen Geweihe an den Wänden, doch Julia und Wolff hatten nur Augen für die vielen gusseisernen Stufen, die in die Wände eingelassen waren und spiralförmig zu einer Öffnung in der hölzernen Decke führten, unter der ein ausgestopfter Adler mit weit ausgebreiteten Flügeln hing.

»Und da willst du wirklich hoch?«, fragte Julia unsicher.

Der Mann, der noch immer die Weihnachtsszene arrangierte, meldete sich zu Wort. »Insgesamt sind das 154 Stufen auf 38 Meter Höhe«, erklärte er.

Julia zögerte. »Und da kann auch wirklich nichts passieren?«

»Klar«, versicherte der Mann. »Da ist schon der alte Bismarck rauf – und der wog mehr als 120 Kilo. Wenn die Treppe das ausgehalten hat, dann Sie Fliegengewicht doch erst recht! Von dort oben haben Sie eine einmalige Aussicht. Sie befinden sich dann 144 Meter über dem Meeresspiegel. Da können Sie über halb Rügen schauen und bei dem Wetter heute nach Usedom rüber.«

»Na schön.« Julia atmete tief durch. »Aber ich gehe vor. Wenn ich runterfalle, musst du mich auffangen«, sagte sie zu Wolff. »Und wehe, wenn nicht.«

Vorsichtig nahm sie die ersten Stufen, die Hand fest an das niedrige Geländer geklammert. »Wenn das mal gut geht«, murmelte sie vor sich hin. Aber mit jedem Schritt wurde sie sicherer, und bald öffnete sie die Tür zur Aussichtsplattform, dicht gefolgt von Wolff.

Um sie herum lag Rügen ausgebreitet. Grau und braun, hier und da noch gelb, rot oder grün erstreckte sich der Wald unter ihnen. Hier und da zeigten sich dunkle, längst abgeerntete Äcker und immer wieder Seen, die scheinbar fließend ineinander übergingen.

»Dort ist ja Binz!«, rief Julia und zeigte nach Osten. »Und dahinter gleich das Meer. Ist das nicht erstaunlich? Von hier oben sieht alles so nah aus – und die Ostsee so endlos weit. Stell dir mal vor: Sie reicht von hier bis hoch nach Schweden und Russland. Wie viel Wasser das ist!«

Und dann schwiegen sie und ließen die Größe und Schönheit der Natur auf sich wirken. Da gab sie ihm einen Kuss. »Ich möchte mit niemand anderes hier sein«, flüsterte sie ihm zu.

Wolff schmunzelte. »Auch nicht mit einem Fürsten?«

Julia stupste ihn mit der Nase an. »Stell dir mal vor: nicht einmal mit einem richtigen, echten Fürsten.«

6. KAPITEL

Sie aßen in der *Alten Brennerei*, die sich im Gewölbe unter dem Jagdschloss befand. Julia hatte *Rügener Kartoffelsuppe*, Wolff das *Matjesfilet nach Nordischer Art* mit Zwiebelringen und Apfelscheiben. Sie waren noch ganz erfüllt von dem wunderbaren Ausblick über die Insel, und Wolff dachte beim zweiten Bier: Vielleicht ist das ja am Ende das Glück.

Aber dann ging es zurück nach Binz und Wolffs Heiterkeit verflog. Am Anfang hatte ihn Julia noch in eine unbeschwerte Plauderei verwickelt, doch irgendwann fielen seine Antworten knapper aus, und Julia verlor die Lust an dem Gespräch. Hinter jeder Biegung des Weges erwartete er die erste Häuserzeile des Dorfes, und jedes Mal, wenn sich der Weg krümmte, nahm die Anspannung in ihm zu. Ob die Polizisten abgezogen waren? Hatten sie die Leiche mit sich genommen? Wie hatte der Direktor die Hotelgäste über Frau von Bergs Tod informiert? Ob Joachim von Berg abgereist war?

Julia sah ihn forschend an. »Du denkst doch nicht wieder an die tote Frau?« Wolff fühlte sich ertappt. »Ganz ehrlich, so macht das keinen Spaß!« Sie blieb mitten auf dem Weg stehen. »Wie lange willst du dir noch den Tag damit verderben – und mir? Die Sache scheint doch einfach zu sein. Ich weiß gar nicht, warum du dir darüber den Kopf zerbrichst. Die Frau ist gestolpert, gestürzt und hat sich dabei schwer verletzt. Ein tragischer Unfall, aber leider passiert so etwas nun mal.«

»Das sehe ich ja alles ein«, meinte Wolff. »Ich verstehe nur eine Sache nicht. Aber du hast recht. Vielleicht ist es wirklich nicht wichtig. Weißt du was? Vergiss es! Wir haben Urlaub, und ich strenge mich ab jetzt mehr an.«

»Nein!«

»Wie, nein?«

»Nein, Stefan!« Sie verschränkte die Arme vor der Brust. »Ich kenne dich doch! Wenn dich irgendeine Sache beschäftigt, die du nicht lösen kannst, kommst du davon nicht los. Mach mir nichts vor! Du wirst die ganze Zeit über diese Frau und ihren Tod nachdenken – da kannst du dich noch so sehr verstellen. Nein, wir klären das sofort, damit das ein Ende hat. Und ich gehe keinen Schritt weiter, bis du mir gesagt hast, was dich so beschäftigt. Also?«

Sie sah ihn herausfordernd an. Er wusste nicht, ob er lachen sollte oder nicht. Aber je länger der Moment andauerte, umso sicherer war er sich, dass sie es ernst meinte. Also packte er aus. »Vielleicht ist es ja nur ein blöder Gedanke«, druckste er herum. »Vielleicht übersehe ich etwas oder messe dem überhaupt zu viel Bedeutung bei.«

»Komm auf den Punkt!«, forderte sie streng.

»Ich frage mich, wieso Frau von Berg in ihrem Zimmer gestolpert sein soll. Das ist unbegreiflich.«

»Hast du das der Polizei gesagt?«

»Ja.«

»Und?«

Wolff holte tief Luft. »Dieser eine Polizist, Hennings, meinte, sie sei vielleicht im Dunkeln gegen einen der Sessel gestoßen oder weil sie betrunken war.«

»Klingt für mich plausibel. Für dich nicht?«

Wolff sah sie groß an. »Du warst doch gestern Abend im Speisesaal dabei. Was hat sie bestellt? Irgendeinen edlen

Riesling. Davon hatte sie ein, zwei Gläser, mehr nicht. Frau Tiberius – ja, die hat einen Gin nach dem anderen gekippt. Aber Frau von Berg war viel zu kurz da, um sich großartig zu betrinken.«

Julia dachte nach. »Sie kann ja später auf ihrem Zimmer getrunken haben. Das wäre doch möglich.«

»Das glaube ich nicht. Als ich heimkam – du weißt ja, ich war noch mit Doktor Gruber aus – da habe ich gesehen, wie sie sich mit ihrem Mann gestritten hat. Als sie in ihr Zimmer ging, wirkte sie keinesfalls betrunken.«

»Das heißt aber noch lange nicht, dass die Polizei danebenliegt. Was, meintest du, sagte der Polizist? Sie könnte auch im Dunkeln gestürzt sein. Das kann zumindest möglich sein. Denk doch mal nach: In fremden Räumen findet man sich anfangs nie so richtig zurecht. Da sucht man an der falschen Stelle nach dem Lichtschalter und stößt auch mal gegen ein Möbelstück, weil eben alles ungewohnt ist. Und gerade diese Suite! Mitten im Zimmer steht eine große Sitzecke. Immer muss sie daran vorbei, wenn sie ins Bad oder ins Schlafzimmer möchte. Da kann sie gestolpert sein.«

Wolff dachte nach. So könnte es wirklich gewesen sein. Im Dunkeln hatte sich Frau von Berg durch den Raum getastet und war gegen einen der Klubsessel gestoßen. Aber dann schüttelte er den Kopf. »Du vergisst, dass sie schon länger und nicht zum ersten Mal in diesem Hotel zu Gast war. Ihr Mann ist erst vorgestern eingetroffen, dem hätte so etwas passieren können. Aber ihr? Unwahrscheinlich. Und selbst wenn: Sie war doch eine durchaus normal gebaute Frau.«

»Worauf willst du hinaus?«

»Sie müsste schon mit einem ordentlichen Tempo gegen den Sessel gelaufen sein, wenn sie von der Wucht des Aufpralls der Länge nach hinten fällt. Sie war nicht gerade zierlich. Durch den Zusammenstoß hätte der Sessel wenigstens ein Stück weit verrückt werden müssen. Aber als wir vorhin den Raum betraten, standen alle Möbel fein säuberlich um den Tisch herum gruppiert. Nur ein einziger Sessel dort wurde verschoben, und zwar von Doktor Gruber, als er sich Platz verschaffte, um zu der Toten zu gelangen. Nein, Julia, die Vermutung der Polizei haut nicht hin. Frau von Berg kann so nicht gestürzt sein.«

»Aber wenn es kein Unfall war …« Julia brach ab. Sie rieb sich nervös die Ellenbogen. »Nein, Stefan, das muss nichts heißen. Du verrennst dich da in etwas – und steckst mich noch mit an! Nein, es gibt sicher viele andere Möglichkeiten.«

»Und welche sollen das sein?«, bohrte Wolff nach.

»Woher soll ich das wissen? Ich habe sie doch gar nicht gesehen. Und selbst wenn!« Sie dachte angestrengt nach. »Ein Herzinfarkt! Das kann es gewesen sein. Der Motor stockt und sie bricht zusammen. Gar nicht mal so selten.«

»War sie dafür nicht zu jung?«

»Na hör mal!«, empörte sich Julia. »Kennst du ihre Gefäße? Kann doch sein, dass ihre Adern komplett verkalkt waren. Dafür muss man nicht unbedingt besonders alt sein. Hm, obwohl es trotzdem meistens so ist.«

»Doktor Gruber tippte auch auf die Gefäße«, erinnerte Wolff sie. »Er meinte, dass durch den Sturz eine Ader geplatzt sein könnte und es dadurch zu einer inneren Blutung gekommen ist.«

Julia nickte bedächtig. »Ja, das ist durchaus möglich.«

Wolff zog die Stirn kraus. »Könnten dadurch die Augen rot unterlaufen?«

»Ja, klar. Ein hoher Blutdruck, vielleicht kleine Einblutungen in den Augen – aber du bringst mich bestimmt nicht dazu, irgendeine Ferndiagnose zu Frau von Bergs Augen zu stellen. Es gibt viele Gründe, warum Augen rot unterlaufen sein können. Und das muss mit einem Sturz oder einer Gehirnerschütterung oder einem geplatzten Gefäß nicht das Geringste zu tun haben. Ein einfaches Beispiel: eine allergische Reaktion, vielleicht auf ein Blumengesteck. Oder eine Reizung durch die trockene Heizungsluft. Vielleicht hatte sie Kontaktlinsen getragen, wer weiß. Und da sind wir beim Stichwort: Wir wissen es nicht. Doktor Gruber hat die Leiche gesehen und den Tod festgestellt. Daran dürftest du nicht weiter zweifeln. Ein anderer Arzt wird sich das Ganze genauer ansehen, und wenn irgendetwas Merkwürdiges zu finden sein sollte, wird das schon nicht übersehen werden.«

Da fiel Wolff etwas ein. »Du meinst violette Flecken am Hals?«

»Zum Beispiel auch das«, sagte Julia langsam. »Wie kommst du ausgerechnet darauf?«

»Frau von Berg hatte solche leichten blauen Flecken links und rechts am Hals. Leicht schräg, zur Mitte hin. Kann so was durch eine innere Blutung kommen?«

»Nein«, hauchte Julia. »Das klingt ja eher … also, wenn es wirklich das ist, was ich denke, das du meinst – dann wären das ja …«

»… Würgemale?«

Julia antwortete nicht. Wolff fuhr erregt fort. »Das hieße, dass sie erwürgt worden wäre. Und dass der Täter hinterher alles so inszeniert hat, dass es wie ein Sturz aussehen musste. Dann wäre das kein Unfall, sondern …«

»Nein«, rief Julia. »Nein, das kann nicht sein. Das wäre ja – absolut unglaublich! Du reimst dir da was zusammen.

Meine Güte!« Sie lächelte vage. »Ich hätte nie gedacht, dass ein Lehrer so viel Fantasie haben kann. Ich denke, wir sollten uns jetzt erst mal wieder beruhigen. Ich habe keine Ahnung, wie du auf diese verrückte Idee gekommen bist, aber irgendwo sind deine Gedanken falsch abgebogen – und mich hast du fast in die Irre geführt. Nein, sage ich. Es gibt eine Polizei und es gibt Ärzte, die sich mit dieser Sache beschäftigen. Und über kurz oder lang werden wir erfahren, was passiert ist – spätestens durch Frau Neuss. Aber eins musst du mir versprechen, Stefan. Halte dich da raus. Das bringt nichts! Überlass das den Experten, ja?«

Wolff sah ein, dass nichts mehr zu machen war. Julia verstand ihn nicht. Er seufzte schwer. Am Ende war vielleicht doch nichts dran an der Geschichte und er bildete sich das alles nur ein?

»Na gut«, meinte er schließlich. »Lassen wir das also.«

»Gut«, bekräftigte Julia. »Dann hat sich das Thema erledigt. Keine Vermutungen mehr und keine Verdächtigungen. Und wenn noch einmal ein Arzt irgendwohin gerufen wird, dann bleibst du wie angewurzelt an Ort und Stelle und fühlst dich nicht angesprochen. Verstanden, Herr Lehrer?«

Er nickte.

»Dann ist ja alles geklärt«, meinte sie erleichtert.

Endlich gingen sie den Waldweg weiter. Binz erschien in ihrem Blickfeld, aber es machte Wolff nicht mehr nervös. Er fühlte sich abgekämpft und müde.

»Gehen wir gleich noch mal ans Meer?«, bat Julia. »Bei diesem Wetter sieht es bestimmt ganz anders aus. Und auf dem Rückweg können wir Schaufenster laufen. Vielleicht finden wir etwas Schönes.«

Wolff hatte nichts dagegen. Es war schließlich Urlaub. Auch wenn er das noch nicht verinnerlicht hatte. Also bummelten sie durch die Hauptstraße und dann die Strandpromenade entlang. Hier hatten aber die meisten Cafés und Geschäfte geschlossen. »Immerhin ist die Ostsee noch da«, meinte Julia und schaute sehnsüchtig auf die weite See. Sie bogen in einen Dünenweg ein und gelangten an den Strand. Der feine Sand gab unter ihren Schritten nach und machte das Gehen schwer. Erst weiter vorn, wo ihn das Wasser fester gemacht hatte, kamen sie besser voran. Möwen schwammen in Ufernähe auf den wiegenden Wellen, einige gingen bedächtig durch die Muscheln, die Wind und Wasser zu kleinen Feldern zusammengeschoben hatten. Hin und wieder pickten sie mit ihren Schnäbeln dazwischen, dann machten sie wieder ein paar Schritte mit ihrem seltsamen, steifen Gang. Nur wenn Julia und Wolff ihnen zu nahe kamen, blieben sie stehen und beäugten sie mit zur Seite gewandtem Kopf.

Am Strand waren nur wenige Menschen. Ihre dunklen Silhouetten zeichneten sich deutlich von dem weißlich gelben Sand ab. Dann und wann verschwand eine der Gestalten zwischen den Dünen, einen andere trat zwischen den Grashügeln hervor.

»Hast du das Schild oben an der Promenade gelesen?«, raunte ihm Julia zu. »Da stand, dass jährlich fast eine halbe Million Besucher herkommt. Und nun sieh dir das an. Kaum eine Menschenseele.«

»Da kannst du dir ausmalen, wie viel in der Saison los ist.«

»Ja«, meinte sie. »Und was für einen Luxus wir haben. So viel Strand und Ruhe erlebt wohl sonst kaum jemand. Gefällt es dir?«

Wolff sah sich um. »Ja, sehr sogar«, sagte er aus voller Überzeugung.

»Und was genau? Erzähl es mir!«

»Na, alles«, meinte er.

»Ach komm, das kannst du besser. Beschreib mir, was du siehst, was du riechst und schmeckst. Lass es auf dich wirken.« Wolff zögerte. »Na los«, munterte sie ihn auf. »Probier es einfach mal.«

»Also gut.« Er sah sich suchend um. »Ich sehe das Meer, den Strand und Bäume. Dahinter stehen die Hotels, alle weiß. Weiter hinten, wo sich die Bucht krümmt, ist Wald. Alles ist sehr hell und blass, wie ausgewaschen, und geht fließend ineinander über. Das Gras verliert sich im Sand, der grauer und nasser wird, bis er unter dem Wasser verschwindet. Das Meer bedeckt ihn und legt ihn wieder frei und hat überhaupt keine richtige Grenze, auch nach draußen nicht, wo es sich irgendwo mit dem Himmel verbindet.«

»Und was gefällt dir daran?«, fragte Julia leise.

»Ich kann es nicht richtig beschreiben. Das Meer lässt sich nicht einfangen oder zähmen. Es ist eine Naturgewalt wie der Wind und das Wetter. Es ist irgendwie beruhigend zu wissen, dass wir das alles nicht bestimmen können. Und diese Größe hat auch etwas unglaublich Erhabenes. Na ja«, meinte er, peinlich berührt. »Zumindest, wenn man gerade in der richtigen Stimmung dafür ist.«

Julia schmiegte sich an ihn. »Das hast du schön gesagt.« Sie zeigte auf die kleine Ortschaft, die sich weiß blinkend von dem Wald abhob. »Ist das dort Prora?«

»Nein. Das müsste der Hafen von Sassnitz sein. Und weiter rechts ist Sassnitz selbst.«

»Und da am Ende der Bucht, sind das schon die Kreidefelsen?«

»Kann sein, dass sie da anfangen. Aber ich glaube, sie sind etwas weiter hinten. Die Halbinsel verdeckt sie.«

Julia bückte sich, um eine Muschel aufzuheben. Vorsichtig putzte sie den Sand aus den kleinen Rillen.

»Eine Herzmuschel«, erklärte sie. »Manchmal ist es schon ein bisschen schade, dass wir zu alt sind, um Sandburgen zu bauen oder Muscheln zu sammeln.« Sie steckte die Muschel ein. »Na ja, vielleicht nicht ganz.«

7. KAPITEL

Bald kam ein leichter Wind auf. Auch wenn kaum eine Wolke am Himmel zu sehen war und die Sonne die Bucht beschien, war es nur wenige Grad über null.

»Es ist wirklich schön«, meinte Julia, »aber ich fürchte, mir wird kalt.«

Wolff strich ihr eine Strähne aus dem Gesicht.

»Da gibt es nur eine Lösung«, erklärte er. »Es wird höchste Zeit für einen Kaffee.«

Sie nickte.

»Schau mal, meine Schuhe machen nicht mehr lange mit. Die Feuchtigkeit zieht durch die Sohlen. Und da vorn, an der Spitze, siehst du das? Da löst sie sich schon vom Leder. Ich sag dir, der Verkäuferin werde ich was husten, wenn wir wieder in Leipzig sind. Von wegen wetterfest!«

Sie gingen durch die kleinen, verwinkelten Straßen. Wolff sah sich interessiert um.

»Das hat schon was, oder?«, sagte er so vor sich hin. »Der ganze Ort trägt weiß, fast die gesamte Häuserzeile hat diese eigentümliche Architektur. Überall sind diese Balkone und Holzverzierungen. Schon sehr ...« Er suchte nach dem passenden Wort. »Atmosphärisch!«, meinte er fest. »Ja, atmosphärisch.« Dabei legte er den Arm um ihre Hüfte. So gingen sie eine Weile nebeneinander her, ziellos und in Gedanken versunken.

Als er schließlich ein Café ausmachte, brach er die Stille zwischen ihnen.

»Schau mal, dort!«, rief er freudig aus. »Sieht so aus, als hätten wir Glück. Das scheint geöffnet zu haben.« Er sah zu ihr, und da erst fiel ihm auf, wie lange sie geschwiegen hatten. Ihr ernster Gesichtsausdruck beunruhigte ihn. »Ist alles in Ordnung?«, fragte er mit einem Anflug von Sorge und blieb stehen.

»Ja, natürlich«, sagte sie etwas zu schnell. »Was soll denn nicht …?« Sie lachte, als sie seinen skeptischen Blick bemerkte. »Na schön, du hast mich ertappt. Es ist nur, weil du so von Binz schwärmst.«

»Was?«, fragte er verdutzt. »Wann habe ich bitte so was getan?«

»Na, vorhin am Strand und gerade eben erst. Du weißt doch, die Architektur. Und auch heute Vormittag, als wir in diesem Jagdschloss waren. Du merkst es vielleicht nicht so, aber der Ort hat es dir angetan. Das spüre ich genau. Dir gefällt es hier, das kannst du nicht abstreiten. Gib es ruhig zu.«

»Schon«, gestand er. »Dir etwa nicht?«

»Und wie«, meinte Julia. »Fast schon zu sehr.« Bevor er etwas entgegnen konnte, wechselte sie das Thema. »Aber lass uns das Café dort vorn ausprobieren. Wer weiß, wann das nächste kommt – und es sieht ziemlich einladend aus. Außerdem ist mir kalt.« Damit ergriff sie seine Hand und zog ihn sanft mit sich.

»Sieht nett aus«, meinte Julia, als sie das Café betraten. Der Raum war mit dunklem Holz und in der Mitte mit weißen und schwarzen Fliesen ausgelegt. Tische und Bänke bildeten kleine, gemütliche Nischen vor den Fenstern, während mitten in dem Raum mehrere antike Möbel kunstvoll zu einem Tresen arrangiert waren. Eine kleine Ausstellung von Kleidungsstücken und Büchern, Bildern und Statuetten unterstrich das künstlerische Ambiente des Cafés.

Julia verlor sich sofort zwischen den Schachteln mit Postkarten und Fotografien aus der Kaiserzeit.

»Such du schon mal einen Platz, ja?«, rief sie Wolff zu. »Ich komme gleich nach.« Aber er kam kaum über die Kuchentheke hinaus. Die aufwendig dekorierten Torten, die unterm Neonlicht beschienen waren, zogen ihn in seinen Bann. Er erkannte einen Frankfurter Kranz, dazu Butter- und Sahnetorten mit verschiedenen Früchten, geraspelter weißer Schokolade und dunklen Kirschen, die auf kleinen Cremehäubchen thronten.

»Na, hast du etwas gefunden?« Julia lächelte ihn an.

»Und selbst?«, entgegnete er. Gemeinsam gingen sie durch das nahezu leere Café zu einer Sitzgruppe mit Blick auf die Terrasse. Dort lagen dicke Decken auf den Korbstühlen bereit, trotzdem hatte sich keiner der wenigen Gäste hinaus in den Wind gewagt.

Die Kellnerin kam, nahm die Bestellung auf und brachte bald zwei Tassen Kaffee und ein Stück Brombeertorte für Wolff. Julia hatte sich für eine schwedische Mandeltorte entschieden.

»Schau mal hier«, meinte Julia und breitete ein paar historische Postkarten auf der Tischdecke aus. »Sind sie nicht herrlich?«

Wolff betrachtete die Karte, die zuoberst lag. Er sah verschiedene Menschen, die, festlich gekleidet und säuberlich ihrer Größe entsprechend, zu einer Gruppe arrangiert waren. Er zählte zwei Männer, vier Frauen und drum herum zahlreiche Kinder. Sie alle posierten vor einer breiten Treppe, die offenbar zu einem opulenten Anwesen gehörte. Die Männer trugen dunkle Anzüge und Vatermörder, die Frauen waren allesamt in Weiß gekleidet. Nur eine von ihnen hatte sich einen ziemlich bauschigen Hut aufgesetzt, die übrigen waren bemüht, durch eine möglichst gerade Haltung ihrer Köpfe die aufwendigen Steckfrisuren zu erhalten. Die Kinder hatte man in kurze Sommerkleidung gesteckt, zwei ältere Jungs zeigten mit vor Stolz geschwellter Brust ihre Marineblusen, wie sie zur Kaiserzeit Mode waren.

»Schön«, meinte Wolff unbestimmt, doch Julia ließ sich von seiner verhaltenen Begeisterung nicht irritieren.

»Schau doch mal genau hin«, drängte sie. »Und lies vor allem, was da steht.«

»Na schön.« Er beugte sich über die Karte, um die dünn aufgedruckten Buchstaben zu entziffern. »So, so, das sind also der ›Prinz Christian von Dänemark mit Familie‹ und der ›Großherzog von Mecklenburg-Schwerin nebst Familie‹«, las er vor. »Fragt sich nur, welche der Kinder zu wem gehören.«

»Das ist doch egal«, wischte Julia seinen Einwand weg.

»Na, ich weiß ja nicht«, meinte Wolff und machte sich über sein Tortenstück her. »Das ist doch schon ein Unterschied, ob man später mal Dänemark oder Mecklenburg regiert.«

»Darum geht es doch gar nicht«, beharrte Julia, »sondern darum, wie schön sie auf dem Foto aussehen. So glücklich. Die Aufnahme ist am Jagdschloss Gelbensande bei Rostock entstanden, steht auf der Rückseite, und zwar um 1910. Überleg mal, wie alt diese Postkarte schon ist. Wie lange dieser eine Moment eingefangen wurde. Das ist doch beeindruckend, oder?«

»Ja, schon«, gab Wolff zu. Er griff nach seiner Tasse. Während er den lauwarmen Kaffee trank, beobachtete er seine Freundin. Ihre Begeisterung gefiel ihm. Sie sieht wie ein kleines Mädchen aus, wenn sie sich über etwas freut, dachte er. Diese roten Wangen, das Funkeln in ihren Augen ...

»Oder schau dir diese Karte an«, forderte sie ihn auf und legte ihm eine andere Fotografie vor. »Und lies, was da steht: ›Göhren – Fischer bei der Arbeit‹. Die ist von 1908. So sah es damals also in einem typischen Ostseebad auf Rügen aus.«

»Schon wieder Kinder«, stellte Wolff fest. »Und wieder als Matrosen verkleidet.«

»Aber nein«, meinte sie. »Das sind echte Fischerkinder. Sieh mal, wie sie sich die Hosen hochgekrempelt haben und durch das Wasser zu dem Kutter gehen. Ist das nicht niedlich? Hm ...« Sie schaute sich die Karte genauer an. »Viel scheint er ja nicht geladen zu haben.«

»Das war hier halt eine arme Gegend früher«, sagte Wolff. »Schau dir die Erwachsenen an, die um das Boot herum stehen. Die tragen ziemlich abgerissene Kleidung. Da passen doch die Kinder im Vordergrund mit ihren weißen Matrosenhemden gar nicht richtig dazu.«

»Wie meinst du das?«

»Das sieht gestellt aus, romantisch verdreht. Die Kinder sind zu sauber und zu fein rausgeputzt, um zu den ärmlichen Fischern zu gehören. Nein, das sind entweder die Kinder von Badegästen, die sich neugierig um das Boot herumdrücken. Oder das ist inszeniert.«

»Mir egal«, entschied Julia und nahm die Karten an sich. »Ich finde es trotzdem schön.«

»Und was willst du damit machen?«, fragte Wolff. »Du wirst sie doch nicht an jemanden verschicken, oder?«

»Nein! Das wäre zu komisch.« Sie betrachtete die Postkarten eingehend. »Ich werde sie wohl aufheben. Als Erinnerung.« Damit verstaute sie ihre neuen Errungenschaften in der Handtasche und widmete sich ihrer Mandeltorte. Einen Moment lang aßen sie schweigend, nur das leise Klirren der Kuchengabeln auf dem Geschirr war von Zeit zu Zeit zu hören.

»Und ich wüsste eigentlich auch niemanden, dem ich eine Karte schicken möchte«, meinte Julia plötzlich. Wolff sah sie verdutzt an. »Deine Mutter, deine Mädels, Frau Keller vielleicht, weil sie die Post für uns annimmt«, zählte er auf.

»So meine ich das nicht«, wiegelte sie ab. »Es geht nicht darum, wem ich schreiben könnte, sondern was. Verstehst du? Ich wüsste nicht, *was* ich schreiben sollte.«

Wolff lächelte. »Du musst ja nicht gleich am zweiten Tag damit anfangen. Mit der Zeit kommt sicher etwas zusammen, das du berichten kannst. Und falls nicht, schreib doch einfach, dass es dir hier gefällt.«

»Das ist es ja gerade«, meinte sie mit leiser Stimme. »Fast denke ich ja, dass es mir ein bisschen zu gut hier gefällt.«

Wolff sah sie groß an.

»Das kapiere ich nicht«, gestand er.

»Es gefällt mir hier sehr gut. Der Strand, das Meer, diese raue Natur – einfach alles. Ich mag es, wie ich mich fühle. Ich mag es, wie du hier bist. Ich kann sogar die andere Luft spüren. Sie ist so frisch und sauber. Hier ist alles so anders als zu Hause, und Postkarten zu schreiben, ist wie eine Erinnerung an zu Hause. Dann fällt mir ein, dass unser Urlaub irgendwann zu Ende ist und wir zurück müssen. Versteh mich nicht falsch, ich freue mich auf Leipzig. Aber ich möchte eigentlich noch nicht daran denken, dass wir Rügen verlassen. Ich weiß, das ist albern«, fügte sie schnell hinzu. »Immerhin sind wir erst gestern angekommen, und der Urlaub liegt noch vor uns. Es ist halt so schön hier.«

»Na ja«, scherzte Wolff. »Schauen wir mal, wie du in ein paar Tagen darüber denkst. Dann hast du bestimmt wieder Sehnsucht nach dem Trubel der Großstadt und Abwechslung.«

»Und was, wenn nicht?«, fragte sie halblaut. Wolff stutzte. Er wusste nicht, was er darauf antworten sollte. Was wollte sie damit andeuten? Er war schon so oft mit Julia im Urlaub gewesen, alle möglichen Orte hatten sie besucht – aber weder Berchtesgaden noch New York hatten sie so nachdenklich gestimmt. Ja, sicher, auf Rügen hatte sie oft mit ihren Eltern die Sommerferien verbracht, das hatte sie ihm erzählt. Sie verband schöne Kindheitserinnerungen mit der Insel. Aber reichten diese tatsächlich aus, um sie in eine so sehnsüchtige Stimmung zu versetzen? Wolff konnte nicht glauben, dass die Erlebnisse von damals so stark nachwirkten. Nein, Rügen musste sie neu verzaubert haben.

»Ich nehme an, dass die Ostsee nicht mehr so beeindruckend ist, wenn man sie jeden Tag sieht«, meinte er schließlich. »Für jemanden von hier ist das Erzgebirge etwas Besonderes. Ist wahrscheinlich alles eine Frage der Gewöhnung.«

»Da hast du sicher recht«, stimmte ihm Julia zu. »Schmeckt dir der Kuchen? Ich würde dich ja von meinem Stück kosten lassen, aber von Nüssen kriegst du ja Sodbrennen. Ich hätte auf jeden Fall gern noch einen kleinen Kaffee. Gibst du der Kellnerin ein Zeichen, wenn sie ihre Runde dreht?«

Wolff nickte langsam. Noch immer wusste er nicht, was er von Julias Schwärmerei für Rügen halten sollte. Dass sie so schnell das Thema gewechselt hatte, machte die Sache auf keinen Fall besser. Nachdenklich schob er die letzten Tortenkrümel zusammen. Als die Kellnerin an ihren Tisch kam, bestellte Julia ihren zweiten Kaffee und Wolff nach der süßen Torte zum Ausgleich ein Bier. »Es ist doch Urlaub«, meinte er entschuldigend zu Julia.

Als sie später zum Hotel zurückgingen, wurde es dunkel. Die Sonne stand tief über dem Schmachter See. Julia taten nach dem langen Spaziergang die Füße weh. »Wie groß doch Rügen ist!«, stellte sie fest. »Man vergisst glatt, dass man auf einer Insel ist – und dabei sind wir heute nicht einmal besonders weit aus Binz herausgekommen.« Wolff nickte müde. Er freute sich auf das Hotelbett. Er wollte endlich die Schuhe ausziehen können und entspannt fernsehen. Vielleicht war auch Doktor Gruber im Haus und er könnte ihm endlich Julia vorstellen. Sie wird ihn sicher mögen, dachte er. Dann fiel ihm Frau von Berg ein – und er staunte selbst über sich. Wie gut war es ihm doch gelungen, nicht an sie zu denken. Ja, seit der Aussprache vor dem Jagdschloss hatte er glatt vergessen, an den Vorfall vom Vormittag zu denken. Aber jetzt, als sie dem Hotel näher kamen, drängte sich die Erinnerung auf. Was wohl in der Zwischenzeit geschehen war?

Er schaute zu Julia. Sie schien dieselben Gedanken wie er zu haben, denn ihre heitere Miene hatte sich verfinstert.

»Wie da wohl die Stimmung ist?«, fragte sie. »Herr von Berg ist sicher nicht mehr da. Ich an seiner Stelle wäre zumindest abgereist. Aber die anderen? Jetzt, wo wir wieder dorthin gehen, graut es mir ein bisschen, um ehrlich zu sein. Dir nicht auch?«

»Ja«, gab Wolff zu. »Aber inzwischen müsste der Spuk doch eigentlich vorbei sein. Wir waren lange genug weg.«

»Wir essen trotzdem auswärts«, bestimmte Julia. »Und wenn mir die Füße noch so sehr wehtun. Notfalls musst du mich tragen. Aber ich habe wirklich keine Lust auf das Geschwätz von dieser unglaublich schwatzhaften Frau Neuss. Bei dem, was passiert ist – das käme mir pietätlos vor, diesem Tratsch auch nur zuzuhören.«

In der Margaretenstraße stand ein Polizeiauto vor der *Villa Doris*. Wolff hatte mit vielem gerechnet: dass Ehrenstein ihm noch einmal ins Gewissen reden würde, bloß kein Aufsehen um den tragischen Todesfall zu machen. Dass der Direktor vielleicht ein paar wohlsortierte, beschwichtigende Worte sprechen würde oder auch dass Doktor Gruber ihn diskret mit den Vorgängen der letzten Stunden vertraut machen würde. Dass aber die Polizei – ausgerechnet die so kaum interessierten Polizisten aus dem Ort – noch immer im Hotel war, überraschte ihn dann doch ungemein.

»Vielleicht wird es mir nach unserem Urlaub doch nicht schwerfallen, nach Hause zu fahren«, meinte Julia leise. »Ich muss gestehen, dass sich diese Geschichte auf die Stimmung legt.«

Wolff spürte, wie bei ihren Worten die alte Anspannung in ihm aufstieg. Er fühlte sich wie am Morgen, als er die tote Frau von Berg gesehen hatte. Plötzlich war ihm, als wäre sein Hals wie abgeschnürt, und das Atmen fiel ihm schwer.

»Du meinst, weil da im Hotel, nur zwei Zimmer von uns entfernt, eine Frau gestorben ist?«, fragte er unruhig.

»Das ist es nicht«, entgegnete Julia dunkel. »Gestorben wird ja immer, das ist der Lauf des Lebens. Aber dass die Polizei hier ist – Das wirkt doch wirklich so, als wäre ein Verbrechen geschehen.«

Wolff sah sie mit erregtem Blick an. »Also gibst du mir recht, dass irgendwas nicht stimmt?«, fragte er mit belegter Stimme, doch Julia zog skeptisch die Augenbrauen zusammen. »Überhaupt nicht! Das wird schon alles seine Ordnung haben. Ich meine nur, dass Polizeibeamte im Hotel jede Urlaubsstimmung zunichte machen, mehr nicht.«

»Wollen wir doch mal sehen«, murmelte Wolff düster, »ob es nur das ist.«

8. KAPITEL

»Da sind Sie ja endlich!« Ehrenstein kam auf sie zuge-
stürmt, kaum dass er sie erblickt hatte. »Wo haben Sie
sich denn rumgetrieben? Wir haben das ganze Hotel nach
Ihnen durchsucht.«

»Wir waren draußen, spazieren – was man halt so macht«,
erklärte Wolff. »Aber was geht Sie das überhaupt an?«

Der Portier ging nicht darauf ein. »Ausgerechnet an
einem Tag wie diesem! Alles wartet nur auf Sie, Herr
Wolff!«

Julia sah ihn mit großen Augen an.

»Aber warum denn das?«, fragte sie überrascht. »Und
überhaupt, warum ist die Polizei noch hier? Ich denke,
der Tod von Frau von Berg war ein Unfall.«

»Eben nicht!«, stieß Ehrenstein erregt aus. Er stockte,
überrascht von seiner eigenen Courage. »Es tut mir leid,
ich wollte Sie nicht so anfahren. Die Aufregung, verstehen Sie? Anscheinend war es wohl – aber das sollte ich
Ihnen wohl besser gar nicht sagen. Dafür ist ja der Kommissar hier. Er wartet auf Sie, Herr Wolff, im Büro des
Direktors.«

»Ein Kommissar?«, fragte Wolff ungläubig. »In Binz?«

»Ja«, bestätigte der Portier, und ein stolzes Lächeln trat
mit einem Mal auf seine Lippen. »Ein echter Kriminalhauptkommissar sogar. Er ist extra aus Stralsund hierhergekommen, einmal über die gesamte Insel.« Seine Miene
verfinsterte sich schlagartig. »Wenngleich natürlich aus

einem sehr tragischen Anlass«, fügte er kleinlaut hinzu. »Wenn Sie mir also folgen möchten.« Damit deutete er den Flur entlang.

»Ja, aber warum?«, widersprach Wolff. »Was will der Mann von mir? Ich habe doch mit der Sache überhaupt nichts zu schaffen.«

Der Portier deutete eine nervöse Verneigung an. »Ich befürchte, dass Sie eine Art Zeuge sind, gewissermaßen.«

»Das ist absolut lächerlich«, entfuhr es Wolff. »Was soll ich denn gesehen oder gehört haben, das so wichtig sein könnte? Ich weiß nichts zum Tod von Frau von Berg. Und sogar weniger als Sie. Erinnern Sie sich nicht? Sie waren zuerst im Zimmer der Toten, dann erst haben Sie Doktor Gruber und mich dazugebeten. Und was dann passiert ist, wissen Sie genauso gut wie ich. Was braucht es da eine Aussage von mir? Der Doktor hat ihren Tod festgestellt, die Polizisten kamen – und das war's auch schon. Mehr ist doch heute Vormittag nicht geschehen.«

Der Portier straffte den Rücken durch. Offenbar war es ihm sehr unangenehm, den Kommissar unnötig warten zu lassen. »Verzeihen Sie, Herr Wolff, dass ich Ihnen widersprechen muss«, meinte er kühl. »Um die Vorkommnisse vom heutigen Vormittag geht es nicht. Den Kommissar interessiert anscheinend eher das Geschehen der gestrigen Nacht.«

»... der gestrigen Nacht?«, wiederholte Wolff erstaunt. Seinem Gesicht war abzulesen, dass er keine Ahnung hatte, worauf der Portier hinauswollte. Ehrenstein trat näher an ihn heran, so nah, dass Wolff sein blumiges Parfüm riechen konnte, das wie eine dezente Duftwolke über dem Sakko lag. »So, wie es derzeit aussieht, waren Sie der Letzte, der Frau von Berg lebend gesehen hat.«

»Was?«, entfuhr es Wolff. »Nein, das stimmt nicht. Da war noch ihr Mann auf dem Flur, der …«

»Ja, natürlich«, säuselte der Portier affektiert, »der andere Verdächtige.«

»Sie spinnen ja!«, schaltete sich Julia erbost ein. »Als ob Stefan auch nur einer Fliege etwas zuleide tun könnte!«

»Der Kommissar wird das sicher richtigstellen«, meinte Ehrenstein reserviert. »Wenn Sie mir bitte folgen würden – nur Sie, Herr Wolff. Vielen Dank!«

Wolff wandte sich an Julia.

»Ich bin gleich wieder da«, beruhigte er sie, die geradezu bebte vor Wut.

»Sonst hole ich dich«, erklärte sie und warf Ehrenstein einen grimmigen Blick zu.

»Verzeihen Sie bitte die Umstände«, meinte dieser mit routiniertem Tonfall. »Sie glauben gar nicht, wie unangenehm mir das ist. Natürlich werden wir uns für Ihr Entgegenkommen erkenntlich zeigen. Darf ich Ihnen als Zeichen der Wertschätzung eine Flasche unseres Hausweines …« Doch Julia hatte weder Augen noch Ohren für Ehrenstein.

»Ich warte im Zimmer auf dich«, erklärte sie, an Wolff gerichtet. Dann ging sie an dem Portier vorbei, als sei er gar nicht da.

Ehrenstein führte Wolff in den stillgelegten Seitenflügel. Die Luft hier war deutlich kühler als im Haupthaus. Nur jede zweite Lampe leuchtete, sodass der Flur schummrig wirkte und die beiden Männer lange Schatten warfen.

Abrupt hielt Ehrenstein vor einer Tür, die wie alle anderen aussah. Er klopfte, öffnete und deutete zu Wolff eine Verbeugung an.

»Wenn ich bitten darf«, meinte er und wies mit der Hand in den Raum hinein.

»Sie dürfen«, knurrte Wolff, ging an ihm vorbei und knallte die Tür hinter sich zu, kaum dass er das Zimmer betreten hatte.

Das Büro war stark abgedunkelt. Vor den beiden Fenstern hingen die breiten Lamellen der Jalousie, die in der aufsteigenden Heizungsluft leise vor sich hin schwangen. Nur hier und da beschienen ein paar lichtschwache Beistelllampen die wie frisch geölt schimmernde Holzverkleidung an den Wänden, die raumgreifenden, dunkelbraunen Möbel und die ausufernden Blätter der in den Ecken verteilten Topfpflanzen. Hohe Aktenschränke im Gelsenkirchener Barock engten den Raum zusätzlich ein. Vier breite Polsterstühle und ein nicht weniger wuchtiger Tisch fanden kaum Platz genug zwischen den übrigen Möbeln und wirkten viel zu groß für das Büro. Hansen saß auf einem der Stühle und drehte unruhig eine Zigarre zwischen seinen Fingern. Als er Wolff erblickte, erhob er sich ungelenk, wobei der Stuhl gegen den dahinterstehenden Schrank prallte.

»Herr Wolff, endlich!«, rief er aus. »Es tut mir so unendlich leid, all diese Unannehmlichkeiten.« Mit ernster Miene schaute er erst Wolff an, dann ging sein Blick zu den Fenstern hinüber, zwischen denen ein Schreibtisch stand, nicht weniger altmodisch und massig wie alles andere in diesem Raum. Der Mann, der hinter dem Tisch saß, trommelte mit langsamen Bewegungen seiner Finger halblaut auf der ledernen Auflage.

»Darf ich vorstellen? Kriminalhauptkommissar Steinhagen aus Stralsund. Er ist extra zu uns auf die Insel gekommen«, meinte Hansen. Wolff konnte sich ein Lächeln nicht verkneifen. Hatte Ehrenstein den Kommissar nicht mit beinah den gleichen Worten vorgestellt?

Der Kommissar mochte vielleicht schon in seinen Sechzigern sein. Vielleicht war er aber auch nur vorzeitig gealtert. Sein wettergegerbtes Gesicht wirkte genauso faltig wie die offene Jacke, die er nicht abgelegt hatte, und das Hemd darunter. Sein volles, braunes Haar, das nur von wenigen grauen Fäden durchzogen war, hing ihm in struppigen Strähnen um den Kopf. Bartstoppeln zeichneten sich dunkel auf Kinn und Wangen ab. Plötzlich setzte das Trommeln seiner Finger aus, der Mann hob den Kopf und starrte Wolff so durchdringend an, dass der sich augenblicklich unwohl fühlte.

»Setzen Sie sich bitte«, sagte Steinhagen kurz angebunden. »Sie auch, Herr Hansen.« Während Wolff auf einem der Stühle Platz nahm, stand der Kommissar langsam auf und trat hinter dem Tisch hervor. Er war kleiner, als Wolff gedacht hatte, doch verlor Steinhagen deswegen nichts an Autorität. »Schön, dass wir Sie endlich hier haben, Herr Wolff«, meinte er. »Sie waren ja den ganzen Tag über regelrecht unauffindbar. Wo haben Sie sich denn rumgetrieben, wenn man fragen darf?«

»Wir sind zum Jagdschloss Granitz gewandert und waren dann im Ort bummeln«, antwortete Wolff. »Aber warum ist das interessant?«

»Nun ja«, entgegnete der Kommissar gedehnt. »Die übrigen Gäste waren ziemlich geschockt, als sich rumgesprochen hatte, dass eine von ihnen heute Morgen tot aufgefunden wurde. Sie dagegen machen Urlaub nach Plan.«

»Das ist ja … Soll das etwa heißen …« Wolff war sprachlos. »Natürlich hat mich der Tod von Frau von Berg betroffen gemacht. Auch wenn ich sie kaum kannte. Gerade deshalb wollte ich ja ein bisschen Abstand zu all dem bekommen. Das können Sie doch verstehen, oder?«

»Natürlich«, wiegelte Steinhagen ungeduldig ab. »Hören Sie, ich möchte Ihnen nur ein paar Fragen stellen. Das ist Routinearbeit, völlig normal bei einem Unfall mit Todesfolge. Da mussten alle Hotelgäste in den vergangenen Stunden durch, die näher mit Frau von Berg zu tun hatten.«

Wolff stutzte. »Sie gehen also nicht von einem Verbrechen aus?«

»Wie kommen Sie darauf?«

Für einen kurzen Moment überlegte Wolff, ob er Ehrenstein anzählen sollte. Immerhin hatte der Portier ihn als Verdächtigen bezeichnet. Aber er wollte die Sache nicht noch komplizierter machen, als sie schon war.

»Ich dachte nur so«, meinte er ausweichend. »Weil ja nun extra ein Kriminalkommissar von Stralsund hierhergekommen ist.«

»Kriminalhauptkommissar«, korrigierte Steinhagen. »Und machen Sie sich deshalb mal keine Gedanken. Wie gesagt, das ist reine Routine. Ich würde Ihnen also ein paar Fragen stellen, und dann haben Sie es auch schon überstanden, ja?« Er zog ein Diktiergerät aus der Tasche seines Sakkos. »Sie haben doch nichts dagegen, wenn ich unser Gespräch aufzeichne? Wir verschriftlichen es und legen es Ihnen zur Unterschrift vor. Dann können Sie Ihre Aussage in aller Ruhe durchgehen. Das dauert nicht lange, eine halbe Stunde auf der Wache, gleich hier im Ort. Einer von den Kollegen würde sich bei Ihnen melden, wenn sie so weit sind.«

»Also ist das ein richtiges Verhör?«, fragte Wolff überrascht.

»Nein«, versicherte Steinhagen. »Betrachten Sie das als eine unverbindliche Befragung. Natürlich möchte ich Sie darum bitten, auf meine Fragen wahrheitsgemäß zu antworten. Andernfalls könnten Sie sich strafbar machen. Aber das wird kein Auftakt für einen Gerichtsprozess, keine Angst.« Er schmunzelte. »Das ist nur für die Akten, sonst nichts. Reinste Routine.« Damit schaltete er das Gerät ein und legte es auf dem Schreibtisch ab, mit dem Mikrofon auf Wolff gerichtet. »Fangen wir mit Ihnen an. Sie sind Herr Stefan Wolff, Lehrer für Sachkunde und Mathematik an der Erich-Kästner-Schule in Leipzig, seit gestern im Hotel in Begleitung Ihrer Freundin Julia Meidner.« Der Kommissar trat zu den beiden Herren, die ihn aufmerksam beobachteten. Er stellte sich hinter einen der Stühle, ihnen gegenüber, und stützte sich auf der Lehne ab. »Bis hierher alles richtig?«

Wolff nickte. Steinhagen sah ihn auffordernd an. Da verstand Wolff.

»Ja«, sagte er überdeutlich.

»Schön, dann kommen wir zur eigentlichen Sache«, fuhr der Kommissar fort. »Am gestrigen Abend haben Sie mit Ihrer Begleitung im Hotel zu Abend gegessen und waren anschließend mit Doktor Reinhard Gruber im Kurhaus. Dort haben Sie gespielt, geplaudert und getrunken …«

»Alkoholfrei!«, warf Wolff ein. »Falls Sie darauf hinauswollen, dass ich nicht mehr Herr meiner Sinne war: Ich hatte alkoholfreies Bier, den ganzen Abend über.«

Steinhagen sah ihn geringschätzig an.

»Tatsächlich? Na, dann hab ich ja richtig Glück mit Ihnen. Einen besseren Zeugen kann man sich gar nicht wünschen. Aber schauen wir weiter. Später sind Sie gemeinsam zurück zum Hotel gegangen. Vor der Eingangstür haben Sie sich voneinander verabschiedet. Der Doktor hat sich eine Zigarette gegönnt, und Sie haben die erste Etage aufgesucht«, führte er aus. »Das alles hat Doktor Gruber ausgesagt. Können Sie das so bestätigen?«

»Ja«, erwiderte Wolff laut.

»Bestens«, quittierte Steinhagen. »Es reicht übrigens Ihre normale Lautstärke. Das Gerät kriegt das auch so mit. Aber machen wir weiter. Oben auf dem Flur wurden Sie Zeuge einer Auseinandersetzung zwischen dem Ehepaar von Berg. Frau Tiberius hat ausgesagt, sie alle drei auf dem Flur gesehen zu haben. Sie hatte um Ruhe gebeten und sich unmittelbar darauf zurückgezogen. Sie blieben mit dem streitenden Ehepaar auf dem Flur. Können Sie das bestätigen?«

»Na ja, nicht so ganz«, meinte Wolff. »Ich blieb nicht einfach so mit den beiden von Bergs zurück. Das klingt, als hätten wir noch Stunden zusammen verbracht. Ich wollte ja nur in mein Zimmer. Und da bin ich dann auch hingegangen, nachdem sich der Streit gelegt hatte.«

»Soso«, machte der Kommissar vielsagend. »Aber Frau von Berg ist vor Ihnen gegangen, ja?«

Wolff nickte. »Erst ging sie in ihr Zimmer, dann ich in meins.«

Steinhagen schien über etwas nachzudenken. »Was hat Herr von Berg für einen Eindruck auf Sie gemacht – während des Streits und als Sie mit ihm allein waren? War er – hm, vielleicht niedergeschlagen, aufgebracht, wütend, verzweifelt – irgendwas in dieser Art?«

Wolff lehnte sich auf dem Stuhl zurück.

»Er wirkte aufgebracht. Er hat angedeutet, dass er sie manchmal glatt umbringen könnte. Aber ich denke, im Grunde war er sehr, sehr unglücklich. Und ich denke, ihm war die Szene äußerst peinlich.«

Der Kommissar trat einen Schritt näher.

»Würden Sie das zu Protokoll geben? Genau so?«

Wolff stutzte. »Sie meinen, dass er sich schämte?«

»Nein«, dröhnte der Kommissar. »Dass er zu Ihnen gesagt hat, dass er seine Frau umbringen könnte.«

Mit einem Mal war es beängstigend still in dem Raum. Hansen schluckte schwer. Wolff glaubte, sich verhört zu haben. Er lachte verlegen.

»Nein, nein, das verstehen Sie falsch«, erklärte er dem Kommissar. »So habe ich das nicht gemeint – So hat das Herr von Berg nicht gemeint. Das war eher so dahingesagt. Sie hätten ihn sehen müssen. Klar, er war wütend, es war halt ein Streit. Aber dann ...«

»Frau Tiberius hat ihn als geradezu angsteinflößend wild beschrieben«, meinte Steinhagen. »Mal abgesehen von einer gewissen Theatralik, die da mitschwingt, scheinen sich ihre Angaben mit Ihrer Aussage zu decken, Herr Wolff. Da ergibt sich für mich ein recht logisches Bild vom eifersüchtigen Ehemann. Mit dem, was diese Frau Neuss noch zum Besten gegeben hat ...«

Wolff traute seinen Ohren nicht. »Aber die war doch gar nicht dabei!«

»Das ist mir schon klar«, meinte der Kommissar. »Aber sie hatte doch wertvolles Hintergrundwissen für uns. Da ist der erfolgreiche Unternehmer, der seine Sekretärin heiratet, die ihm dann auf der Nase herumtanzt. Das guckt sich der gute Mann eine Weile an – und rastet schließlich aus. Wissen Sie, Herr Wolff, nach meiner Erfahrung gibt es diese einen Menschen, die wegen jeder Kleinigkeit auf die Palme gehen. Diese Choleriker. Anstrengend, aber kalkulierbar. Und dann sind da diese Menschen, die den ganzen Dreck in sich reinfressen. Jede Beleidigung, jede Kränkung, das schlucken sie alles runter – bis ihnen eines Tages der Kragen platzt. Das sind tickende Zeit-bomben, absolut gefährlich. Und genauso einer ist dieser Herr von Berg.«

Wolff überlegte.

»Also doch!«, meinte er schließlich. »Ich habe es doch gewusst.«

»Was denn?«, fragte Steinhagen ungläubig. »Sagen Sie nicht, dass Sie Herrn von Berg in Verdacht gehabt hätten.«

»Ich wusste, dass Sie nicht wegen eines Unfalls hierher-kommen und das Hotel befragen. Von wegen Routine! Sie haben mich hinters Licht geführt.«

Steinhagen grinste schelmisch.

»Sie wollten mich nur in falscher Sicherheit wiegen«, fuhr Wolff fort. »Natürlich! Deshalb auch diese seltsame Befragung.«

»Wie meinen Sie das?«, fragte der Direktor, der mit wachsendem Staunen das Gespräch verfolgt hatte.

Wolff sah dem Kommissar in die Augen. »Zuerst haben Sie mir haargenau erzählt, was Sie von Doktor Gruber wussten. Ich musste es nur bestätigen. Und auch die Aussage von Frau Tiberius sollte ich für Sie absichern. Sie wussten über den gestrigen Abend auch ohne mich bestens Bescheid. Sie brauchten nur einen zweiten Zeugen, mehr nicht. Aber als es um Herrn von Bergs Stimmung ging, haben Sie es umgedreht gemacht. Da haben Sie mir zuerst die Worte im Mund verdreht und dann diese abstruse Aussage von Frau Tiberius als Absicherung drauf-gesetzt. Aber Sie sind auf dem Holzweg!«

»So, so, meinen Sie?« Steinhagen war vollkommen unbe-eindruckt. »Na schön, dann lassen wir die Katze aus dem Sack. Wie Sie wissen, wurde Katharina von Berg heute Morgen in ihrem Zimmer tot aufgefunden. Die ersten Indizien sprachen für einen Unfall. Das dürften Sie mitbekommen haben, bevor Sie zu Ihrem Spaziergang aufgebrochen sind. Kurz darauf hat die erste Untersuchung des Amtsarztes allerdings ergeben, dass die Frau mit hoher Wahrscheinlichkeit erwürgt wurde. Zumindest fanden sich entsprechende Male an ihrem Hals. Daraufhin kam die Leiche schnurstracks aufs Festland zur Gerichtsmedizin, und die Jungs von der Kriminaltechnischen Untersuchung haben den vermeintlichen Tatort – die Suite der Toten – auf den Kopf gestellt. Noch stehen die Ergebnisse nicht fest, aber es deutet alles darauf hin, dass wir es mit einer Straftat zu tun haben. Der Unfall mit der zersprungenen Tischplatte und der Platzwunde am Kopf des Opfers ist anscheinend nachträglich von dem Täter inszeniert worden, um von sich abzulenken.«

»Oh Gott!«, entfuhr es dem Direktor. Nervös wischte er sich den Schweiß von der bleichen Stirn. »Wissen Sie denn nicht, was das für mein Hotel bedeutet? Schon der Verdacht eines Mordes ist das reinste Kassengift. Und Sie sprechen das so offen aus! Hätten Sie damit nicht wenigstens warten können, bis es sicher feststeht, dass es so war?«

»Wo leben Sie denn, Herr Hansen?«, wies ihn der Kommissar zurecht. »Das steht doch in den nächsten Tagen eh in der Zeitung. Denken Sie wirklich, da könnten wir den Deckel drauf halten? Selbst in der Außersaison macht so eine Geschichte die Runde. Das ist eine Frage der Zeit, bis das irgendein Reporter aufschnappt.«

»Aber das muss man nicht auch noch begünstigen«, warf Hansen ein.

»Vor allem, wenn der Täter nicht feststeht«, ergänzte Wolff. »Sie wollen doch nicht allen Ernstes gegen Herrn von Berg ermitteln? Der Mann ist vollkommen harmlos.«

Steinhagen deutete gelassen auf das Diktiergerät. »Für mich klang das vorhin anders.«

»Und wenn schon«, beharrte Wolff. »Abgesehen von diesem kleinen Ausraster spricht doch nichts gegen ihn.«

»Ich schulde Ihnen keine Rechenschaft über meine Arbeit«, meinte der Kommissar knapp. »Glauben Sie mir: Ich weiß, was ich tue.«

Wolff ging nicht darauf ein.

»Und überhaupt: Wann sollte Herr von Berg denn die Tat begangen haben? Er wurde doch heute Morgen erst von Ihnen, Herr Hansen, geweckt und über den Tod seiner Frau informiert.«

»Das kann man arrangieren«, wehrte Steinhagen ab. »Der Amtsarzt hat sich nach dem Zustand der Leiche auf einen Zeitraum zwischen sechs und acht Uhr festgelegt. Unsere Experten können das sicher noch genauer eingrenzen. Herr von Berg kann sehr gut den Mord begangen haben und sich hinterher schlafend gestellt haben, glauben Sie nicht?«

»Aber das ist doch nur eine Vermutung, das macht ihn noch lange nicht zum Mörder«, rief Wolff aufgebracht, doch der Kommissar zeigte sich davon unbeeindruckt. »Er hatte ein Motiv und auch die Gelegenheit – oder etwa nicht, Herr Hansen?«

Der Direktor nickte betreten.

»Nun ja, das ist allerdings richtig. Herr von Berg hat sich am Empfang einen zweiten Schlüssel zur Suite seiner Frau ausgebeten, direkt bei seiner Ankunft. Nur kann ich mir beim besten Willen nicht vorstellen, dass Herr von Berg ...«

»Sehen Sie«, meinte Steinhagen, an Wolff gewandt. »Damit dürfte der Fall ziemlich schnell geklärt sein. Alle

Indizien sprechen gegen Herrn von Berg.« Der Kommissar wanderte gemächlich durch das kleine Büro auf den Schreibtisch zu.

»Sie wollen ihn festnehmen?«, fragte Wolff.

Der Kommissar drehte sich zu ihm um.

»Das habe ich bereits veranlasst. Trotzdem möchte ich Sie bitten, sich in den nächsten Tagen zu unserer Verfügung zu halten. Eventuell habe ich noch ein paar Fragen an Sie – falls der Verdächtige kein Geständnis ablegen will. Dann brauchen wir eine möglichst lückenlose Beweiskette, um den Richter zu überzeugen. Aber ich denke, er wird bald einknicken. Ich kenne solche Typen.« Er nahm hinter dem Tisch Platz und schaltete das Diktiergerät ab. Dann notierte er etwas in sein Notizheft. Währenddessen trommelte er mit seiner linken Hand auf der Schreibtischunterlage, wie er es getan hatte, als Wolff den Raum betreten hatte. »Das wär's also fürs Erste, Herr Wolff«, sagte er, ohne aufzusehen. »Sie können gehen.«

Wolff erhob sich langsam. Er konnte nicht glauben, dass es so einfach war.

»Aber denken Sie nicht, dass es auch jemand anderes gewesen sein könnte? Ich meine, ohne Frau von Berg irgendetwas zu unterstellen, gab es sicher Menschen, die sie nicht besonders gut leiden konnten.«

Steinhagen sah verdutzt auf. »Sie denken viel zu kompliziert. Die Wahrheit ist meistens viel banaler. In mehr als 95 Prozent aller Mordfälle sind Täter und Opfer miteinander verwandt. Wussten Sie das?«

»Nein«, gestand Wolff. »Aber trotzdem …«

»Also, Herr Wolff, ich bitte Sie!«, empörte sich Hansen. »Sie können doch nicht allen Ernstes den Verdacht auf einen der Gäste lenken wollen! Ich verbürge mich für jeden einzelnen von ihnen. Das sind alles wunderbare Menschen, gänzlich unbescholten.«

»So wie Herr von Berg?«, fragte Wolff sarkastisch.

Der Direktor sah ihn fassungslos an.

»Ich denke, das reicht jetzt«, schaltete sich der Kommissar ein. »Lassen Sie mich meine Arbeit machen, okay? Und Sie machen weiter Urlaub, ja?«

»Von mir aus«, knurrte Wolff und war drauf und dran, das Büro zu verlassen.

»Und noch eins«, hörte er Steinhagen rufen. »Kommen Sie bloß nicht auf die Idee, auf eigene Faust herumzuschnüffeln! Das ist eine Angelegenheit für Profis und nicht für – Lehrer.«

Wolff presste wütend die Lippen aufeinander. Grußlos verließ er das Büro.

Noch schwerer als diese Zurechtweisung aber wog für ihn, dass Julia wenig später diese Einschätzung wiederholte. »Das habe ich dir doch gesagt. Lass das die Polizei machen. Na, siehst du, und jetzt haben sie sogar einen Kriminalkommissar dazugeholt. Von wegen, dumme Dorfpolizisten. Da steckt von Anfang an Routine drin. Die werden schon nichts übersehen, wie du dachtest.«

Sie saß mit dem Rücken zu ihm auf dem Bett und cremte ihre Hände ein. Er versuchte, sich auf das Buch zu konzentrieren, das er lesen wollte, doch es ging nicht. Ungeduldig blätterte er zwischen den Illustrationen hin und her. »Dieser Kerl hat mich von Anfang an verarscht. Er hat mir weisgemacht, es wäre nur ein Unfall gewesen, dabei hatte er Herrn von Berg längst festgenommen – als Mörder! Und es gibt doch nichts, was ihn verdächtig machen würde.«

»Na ja, da war ja immerhin dieser Streit«, erinnerte Julia ihn.

»Ach, das war nicht so wild«, knurrte Wolff wütend. »Steinhagen hat mich mit Absicht falsch verstanden.«

Sie drehte sich zu ihm um. »Wie sieht es übrigens mit dem Abendessen aus?«

Wolff holte tief Luft. »Um ehrlich zu sein, ist mir der Appetit vergangen«, gestand er. »Aber wenn du möchtest ...«

»Ach nein. Ich bin noch satt vom Kaffeetrinken. Diese Torte hatte es echt in sich. Ich bin nur müde.«

Julia rutschte weiter auf das Bett und legte sich neben ihn. Für einen Moment lag sie reglos an seine Schulter gelehnt und sah ihm zu, wie er sich durch das Buch arbeitete. Schließlich legte sie ihre Hand wie zur Beruhigung auf seine.

»Sieh mal, Schatz«, meinte sie mit diesem beruhigenden Tonfall, der keinen Widerspruch duldete. »Der Kommissar weiß sicher, wie man das alles macht. Dazu gehört es auch, den Leuten kleine Fallen zu stellen. Wie sollte er sonst etwas herausfinden? Dafür ist er ja ein Polizist, nicht wahr? Und du bist eben Lehrer – und hast andere Qualitäten. Aber ermitteln, mein Liebling, gehört nicht dazu.«

»Fang du nicht auch noch an!«, rief Wolff. »Ich habe wirklich keine Lust, irgendwas mit diesem borniertem Kommissar zu tun zu haben.«

»Aber es regt dich trotzdem auf«, stellte sie fest.

»Natürlich. Weil er mich nicht ernst nimmt und mich veralbert hat. Das ist doch ... also wirklich!«

Julia hob den Kopf und sah ihn kritisch an. »Also weißt du, so habe ich mir unseren Urlaub nicht vorgestellt«, maulte sie.

Er seufzte schwer. »Ja, das weiß ich. Und es tut mir

auch leid. Morgen bin ich wieder in Urlaubsstimmung, versprochen.«

»Hm«, machte sie nachdenklich und legte sich zurück an seine Brust. »Ich glaube, da könntest du ein wenig Hilfe gebrauchen.«

Er sah sie über den Rand des Buches hinweg an.

»Wie meinst du das?«

»Ach, ich hatte vorhin am Strand so eine Idee.«

»Was schwebt dir denn vor?«

»Lass dich mal überraschen. Du wirst schon sehen, gleich morgen früh.«

»Na gut.« Er überlegte. »Wird es mir gefallen?«

Da lachte sie.

»Oh nein, ganz sicher nicht.«

9. KAPITEL

Sie hatte ihm ihre Pläne ausführlich auseinandergesetzt. Nun sah sie ihn erwartungsvoll an. »Ich weiß, dass es ziemlich kurzfristig ist, Herr Ehrenstein. Aber könnten Sie nicht doch schauen, ob es möglich wäre?«

Der Portier hob beschwichtigend die Hand. »Frau Meidner, es bedarf keiner weiteren Worte.« Er lächelte und gab dabei seine Zähne frei, die perlmuttfarben glänzten. »Betrachten Sie Ihr Anliegen als erledigt.«

Wolff sah ihn skeptisch an. »Was, wirklich? Das schaffen Sie – jetzt noch?« Ein bisschen hatte er gehofft, der Portier würde Julia eine Absage erteilen. Was sie sich da in den Kopf gesetzt hatte, war ihm nicht geheuer.

Erst beim Aufstehen hatte sie ihn in ihre Pläne eingeweiht. Beim anschließenden Frühstück hatte ihn Julia so sehr gedrängt, dass er kaum Zeit gefunden hatte, über diese Sache nachzudenken. Gerade einmal 20 Minuten hatte sie ihm gegönnt, um zwei Brötchen zu essen und den heißen Kaffee zu trinken, ohne sich daran zu verbrühen. Dabei hatte sie zur Rezeption geschaut, ob der Portier endlich zu sprechen sein würde. Aber Ehrenstein war nie allein gewesen. Erst hatte Frau Tiberius ebenso energisch wie lautstark die neuesten Informationen in dem Mordfall eingefordert. Dabei hatte sie Ehrenstein vorgeworfen, mehr zu wissen, als er preisgeben wollte, nur um sich anschließend noch lauter und ausfälliger über die Zustände im Haus zu beschweren. Dann war Frau Neuss dem Mann nicht von der Seite gewichen, als sie ihm ihr Leid klagte, doch haargenau neben dem Mordopfer geschlafen zu haben. »Wenn sich dieser unsägliche Mörder nun im Zimmer geirrt hätte, stellen Sie sich das einmal vor! Ich sage Ihnen, ich habe in der letzten Nacht kein Auge zugetan! Ich werde jetzt ruhen müssen, meine Nerven sind ja völlig aufgerieben.« Erst als Ehrenstein ihr einen Holunderblütentee auf Kosten des Hauses geordert hatte, war Frau Neuss auf ihr Zimmer gegangen. Das war Julias Chance. Sie gab Wolff einen Knuff, der daraufhin den Rest seines Kaffees runterstürzte, und schon war sie zur Rezeption geeilt. Vom Portier, der hinter der eingefroren freundlichen Miene wohl schon befürchtete, sich zum dritten Mal nacheinander zum Mord an Frau von Berg äußern zu müssen, erbat sich Julia zwei Karten für eine Überfahrt nach Schweden.

Ehrenstein war in seinem dezenten, doch beharrlichen Lächeln nicht zu erschüttern.

»Wir tun alles, damit Sie Ihren Aufenthalt bei uns genießen können. Ich fasse also zusammen: Sie benötigen eine Buchung der Hinreise und der Rückfahrt für morgen. Das Hotel möchten Sie selbst reservieren. So soll es sein. Erlauben Sie mir nur einen kurzen Anruf.« Er griff zum Telefon und hielt den Hörer ans Ohr. Während er eine Nummer wählte, führte er das Gespräch fort. »Wissen Sie, wie Sie nach Mukran gelangen?«

Julia legte die Stirn nachdenklich in Falten.

»Ich dachte, mit dem Zug«, meinte sie unsicher.

»Oh, dorthin gibt es keine Bahnverbindung«, beschied Ehrenstein. »Es fährt nur ein Bus. Sie könnten wahlweise ein Taxi nehmen, damit wären Sie in einer Viertelstunde am Fährhafen, aber das kommt natürlich nicht infrage. Oh, verzeihen Sie.« Sein Blick fixierte die fein manikürte Linke, die er vor sich auf das Gästebuch gelegt hatte. »Und hier ist die *Villa Doris*, Ehrenstein am Apparat«, säuselte er in den Hörer. Es folgte ein gekünsteltes Lachen. »Ja, genau, wer sollte es sonst sein? Seit 24 Jahren bin ich es.«

Wenige Minuten später legte er auf. Sein Lächeln wirkte noch strahlender. »Die Überfahrt ist gebucht. In einer Dreiviertelstunde legt das Schiff in Mukran ab. Vier Stunden dauert die Reise, dann erreichen Sie Trelleborg.«

»Und die Rückfahrt?«, hakte Wolff nach.

»Wie gewünscht gehen Sie morgen Vormittag in Schweden wieder an Bord. Allerdings läuft die Fähre dann nicht Mukran an, sondern Rostock. Ich hoffe, das ist kein Problem.«

»Nein«, erklärte Julia sofort. »Natürlich nicht. Von dort aus wird ja ein Zug nach Binz fahren.«

»Selbstverständlich«, beteuerte Ehrenstein. »Für die heutige Fahrt würde ich Ihnen gern einen Chauffeur vermitteln.«

Julia wollte ablehnen, doch der Portier ließ keine Einwände zu.

»Sehen Sie es, wenn Sie mögen, nicht nur als einen Ausdruck unserer Gastfreundschaft, sondern auch als eine persönliche Entschuldigung von mir. Am gestrigen Abend – nun ja, es war gewissermaßen der erste Mord, den ich erlebt habe. Trotz meiner 24 Dienstjahre kann mich so etwas offenbar doch aus der Fassung bringen. Das ist natürlich unverzeihlich, aber wenn ich Sie nach Mukran überführe, sind Sie mir vielleicht gnädig gestimmt?«

Julia lächelte.

»Aber Herr Ehrenstein, das ist doch keine Frage.«

»Ja«, pflichtete ihr Wolff bei. »Da kann man schon mal durch den Wind sein.«

»Nun denn«, beeilte sich Ehrenstein, diese ihm anscheinend peinliche Situation zu beenden. »Dann erlauben Sie mir schnell ein weiteres Telefonat. In einer Viertelstunde steht vor dem Hotel ein Wagen bereit, der Sie nach Mukran bringen wird. Nutzen Sie gern die Zeit, um sich für die Reise vorzubereiten.«

Damit waren sie einverstanden.

»Ich kann es immer noch nicht fassen«, meinte Wolff, als sie ihr Zimmer betraten. »Wir zwei fahren nach Schweden. Hast du dir das gut überlegt?«

»Warum nicht?«, entgegnete Julia und ließ sich auf das Bett fallen. »Dann kommen wir ein bisschen raus. Der Abstand wird dir guttun, glaube mir. Und wenn wir morgen frisch und erholt zurückkommen, sind die bösen Geister bestimmt ausgeflogen. Dann können wir unseren Urlaub in aller Ruhe fortsetzen.«

Wolff deutete auf den kleinen Koffer, den Julia am Morgen gepackt hatte. »Und da ist alles drin, was wir brauchen?«

»Was willst du denn für eine Nacht alles mitnehmen? Das bisschen Wäsche! Dazu etwas zu lesen, die Ladekabel für unsere Handys und den Waschkram. Mehr ist nicht nötig.«

»Und die Unterkunft?«

»Buche ich uns vom Schiff aus.«

»Und wenn sie da kein WLAN haben?«

Sie seufzte. »Dann suchen wir uns eben was dort im Hafen. Jede zweite Fähre, die über die Ostsee fährt, steuert Trelleborg an. Denkst du nicht, dass wir irgendein Zimmer finden werden? Ach, Stefan, sei doch mal spontan!«

Er gab es auf. Da war kein Haken zu finden – und dass nicht etwa, weil Julia an alles gedacht hatte, sondern weil es schlichtweg nichts zu planen gab. Dieser kleine Koffer würde ausreichen, wurde ihm plötzlich klar. Und was sie nicht dabei hatten, würden sie nicht brauchen. Er setzte sich neben sie auf das Bett. Sie schmiegte sich an ihn.

»Weißt du noch, als wir uns kennengelernt haben?«, fragte sie.

»Ja.« Er lachte. »Du hattest damals rote Haare.«

»Das meine ich nicht. Du warst damals so anders.«

Er runzelte die Stirn.

»Du willst mir jetzt aber nicht sagen, dass ich damals wahnsinnig spontan und wild war und dass ich das verloren habe.« Er legte sich neben sie. »Und dass dir das fehlt?« Er gab ihr einen Kuss, dann noch einen. Sie streichelte ihm die Wange, während ihre Lippen seine Berührungen erwiderten.

»Nein, das nicht«, murmelte sie. »Du warst schon damals ein kleiner Spießer.«

Wolff wich von ihr weg.

»Was?«, fragte er überrascht. »Ich glaube, ich höre nicht richtig! Ein Spießer? Ich war vielleicht ein bisschen seriöser als die Leute, mit denen du sonst so rumgehangen hast, aber das heißt doch nicht gleich – ich habe bei fast jeder Demo mitgemacht. Und einmal war ich sogar dabei, als sie das Rektorat besetzt haben.«

»Ich weiß, aber das ändert nichts daran, Stefan. Da kannst du alle fragen. Du warst ein richtiger kleiner Spießer, durch und durch.« Sie strich ihm zärtlich durchs Haar. »Und sogar ein bisschen langweilig.«

»Na super! Das wird ja immer besser«, meinte er deprimiert. Da gab sie ihm einen Kuss. »Aber genau deshalb habe ich mich ja in dich verliebt. Bei dir wusste man, woran man ist. Du hast dich nicht verstellt. Die anderen haben immer diesen Affenzirkus veranstaltet – das ist ja mal ganz lustig, aber auf die Dauer auch anstrengend. Aber du warst ein bisschen spießig und ein bisschen langweilig und – solide.«

»Oh Gott, das hört sich an, als würdest du einen Bausparvertrag beschreiben.«

Sie lachte. »Stimmt. Aber genau das ist es ja. Damals hätten wir nie gedacht, dass ein Bausparvertrag mal für uns infrage kommt. Und dann haben wir doch einen abgeschlossen und sind spießig geworden.«

»Du!«, warf er ein. »Du bist spießig geworden. Ich war es ja anscheinend schon die ganze Zeit über.«

»Und das finde ich auch so toll an dir. Die Ernsthaftigkeit, die Verlässlichkeit. Bei dir kann ich mich geborgen fühlen.«

»So, so«, meinte er und küsste sie wieder. »Und was fehlt dir an mir?«

»Eigentlich nichts«, flüsterte sie. »Aber damals warst du wirklich bei fast jeder Demo dabei. Du hast Plakate bemalt und Wasserbomben geschmissen. Und heute macht dich schon ein kleiner Tagesausflug nervös, dass du mich nach dem Gepäck und dem Hotel abfragst.« Sie zog ihn eng an sich. »Weißt du, wie lange du kein Rektorat mehr besetzt hast? Mach dich doch mal locker!«

Wolff überlegte. Vielleicht hatte sie recht, zumindest ein bisschen. Er war tatsächlich ziemlich verkopft.

»Na schön«, meinte er. »Dann stelle ich jetzt keine Fragen mehr und lasse mich überraschen. Und wenn etwas schiefgeht, bist du dran schuld. Das war immerhin deine Idee, nach Schweden zu fahren.« Er wollte sie noch einmal küssen, doch sie wich ihm lachend aus.

»Das könnte dir so passen. Aber nicht mit mir! Außerdem müssen wir langsam runter. Der Wagen müsste inzwischen bereitstehen. Ich bin gespannt, was Ehrenstein gedeichselt hat. Pass auf, am Ende kutschiert er uns noch höchstpersönlich zum Hafen.«

Doch als sie die Wendeltreppe hinabschritten, stand der Portier wie gewöhnlich hinter dem Tresen der Rezeption. Er nickte kurz zum Gruß und deutete mit der ausgestreckten Hand zur Tür. »Ich wünsche einen angenehmen Ausflug«, verabschiedete er sich von ihnen. Dann widmete er sich wieder seinen Unterlagen.

Vor dem Hotel stand tatsächlich ein Wagen. Felix öffnete die Fahrertür.

»Einmal Mukran und nicht zurück?«, fragte er lachend.

»Oh nein!«, stieß Wolff aus. »Sie müssen hoffentlich nicht nur wegen uns so früh Ihren Dienst antreten?«

»Das macht doch nichts«, wehrte Felix ab. »Herrn Ehrenstein ist die Rezeption heilig, da rückt er keinen Meter von ab. Und ich war eh fast wach, so mehr oder weniger. Den Rest erledigt der Kaffee. Außerdem komme ich dann mal aus Binz raus. Sonst bleibt ja kaum Zeit dafür. Also dann mal los!«

Sie nahmen auf der Rückbank Platz.

»Nächste Station Fährhafen«, scherzte Felix. Dann fuhr er los. Er lenkte den Wagen auf die Proraer Chaussee nach Norden. Bald hatten sie den Ort hinter sich gelassen. Felix fuhr gemächlich über die Straße, die von Nadelbäumen umstanden wurde. Nur hier und da blinkte das Wasser zwischen den Stämmen hervor.

»Schau mal, wie schön die Ostsee ist«, schwärmte Julia. »Und gleich fahren wir da quer drüber. Ist das nicht wunderbar?«

»Genau genommen liegt das Meer auf der anderen Seite, rechts von uns«, meinte Felix. »Das, was Sie sehen, ist der

Kleine Jasmunder Bodden. Dahinter, am Großen Jasmunder Bodden, liegt Ralswiek. Sie wissen schon, wo im Sommer die Störtebeker-Festspiele stattfinden.«

»Meer oder Bodden: Das ist doch aber fast dasselbe«, beharrte Julia, doch Wolff lachte nur.

»Von wegen! Ein Bodden ist ein flaches Gewässer, das mehr oder weniger vollständig vom offenen Meer abgetrennt ist. Man könnte es auch Lagune nennen.«

»Jetzt veralberst du mich aber«, rief sie aus. »Felix, haben Sie schon einmal so einen Blödsinn gehört? Eine Lagune vor Rügen!«

»Na ja«, setzte Felix vorsichtig an. »Genau genommen hat Ihr Mann recht. Die südliche Ostsee ist bekannt für ihre vielen Lagunen – die hier oben Bodden genannt werden.«

Julia zögerte mit einer Antwort.

»Trotzdem!«, meinte sie schließlich. »Das mag ein Bodden sein und nicht die eigentliche Ostsee. Aber eine Lagune – nein, bei diesem Wort muss ich an Venedig denken. Und das Dörfchen da vorn sieht nun ganz und gar nicht wie eine Lagunenstadt aus.«

Wolff sah aus dem Fenster. Vor ihnen taten sich die wenigen Häuser von Mukran auf, diesem kleinen Dorf, das mitsamt seinem Hafen zu Sassnitz zählte, aber zwischen weiten Feldern und Wiesen recht einsam an der ausgedehnten Küste lag. Neben der Straße führten mehrere Gleise zum Hafen.

»Ich dachte, es fährt kein Zug hierher.«

»Stimmt ja auch«, antwortete Felix. »Das ist für den Güterverkehr. Von hier aus geht alles Mögliche an Waren nach Russland und ins Baltikum. Aber so genau weiß ich das auch nicht.« Er fuhr an ein paar Reisebussen vorbei bis zu dem Parkplatz, der sich nur wenige Meter vom Hafen entfernt befand. Dort stoppte er den Wagen. »So, da wären wir. Es ist ganz einfach. Sie melden sich dort drüben in dem Gebäude, wo die Fahrkarten für Sie hinterlegt sind. Und dann können Sie an Bord gehen. Es liegt nur ein einziges Schiff im Hafen – das ist es. Wie gesagt, es ist ganz einfach.«

Und das war es tatsächlich. Keine zehn Minuten später betraten sie das Schiff. Sie blieben an der Reling und sahen zu, wie die Fähre einen dünnen Strom von Autos in sich aufnahm. Die Decks füllten sich allmählich, aus dem Inneren des Schiffs waren aufgeregte Kinderstimmen und das Geklapper von Geschirr zu hören. Sie sahen die Menschen um sie herum dazutreten und weitergehen, sie aber blieben und beobachteten schweigend, wie das Schiff den Hafen verließ. Langsam fuhr es hinaus, während Mukran und das Land dahinter kleiner wurden und im bläulichen Dunst verschwanden.

»Jetzt lassen wir alles hinter uns«, flüsterte Julia. »Es gibt nur noch uns zwei und das weite Meer. Ist das nicht herrlich?«

Wolff betrachtete das schäumende und spritzende Wasser, das von der Schiffsschraube aufgewühlt wurde, bis es sich allmählich beruhigte und eine weiße Linie bildete, da, wo das Schiff entlanggeschwommen war. Immer dünner wurde diese Spur, bis sie sich im Meer auflöste.

»Ja«, meinte er. »Wir verschwinden.«

10. KAPITEL

»Mir ist langweilig.«

Wolff sah sie erwartungsvoll an, aber sie reagierte nicht. Julia schien in ihr Buch vertieft zu sein. Er verzog das Gesicht und sah hinaus. Aber da war nichts, was seine Aufmerksamkeit auf sich gezogen hätte. Wenn nicht ab und zu eine weiße, wie mit einem flüchtigen Pinselstrich dahingewischte Wolke zu sehen gewesen wäre, er hätte keinen Unterschied zwischen Wasser und Himmel ausgemacht. Er sah eine endlose blaue Fläche, sonst nichts. Keine einsamen Inseln, keine Seerobben und keine anderen Schiffe. Er hätte nicht gedacht, dass ihn diese grenzenlose Ostsee so schnell so eintönig vorkommen würde.

Um ihn herum herrschte ein gemächliches Treiben. Unter den übrigen Passagieren hatte sich die Aufregung, die zu Beginn der Reise für manche Hektik und Lärm gesorgt hatte, gelegt. Der Wettlauf um die begehrten Tische an den Fenstern war beendet und das Gepäck verstaut. Jetzt vertrieb man sich die Zeit, indem man sich am Büfett ein frühes Mittagessen zusammenstellte oder durch den Bordshop schlenderte. Nicht wenige Passagiere wagten sich hinaus an das Außendeck, um dort über die Weiten der See zu starren und Fotos zu schießen, bis sie, verfroren vom Wind, zurückkamen und sich zu ihren Familien setzten.

An den Tischen war es ruhig. Man spielte Karten, stopfte lustlos Kekse in sich hinein und erzählte sich Belanglosigkeiten. Wolff nahm einzelne Gesprächsfetzen wahr, er sah instinktiv dorthin, wo ein Kind über seinen Spielsieg jubelte oder eine Tasse voll Kakao klappernd zu Boden ging, aber bei all dem spürte er genau, dass er nicht der Einzige an Bord dieses Schiffes war, der sich schrecklich langweilte.

Vor ihm lag ein Geschichtsmagazin. Julia hatte es für ihn eingepackt, und unter anderen Umständen hätte er sich wahrscheinlich sofort darüber hergemacht. Aber jetzt, wo er tatsächlich die Zeit dafür hatte, es intensiv zu lesen, interessierte es ihn überhaupt nicht. Was kümmerte ihn das Italien der Renaissance! Die Medici in Florenz, die Borgia in Rom und Leonardo da Vinci in Mailand: Er konnte sich nicht aufraffen, die eng beschriebenen Seiten zu lesen. Stattdessen blätterte er lustlos durch das Heft auf der Suche nach den Illustrationen, doch auch die abgelichteten Gemälde und Bauwerke konnten sein Interesse nicht wecken.

Julia dagegen schmökerte in ihrem Roman. Wolff hatte keine Ahnung, wie sie das anstellte. Zuerst war sie planvoll vorgegangen. Sie hatte den Tisch ausgewählt und, solange eine verlässliche Internetverbindung bestand, über ihr Handy ein Hotel in Trelleborg gebucht. Dann war sie gemütlich geworden. Sie hatte sich einen Milchkaffee bestellt und war eingetaucht in die Geschichte dieser Frau, die ihren Mann durch einen Unfall verloren hatte, dann umgezogen war, um die düsteren Erinnerungen loszuwerden, und nun auf die Avancen ihres Nachbarn einging. Als Julia ihm die Handlung kurz umrissen hatte, war sie entzückt gewesen von der Tragik dieser Liebesgeschichte. Jetzt wünschte Wolff sich, dass sie mit ihrem Buch genauso wenig anfangen könnte wie er mit seinem Magazin und sich stattdessen mit ihm beschäftigen würde. Aber danach sah es nicht aus.

Sanft tippte er an den Buchrücken.

»Lass das«, wies sie ihn beiläufig zurecht, ohne aufzusehen.

Er stupste wieder an das Buch.

»Ich will das lesen!«, knurrte sie verärgert, rückte vom Tisch weg und lehnte sich an den Rücken der Bank.

»Aber mir ist langweilig«, jammerte er.

»Dann hol dir doch noch einen Kaffee«, schlug sie vor.

»Ich hatte schon zwei.«

»Dann eben ein Eis.«

»Ich bin doch kein kleines Kind!«, meinte er entrüstet.

»Dann geh halt raus an Deck und sieh dich um.«

»Was soll es da schon geben!«, maulte er. »Auch nichts anderes als von hier drinnen aus.«

Sie sah ihn mit strengem Blick an. »Geht das jetzt die ganze Fahrt so? Mensch, Stefan, wir sind noch nicht mal eine Stunde unterwegs – und haben noch drei vor uns. Ich sage dir, wenn du nicht eine andere Platte auflegst, sind wir geschiedene Leute.«

»Ich meine ja nur«, lamentierte er. »Du hast ja immerhin dein Buch. Und was habe ich? Nichts.«

Julia deutete auf das Magazin.

»Das habe ich dir extra geholt. Du interessierst dich doch für Geschichte.«

»Ja, aber doch nicht immer!«

»Dann geh in diesen Travelshop und suche dir meinetwegen etwas anderes zu lesen aus.«

Wolff seufzte schwer. »Da war ich schon. Die haben nichts außer Rätselheften und Frauenzeitschriften.«

Julia entgegnete nichts. Sie war in ihr Buch vertieft.

»Mir ist so langweilig«, klagte Wolff. »Ich wünschte fast, Doktor Gruber wäre hier. Dann könnten wir irgendwas spielen und uns dabei unterhalten.«

Da ließ Julia das Buch sinken.

»So, das wünschst du dir?«, fragte sie herausfordernd. »Dann hätten wir ja in Binz bleiben können. Dort, wo sich alles um du weißt schon was dreht. Hättest du da echt Lust drauf? Denkst du, ich mache das hier zum Spaß? Stefan, ich habe diese Reise gebucht, weil ich unseren Urlaub retten wollte. Damit wir auf andere Gedanken kommen. Und kaum sind wir an Bord, benimmst du dich wie ein Baby. Und dann fällt dir nichts anderes ein, als über die Leute im Hotel zu sprechen. Ist es wirklich das, was du willst? Wärst du jetzt lieber zwischen verschreckten Hotelgästen und der Polizei, die überall herumschnüffelt und alles absperrt? Das kann doch nicht dein Ernst sein!«

Wolff zog den Kopf ein.

»So habe ich das nicht gemeint«, sagte er kleinlaut. »Es ist halt nur ... so wenig los.«

Julia sah ihn entgeistert an. »Was hast du denn erwartet? Wir sitzen auf einer Fähre und nicht im Zirkus. Da passiert nichts Aufregendes. Und darum geht es ja auch. Dass man ein bisschen runterkommt, entspannt und vielleicht ein Stück Kirschkuchen isst.«

»Verstehe ich ja«, meinte Wolff. »Aber ich habe keinen Hunger.«

»Dann geh halt raus.« Ohne eine Antwort abzuwarten, wandte sie sich ihrem Buch zu, und Wolff gab es auf. Julia hatte ihr letztes Wort in dieser Sache gesprochen. Und sie hatte recht. Für seine Langeweile war sie nicht verantwortlich und auch nicht zuständig. Also erhob er sich langsam und trottete auf den Ausgang zu. Er nahm die wenigen Stufen, öffnete die Tür, und der kalte Wind, der über die Ostsee fegte, empfing ihn. Eilig zog er die Jacke zu.

Auf dem Deck standen Plastikstühle, die kaum besetzt waren. Wolff ging an den wenigen anderen Passagieren vorbei, die sich hinausgewagt hatten. Über ihm schwebten Rettungsboote, die zu beiden Seiten des Schiffs festgezurrt waren. Ob sie wohl ausreichen würden, um im Notfall alle Reisenden aufzunehmen?

»Da glaubt man sich doch glatt auf der Titanic«, hörte er eine Stimme neben sich. Ein Mann sah ihn freundlich an. Er mochte in den späten Vierzigern sein. Von der Statur her war er stämmig, fast wie ein Boxer gebaut. Unter seinem Rollkragenpullover blähte sich eine gewaltige Brust. Das dichte Haar fiel ihm akkurat geschnitten in die Stirn, an den Schläfen war es von fast militärischer Kürze. Das Gesicht aber wurde von den dunklen Augen bestimmt, von denen ein warmer und zugleich durchdringender Blick ausging. Der Mann erinnerte Wolff an ein altes Foto von Ernest Hemingway, das er in einer Ausstellung gesehen hatte. Mit seiner Pfeife deutete der Mann auf eines der Rettungsboote. »Ich nehme mal an, dass wir alle locker reinpassen. Vor allem heute, wo die Fähre nicht voll ausgelastet ist. Sie müssten mal die Autodecks unten sehen. Da ist mehr Platz als in der Altmark.«

Wolff sah ihn verständnislos an.

»Die Altmark?« Er hatte mit allen möglichen Vergleichen gerechnet. Dieser Kerl sah so aus, als hätte er die wildesten Ecken der Welt bereist. Ein Globetrotter! Wenigstens die Wüste Gobi hätte Wolff erwartet – und nun das.

»Na, die Altmark. Kennen Sie doch, oder? Die Altmark in Sachsen-Anhalt.«

»Ja, schon …« Wolff fiel es schwer, seine Enttäuschung zu verbergen. Er dachte an die Menschen zurück, die er in den vergangenen anderthalb Tagen kennengelernt hatte. Die Witwe eines hessischen Regierungsrates, die Besitzerin einer Keksfabrik und einen adligen Großaktionär aus Niedersachsen. So ziemlich jeder Gast in der *Villa Doris* hatte Rang und Namen, und doch waren sie ihm alle höchst suspekt erschienen. Die gehässige Frau Tiberius, die schwatzhafte Frau Neuss und der duckmäuserische Herr von Berg … Wenn ich es mir recht überlege, dachte er, wäre es erholsam, keiner namhaften Persönlichkeit zu begegnen, sondern einem normalen Menschen.

»Die Altmark in Sachsen-Anhalt, natürlich«, sagte er also mit überzeugter Stimme, als wüsste er genau, wo sich dieser Flecken Erde befand.

»Na, sehen Sie!«, rief der Mann freudig aus und reichte Wolff die Hand. »Robert Hoffmann aus Gardelegen. Angenehm.«

Wolff ergriff die Hand und stellte sich vor.

»So, so, aus Leipzig. Auch nicht schlecht!«, meinte Hoffmann. »Und was hat Sie hierher verschlagen?«

»Sie meinen, auf die Fähre? Wir – also meine Freundin und ich – wollen nach Trelleborg. Nur für einen Tag. Das war so eine spontane Idee von ihr.«

Er nickte.

»Trelleborg ist schön. Waren Sie schon mal dort?«
Wolff verneinte.

»Ich habe keine Ahnung, was mich dort erwartet. Das wird wohl eine große Überraschung.«

Hoffmann sog genüsslich an seiner Pfeife.

»Ja, Trelleborg hat was. Der Hafen mit den großen Kontoren, dann die kleinen, alten Fischerhäuschen – und nicht zu vergessen die Wikingerburg. Wobei mich aber, um ehrlich zu sein, eher das Hinterland interessiert. Sie wissen schon, Schonen und Småland. Diese Natur – so unberührt und weit. So wie das Meer da draußen.« Er deutete auf die Ostsee. »Beeindruckend, oder?«

Wolff sah hinaus auf das Blau in Blau von Wasser und Himmel.

»Hat was«, meinte er unbestimmt.

Der andere schmunzelte. »Aber nach einer gewissen Zeit verliert der Anblick seine Faszination. Das wollten Sie doch sagen, oder? Meine Frau ist genau derselben Meinung. Sie guckt sich das Schauspiel eine Weile an und dann …«

»Lassen Sie mich raten«, fiel ihm Wolff ins Wort. »Dann wird es ihr langweilig.«

»Das nicht gerade«, entgegnete Hoffmann. »Sie fängt dann an zu stricken. Socken und Schals und so was. Und bei Ihnen?«

»Sie liest.«

Hoffmann zuckte mit den Schultern. »Wer's kann! Ich hab nicht die Nerven dafür. Mir reichen meine Pfeife und der Ausblick – und alles ist in Butter. Und Sie?«

Wolff dachte nach.

»Ich glaube, ich bin noch auf der Suche«, meinte er schließlich.

»Apropos suchen. Nicht, dass Sie mich für aufdringlich halten, aber wo ich gerade mein Pfeifchen durch habe. Was halten Sie davon, wenn wir uns mit unseren besseren Hälften zusammentun und gemeinsam essen? Es geht ja straff auf Mittag zu. Und die ganze Zeit allein – das ist zwar draußen in der Natur herrlich, aber so unter Menschen kann das schnell einsam machen. Was meinen Sie: Haben Sie Lust auf ein bisschen Gesellschaft – natürlich nur, wenn Sie wollen!«

11. KAPITEL

Sie aßen schlesischen Kartoffelsalat mit Bratwurst, nur Hoffmann hatte Kassler und Sauerkraut bestellt. Dazu tranken die Männer Bier und die Frauen Weinschorle. Frau Hoffmann warf Julia einen verschüchterten Blick zu.

»Und es stört Sie wirklich nicht, dass wir Ihnen Gesellschaft leisten?«, fragte sie mit einem unsicheren Lächeln, und Julia versicherte ihr ein ums andere Mal, dass es eine angenehme Abwechslung sei, sie beide kennenzulernen.

»Wissen Sie, normalerweise sind wir nicht so«, erklärte sie mit einem entschuldigenden Lächeln. »Aber bevor es quasi in die Einöde geht, ist es schön, mit netten Leuten ins Gespräch zu kommen.«

Sie prosteten einander zu. Hoffmann klopfte mit dem Messer auf die Fleischscheiben, die auf seinem Teller lagen.

»Also ich muss sagen«, lobte er, »gar nicht schlecht für eine Schiffskantine.« Lustvoll zerschnitt er den Kassler in große Stücke und ließ sie sich schmecken.

»Und von Trelleborg aus geht es für Sie weiter?«, fragte Julia, an Frau Hoffmann gewandt, um ein Gespräch zu beginnen.

»Ja«, entgegnete sie eifrig. »Wir fahren zum Bolmen. Waren Sie da schon einmal? Nein? Das ist ein wunderbarer See. Er liegt mitten in der schwedischen Seenplatte. Wir fahren da jedes Jahr hin. Dieses Landschaft … Na ja, bei uns zu Hause gibt es kaum Gewässer, nur den Mittellandkanal und dann schon in weiterer Entfernung die Elbe. Da ist es für uns etwas Besonderes, so dicht am Wasser zu sein. Und Christian angelt gern.« Sie nippte an ihrer Schorle.

»Ist das von Trelleborg aus weit zu fahren?«, erkundigte sich Wolff. Sie schüttelte den Kopf. »Höchstens drei Stunden. Das geht noch. Wir fahren erst Richtung Malmö, aber eher drum herum, und dann am Öresund rauf bis nach Helsingborg. Von da aus geht es landeinwärts – und das war's schon.« Ihr Blick schweifte aus dem Fenster in die Ferne. »Eigentlich schön.«

Julia und Wolff tauschten einen Blick aus. Er blinzelte ihr gut gelaunt zu. Hoffmann hatte recht, das Essen war wirklich passabel, mehr sogar. Und das Bier schmeckte ihm ebenfalls. Er war entspannt – Frau Hoffmanns Beschreibungen taten ihr Übriges. Ihre Stimme hatte einen angenehmen Klang, und was sie erzählte, war weder einschläfernd noch aufregend, sondern der richtige Gesprächsstoff für eine unverbindliche Unterhaltung bei Tisch.

»Wie ist denn der Bolmen so?«, fragte er.

»Oh, sehr schön!«, setzte Frau Hoffmann ein. »Er ist sehr verklüftet, man kann ihn kaum einsehen. Nie weiß man, ob man eine Insel sieht oder das andere Ufer. Dann der Wald … Es ist alles sehr rustikal. Wir fahren immer zu einem kleinen Ort namens Lökna. Dort gibt es nur ein paar Holzhütten und einen Steg, mehr nicht. Der nächste Ort heißt Lidhult. Er ist eine halbe Stunde mit dem Auto entfernt und hat gerade einmal 600 Einwohner.«

Hoffmann schaute von seinem Teller auf.

»Na, so abgeschieden ist es auch nicht, Stefanie«, fiel er ein. »Immerhin ist Ljungby, was die Kreisstadt ist, nur 50 Kilometer entfernt. Man muss zwar einmal um den halben See herum, aber trotzdem.«

Seine Frau runzelte die Stirn.

»Aber das ist doch keine Stadt!«, meinte sie mit Nachdruck. »Das ist doch nur ein – wie nennen die Schweden das? Ein Tatort!«

Wolff fuhr zusammen. Ihm war, als hätte Kommissar Steinhagen aus dieser Frau gesprochen. Die Suite der Toten – der vermeintliche Tatort. So hatte er sich doch gestern Abend ausgedrückt. Wolff wurde mit einem Mal mulmig zumute. Da waren sie wieder, diese merkwürdigen Erinnerungen. Gerade noch war alles friedlich und leicht gewesen. Er hatte Binz und Frau von Berg und Steinhagen glatt vergessen. Diese leichte Brise, die über das Deck ging, das wirklich gute Essen, diese vor sich hin plätschernde Unterhaltung – und nun das. Plötzlich war alles, wovor sie doch fliehen wollten, was sie vergessen und hinter sich lassen wollten, wieder so lebendig vor ihm, als wären sie keine hunderte von Kilometern draußen auf der Ostsee, sondern in Binz. Gab es denn gar keine Möglichkeit, diesem Mord zu entgehen?

Er wagte nicht, sich nach Julia umzuwenden. Er wollte nicht erst durch seinen Blick sie darauf stoßen, was sie vielleicht überhört hatte. Eilig griff er nach seinem Bier, um die Schockstarre, in die ihn dieser überraschende Einwurf versetzt hatte, zu überwinden.

»Ach, Steffi«, lachte Hoffmann. »Tåtort ist die richtige Bezeichnung, nicht Tatort.«

»So?«, fragte Wolff und versuchte, dabei möglichst gleichgültig zu wirken. »Und was bedeutet das?«

Hoffmann zuckte mit den Schultern.

»Das ist die kurze Form für ›tätbebyggd ort‹. Das heißt so viel wie ›dichtbebauter Ort‹ und bezeichnet eine Art Ortschaft. Im Grunde kann das aber alles Mögliche bedeuten. Dieses Lidhult bei unserem Campingplatz zum Beispiel ist eigentlich nur ein kleines Dorf und gilt trotzdem als Tatort – Ljungby aber auch. Und das ist eine ziemlich große Stadt mit fast so vielen Einwohnern wie unser Gardelegen. Wie gesagt, ganz so abgeschieden ist es am Bolmen nicht. Eine Stunde Autofahrt und man ist in der Zivilisation. Aber immerhin.«

Damit schien die Sache für ihn erledigt zu sein, denn er widmete sich seinem Kassler.

Wolff atmete tief durch. Es gab keinen Grund zur Unruhe. Instinktiv schaute er auf seine Armbanduhr. Sie waren gute zwei Stunden von Sassnitz entfernt. Es war ein wunderbarer Herbsttag, das Wetter, die Reise, diese neuen Bekannten: All das war durchaus angenehm. Das sollte eigentlich reichen, um Binz hinter sich zu lassen. Er überlegte, wie er das Gespräch ankurbeln könnte, um sich wieder in diese sorglose Stimmung zu versetzen, die ihn kurz zuvor erfüllt hatte. Er wandte sich an Frau Hoffmann. »Ist das nicht eine enorme Umstellung, von jetzt auf gleich nur mit dem Nötigsten auszukommen?«

»Oh, ja«, setzte sie an. »Aber man kann sich darauf vorbereiten. Das muss man sogar, sonst ist man schnell aufgeschmissen. Nicht nur wegen der Technik – was man alles an Bord haben muss! Auch wegen der Lebensmittel. Und dann das Ambiente. Bei uns zu Hause in Gardelegen ist den ganzen Tag ein einziger Trubel. Sie wissen ja, die Arbeit und dann die Nachbarn. Bei Ihnen in Leipzig ist das sicher nicht viel anders. Da freuen wir uns, wenn es ruhig ist und nur wir zwei. Stimmt's, Schatz?« Sie sah ihren Mann erwartungsvoll an. Er schaute von seinem Essen auf, wohl überrascht von der plötzlichen Ruhe am Tisch, und nickte seiner Frau bejahend zu. Ihr Lächeln weitete sich.

»Aber eben von einem Moment auf den anderen aus der Hektik in die Einsamkeit – das ist schon etwas viel. Deswegen fahren wir auch mit der Fähre rüber und nehmen nicht die Öresundbrücke.«

Julia sah sie fragend an. »Das verstehe ich nicht. Wie meinen Sie das?«

»Nun ja, für Christian ist die Ostsee so eine Art Übergangsbereich. Wenn wir rüberfahren, hat das für ihn so etwas Kooperatives, nicht wahr?«

»Kontemplatives«, korrigierte er sie unbeteiligt.

»Genau«, fuhr sie fort. »Es geht auf jeden Fall um diesen Moment, wenn er den Alltag hinter sich lässt und sich auf Schweden einstimmt. Das geht bei ihm auf dem Wasser besser als auf der Straße. Mir ist das eigentlich egal. Ich schaue mir den Hafen in Sassnitz an und dann den in Trelleborg und der Rest ist kaltes Meer.«

Hoffmann hatte seinen Teller geleert und richtete sich auf.

»Sie wissen ja, wo diese Brücke langführt, nicht?«, richtete er sich an Wolff. »Imposant ist dieses Bauwerk bestimmt. Aber da müssten wir erst durch Kopenhagen, bevor wir in Malmö auf schwedischen Boden kommen. Und den Stress tue ich mir nicht an. Es ist nicht nur der Verkehr rund um diese Großstadt. Was viele nicht bedenken, ist, dass Kopenhagen auf einer Insel liegt. Haben Sie eine Ahnung, was das dann für ein Umweg ist, wenn man über Dänemark nach Bolmen will? Nee, das spare ich mir. Da ist mir die gute, alte Ostsee tausendmal lieber. Wie sieht's mit Ihnen aus?«, fuhr er fort und deutet auf sein leeres Glas. »Wollen Sie auch noch eins?«

Wolff schaute zu Julia. Sie lächelte.

»Von mir aus«, entgegnete er.

»Ach, da weiß ich was Besseres!«, erklärte Hoffmann. »Was halten Sie davon, wenn wir uns im Bordshop umschauen? Da gibt es jede Menge Alkohol. Ich brauche eh noch etwas für den Urlaub. Das heißt, wenn die Damen es erlauben?«

Die beiden Angesprochenen nickten, und so erhoben sich Hoffmann und Wolff und schlenderten zwischen den Tischen hindurch auf den Travelshop zu.

»Ich gucke da gern rein«, erklärte Hoffmann. »Und außerdem tut so ein kleiner Verdauungsspaziergang gut.«

Der Shop ähnelte einem kleinen Kiosk. In den Regalen waren Souvenirs und Süßigkeiten gestapelt, weiter hinten lagerten Lebensmittel, Bierkästen und Kartons mit allerhand Spirituosen.

»Denken Sie bloß nicht, dass ich wahnsinnig viel bräuchte«, meinte Hoffmann schmunzelnd. »Gerade mal zwei Kisten Pils und etwas für meine Frau. Sie können sich ja umschauen. Die haben echt verrückte Sorten im Sortiment. Die gibt es nicht überall.«

Wolff ging hinter Hoffmann an den Regalen entlang. Da fanden sich alle möglichen Biermarken, aber nichts davon interessierte ihn besonders.

»Dieser Shop«, setzte er an, »ist doch hauptsächlich für die Touristen aus Schweden, oder?«

»Das stimmt. Dort ist Alkohol extrem teuer. Deshalb nutzen viele Schweden Fähren wie diese, um sich billig mit Bier und Schnaps einzudecken. Es gibt sogar ein paar Schiffe, die kurven gewissermaßen vollkommen ziellos durch die Ostsee, die reinsten Partyboote. Da geht es nur darum, mal ein, zwei Tage Party zu machen, bevor die wieder in Stockholm anlegen.«

»Verstehe.« Wolff besah sich die Preisschilder eingehender. »Aber für deutsche Verhältnisse ist das Bier vom Preis her auf Restaurantniveau.«

»Ah«, machte Hoffmann und lachte. »Und da fragen Sie sich, warum ich mich ausgerechnet hier eindecke. Tja, sehen Sie, das ist so eine kleine, alberne Tradition. Bei unserer ersten oder zweiten Fahrt nach Schweden hatten wir an alles gedacht – nur eben nicht an diese schönen sinnlichen Getränke. Das fiel uns erst auf der Fähre auf, als wir im Bordshop waren. Da haben wir uns quasi auf den letzten Drücker eingedeckt. Und seitdem machen wir das immer so. Es ist eine Art Ritual geworden. Schon lächerlich, ich weiß. Aber was soll's!« Da packte er Wolff am Arm. »Da fällt mir was ein! Ich bringe das Zeug gleich runter zum Wohnwagen. Was ist, haben Sie Lust? Wollen Sie unser Baby mal sehen?«

Wolff war einverstanden. Hoffmann schob seine beiden Kästen, auf die er ein paar Weinflaschen gestapelt hatte, zur Kasse, bezahlte, und schon waren sie auf dem Weg zu den unteren Decks, wo die Autos und Anhänger untergekommen waren. Hoffmann hatte recht gehabt. Viele Stellplätze waren leer geblieben. Umso beeindruckender war die riesige Fläche, die sich vor Wolff auftat.

»Nicht schlecht, oder?«, meinte Hoffmann. Jeder der Männer trug einen Bierkasten, die Flaschen klirrten rhythmisch, während er Wolff zu seinen Wagen lotste. »Ich staune auch jedes Mal, was in so ein Schiff passt. Und da ist ja unser Schmuckstück.«

Wolff hatte einen beschaulichen, kompakten Wohnwagen erwartet, dem anzusehen war, dass er ein paar Jahre auf dem Buckel hatte. Doch Hoffmann präsentierte ihm voller Stolz einen ausladenden Anhänger, der blitzte und blinkte, als wäre er frisch vom Werkband.

»Das ist also unser Mädchen«, meinte er und stellte den Kasten ab. Er schloss die Tür auf. »Kostet mich eine Menge Arbeit, alles in Schuss zu halten. Aber glauben Sie mir, das ist es wert. Also hinein in die gute Stube.«

Wolff folgte Hoffmann in den Anhänger hinein und staunte. Der Wagen war deutlich komfortabler eingerichtet, als er es erwartet hatte.

»Na«, sagte Hoffmann lauernd. »Das ist doch ein Traum, oder? Heckumlaufende Sitzecke mit Dreiseitenblick, Kocher-Backofen-Kombination mit Spülabdeckung, integrierter Kühlschrank, Flachbildfernseher mit Schwenkarm, Doppelbett im Bug und hier« – er klopfte gegen eine dünne Tür neben dem Bett – »Sanitärbereich mit separat abgegrenzter Toilette. Achten Sie auch auf den enormen Stauraum durch die Hängen rundum. Sie glauben gar nicht, was da alles reingeht. Das Ding hat echt jeden Komfort – sogar Heizung und Rauchmelder. Kann man nicht meckern.«

Hoffmann sah sich nach Wolff um.

»Na, wäre das nicht auch was für Sie?«

»Ich weiß nicht«, meinte der. »Das hat schon was.«

»Na ja, Ordnung muss man schon halten, das ist klar«, räumte Hoffmann ein. »Aber denken Sie sich das Vorzelt dazu. Da kommt ordentlich Wohnfläche zusammen. Und das Rausholen und Einräumen ist nichts gegen die Freiheit, die einem so ein Schatz verleiht. Ich meine, wir haben unseren festen Platz in Lökna. Aber wenn wir wollten, könnten wir jederzeit auf jedem anderen Campingplatz unser Lager aufschlagen.«

Er nahm Wolff den Bierkasten ab und schob ihn unter den Esstisch.

»Aber schön, wollen wir wieder zu den Damen schauen. Um ehrlich zu sein, haben es die Leute nicht so gern, wenn man allzu lange zwischen den Autos rumturnt. Die Sicherheit und so.«

Also traten sie den Rückweg an. An ihrem Tisch waren die beiden Frauen in ein lebhaftes Gespräch vertieft. Kaum dass sie Hoffmann und Wolff erblickten, verstummten sie.

»Und euch ist nicht langweilig geworden?«, fragte Hoffmann und nahm Platz.

»Im Gegenteil«, beteuerte Julia. »Aber ihr kommt gerade richtig. Wir hatten eben festgestellt, dass Zeit für einen Kaffee wäre. Oh nein, bleiben Sie sitzen. Wir laden Sie gern ein, nicht wahr, Stefan? Ihre Frau hat mir verraten, wie Sie ihn gerne trinken. Stefan, los, du kannst mir tragen helfen.« Damit erhob sich Julia und ergriff Wolffs Hand.

»Ich hatte ja gedacht, dass ihr länger braucht«, meinte sie, als sie an dem Tresen standen und zusahen, wie der Kaffee in einem dünnen Faden in die Tasse lief. »Wolltet ihr nicht noch ein Bier trinken?«

»Ganz ehrlich, das haben wir irgendwie vergessen.«

»Was? Ihr kauft Bier und vergesst, es zu trinken?«

»Er hat mir seinen Wohnwagen gezeigt. Da ging das Bier irgendwie unter.«

»Auch nicht schlecht«, beschied Julia. »Das sind ziemlich nette Leute, oder?«

»Ja«, entgegnete Wolff. »So unkompliziert. Fast schade, dass wir sie nicht länger kennenlernen können.«

»Wir könnten ja die Nummern tauschen.«

Wolff sah sie skeptisch an.

»Wirklich? Glaubst du, dass wir jemals nach Gardelegen fahren werden, wo auch immer das liegt?«

Julia lachte. »Man weiß nie. Auf jeden Fall sollten wir Kuchen holen. Egal, wie es kommt, wir haben noch eine Dreiviertelstunde zusammen, bevor es in Trelleborg auseinandergeht. Diese Zeit sollten wir uns doch versüßen, meinst du nicht?«

Er nickte.

»Da hast du recht.«

»Sehr schön«, grinste sie. »Dann gib mir mal dein Portemonnaie.«

12. KAPITEL

Sie hatten keine Pläne für Trelleborg. In der Touristinformation direkt hinter dem Hafen deckten sie sich mit Broschüren zu den Sehenswürdigkeiten der Stadt ein und suchten die Straßen zielstrebig nach allem ab, was Julia interessant erschien. Wolff hätte lieber zuerst das Gepäck im Hotel abgegeben, doch als sie ihn darauf hinwies, dass dieser eine, kleine Koffer doch nicht so schwer sein könnte, hatte er sich jede Widerrede verkniffen.

»Außerdem ist es schon Nachmittag«, belehrte sie ihn. »Und wenn ich nun mal in Schweden bin, möchte ich keine Zeit auf dem Hotelzimmer verschwenden, sondern so viel wie möglich sehen.«

Ihr erster Weg führte sie zu der Wikingerburg, von der Hoffmann erzählt hatte. In der Touristbroschüre wurde sie besonders herausgestellt. Nach wenigen Minuten hatten sie ihr Ziel erreicht. Vor ihnen lag zwischen zwei sich kreuzenden Straßen eine verwilderte Landschaft, die von einem kleinen Wasserarm durchzogen wurde.

»So, so«, machte Julia, nachdem sie die Broschüre ausgiebig studiert hatte. »Dieser kleine See soll einen Ausläufer der Ostsee nachbilden, den es hier früher gab. Offenbar konnten die Wikinger damals mit ihren Schiffen direkt bis vor die Burg segeln. Stell dir das vor. Mitten im Burggraben liegt plötzlich ein riesiges Drachenboot.«

Wolff sah sich um.

»Schön und gut. Aber wo ist die Burg? Das werden doch nicht die paar Holzhäuschen dort hinten sein?«

Julia las in der Broschüre nach. »Nein, das ist ein Wikingerhof. So eine Art Dorf, das sich vor der Burg befand. Und die war – warte.« Sie sah sich um. »Dort!« Sie deutete auf einen geschwungenen Palisadenzaun aus verwitterten Holzstämmen.

»Was?«, entfuhr es Wolff. »Das ist doch nur eine einfache Mauer aus Holz. Nein, nicht einmal das! Das ist ja nur das Stück einer Mauer. Wo ist der Rest der Burg?«

»Tja, wenn ich das richtig verstehe, lag die Burg früher dahinter. Also dort, wo die Häuser auf der anderen Seite der Straße stehen. Offenbar wurde nur das nordwestliche Ende der Burgmauer rekonstruiert.«

»Und sonst nichts?«

Julia las nach. »Na ja, hier steht, dass man gar nicht weiß, ob es in der Burg wirklich Gebäude gab. Zumindest hat man bei Ausgrabungen keine Hinweise darauf gefunden. Möglicherweise gab es nur die Aufbauten über den vier Burgtoren und mehr nicht. Aber das ist ja auch kein Wunder. Immerhin wurde die Burg vor über 1.000 Jahren aufgegeben, als die Wikinger von den Wenden vertrieben worden sind.«

»Wer sind denn die Wenden?«

»Das steht hier leider nicht.«

»Also gibt es nur dieses Stück Holzwand und dieses eine Tor?«

»Ja«, meinte Julia. »Das Westtor. Der Aufbau kombiniert angeblich die typische skandinavische Stabbauweise mit dem westeuropäischen Rundbogenstil der Romantik.« Sie sah auf. »Das ist doch was, oder?«

Sie gingen über eine kleine Holzbrücke, die sie über

das Wasser tiefer in die urwüchsige Graslandschaft führte, auf das Tor zu.

»Ich glaube, du musst es dir vorstellen«, vermutete Julia, als sie unter dem Überbau hindurch in das Innere der Burg getreten waren. Wolff sah sich um. Wenige Meter hinter ihm rollte der Feierabendverkehr die Straße entlang. Aber Julia blieb dabei. »Konzentriere dich nicht auf das, was da ist, sondern auf das, was fehlt.«

Er versuchte es. Da war dieses Tor. Links und rechts davon führten Knüppelstege den Wall hinauf. Dort oben also standen die Wachen. Über den Balkon mit dem rund geschwungenen Zierrahmen konnten sie den Innenhof der Burg überschauen. Zu beiden Seiten des Torbaus zog sich der Wall mit den aufgesteckten Holzpfählen dahin. Die leichte Krümmung der Mauer ließ das einstige Ausmaß der Burg erahnen. Wolff drehte sich und versuchte dabei, in Gedanken den Verlauf des Walls nachzuzeichnen. Doch irgendwo in der Geschäftszeile an der anderen Straßenseite verließ ihn seine Fantasie.

»Na schön. Ich denke, das können wir abhaken«, meinte Julia, die offenbar auch nicht viel erfolgreicher darin war, sich die Burg vorzustellen. »Suchen wir uns etwas anderes.« Also schlenderten sie zurück zur Innenstadt. Über den engen Gassen ging allmählich die Sonne unter. Wolff war es ganz recht, einfach so durch die Stadt zu flanieren, denn auch wenn sie an einem Museum und dort an einer Kirche vorüberkamen, genoss er viel lieber das Flair der Stadt als sich irgendwelche Exponate anzuschauen. Die lange Überfahrt hatte ihn träge und gemütlich gemacht. Im Stadtpark setzten sie sich auf eine der Bänke einer leeren Freilichtbühne und sahen den Passanten zu, die es eiliger als sie hatten. Wolff legte seinen Arm um Julias Schulter und zog sie sanft zu sich.

»Nanu«, flüsterte sie. »Wir sind wohl heute kuschelig drauf?«

»Irgendwie schon«, gestand er und gab ihr einen Kuss.

Bald wurde es kühl, und sie gingen zum Hafen zurück, wo sich ihr Hotel befand.

»Die Küche soll der Hammer sein«, erklärte Julia. »Hat Top-Bewertungen im Internet.«

»Ist mir recht«, meinte er. »Dann ist der Rückweg aufs Zimmer kürzer.«

Wenig später trafen sie in dem Hotelrestaurant ein. Der im Stil eines Bistros eingerichtete Saal war nur mäßig besucht. Sie entschieden sich für einen Tisch im hinteren Teil des Raums. Hier, nahe der ausladenden Bar, war die Wand mit alten, auf Stoff gedruckten Hafenansichten bezogen. Julia sah sich begeistert um. »Merkst du das auch? Diesen rötlichen Schimmer in der Beleuchtung? Das gibt dem Ambiente einen anheimelnden Charme. Und trotzdem wirkt es so« – ihr Blick schweifte über das rustikale Holzparkett, das von mattschwarz lackierten Stahlträgern durchbrochen wurde – »minimalistisch«, entschied sie. »Das ist wohl die typisch nordeuropäische Nüchternheit.«

»Kann sein«, meinte Wolff. »Wahrscheinlich war das ein alter Hafenspeicher, und sie haben ihn zum Hotel ausgebaut.«

»Oh«, wehrte Julia ab. »Bitte keine Belehrung! Nein, ehrlich nicht. Ich sehe doch schon, dass dir ein kleiner Vortrag auf der Zunge liegt. Dein Blick verrät dich. Den kennen und lieben deine Schüler bestimmt auch.« Sie ergriff seine Hand und streichelte sie sanft. »Aber für heute habe ich genug. Ich habe etwas über die Ostsee gelernt und über die Fähren, über Perleberg und das Campen in Småland und zuletzt viel über wenig Wikingerburg in Trelleborg. Ich glaube, das reicht für einen Tag, findest du nicht? Wollen wir uns nicht einfach einen entspannten Abend machen?«

Wolff lachte.

»Von mir aus. Ich habe nichts dagegen.«

Sie aßen Hackfleischbällchen mit Petersilien-Kartoffeln und Sauerkraut an Preiselbeeren.

»Es schmeckt herrlich«, meinte Julia und nippte an ihrem Wasserglas. »Ich weiß nicht, wie du dazu Bier trinken kannst. Das verdirbt doch den ganzen Geschmack.«

»Das ist ein Craftbier«, konterte er.

»Aber wir sind doch nur diesen einen Abend in Schweden. Wann kriegst du schon mal so schnell wieder eine original schwedische Küche?«

»Und wann ein original schwedisches Craftbier?«, gab er zurück.

Sie schüttelte den Kopf.

»Du bist unmöglich.« Wieder musste er lachen.

»Da hast du wohl recht. Aber abgesehen davon war es doch ein angenehmer Tag, oder?«

»Ja«, meinte sie. Ihr Blick verlor sich im Raum. »Wenn ich daran denke, wo wir gestern um diese Zeit waren.«

»Wir kamen gerade im Hotel an. Ehrenstein hat uns empfangen. Ich sollte zu diesem Kommissar.«

»Ach, das meine ich doch gar nicht! Diese ganze grässliche Geschichte – daran wollte ich wirklich nicht erinnert werden.«

»Aber du hast doch nicht gedacht, dass wir so tun könnten, als wäre diese Sache – du weißt schon – gar nicht passiert.«

Sie sah ihn herausfordernd an.

»Nun sei doch nicht albern! ›Diese Sache‹! Sprich es nur aus. Wir sind doch keine Kinder mehr. Es war ein Mord. So einfach ist das. Wir haben einen Mord miterlebt. Also nicht direkt, aber immerhin. Wir waren nur zwei Zimmer weiter untergebracht. Du warst der Letzte, der sie lebend gesehen hat – außer ihrem Ehemann, aber der scheint ja der Täter zu sein. Das ist alles grausig und furchtbar und auch tragisch, natürlich. Immerhin wurde da ein Leben beendet. Und ich weiß auch, dass dieser kleine Ausflug nichts daran ändert. Aber vielleicht ist die Polizei morgen einen Schritt weiter und die Lage hat sich beruhigt. Wir müssen ja nicht unbedingt dort sein, wenn bei jedem die Nerven blank liegen. Selbst Ehrenstein war verrückt. Und deshalb dieser Ausflug. Damit wir etwas Abstand kriegen und Zeit gewinnen …«

Er legte seine Hand auf ihre.

»Das war eine tolle Idee«, sagte er mit Nachdruck. »Ja, wirklich!«

»Nur eine kleine Auszeit«, flüsterte sie. Ihr zögerliches Lächeln ging ihm durch und durch. »Okay«, versicherte er ihr, »ich spreche nicht mehr davon.«

Sie nickte.

»Ich glaube, ich nehme jetzt doch einen Wein«, meinte sie und gab dem Kellner ein Zeichen. »Es ist verrückt«, fuhr sie schließlich fort, nachdem sie bestellt hatte. »Wir sind den halben Tag durch die Ostsee gefahren und weißt du, wie weit das war? Frau Hoffmann hat es mir erzählt. Es sind nicht mal 130 Kilometer von Sassnitz. Überleg dir das mal.«

Wolff kaute nachdenklich.

»Das ist weniger als von Leipzig nach Berlin.«

»Genau«, stimmte sie ihm zu. »Ist das nicht ulkig? Es ist eigentlich gar nicht so weit und trotzdem wirkt es auf dem Meer ganz anders. Es sieht nach viel mehr aus. Schon komisch, wie klein die Ostsee ist, obwohl sie so endlos groß wirkt. Das ist manchmal schon sehr merkwürdig, dass – wie soll ich es sagen – dass sich etwas manchmal ganz anders anfühlt, als es in Wirklichkeit ist. Wie eine optische Täuschung. Man sieht etwas, aber man weiß auch, dass es eigentlich anders ist. Man kann es sich erklären, man kann es herleiten und erkennen, aber trotzdem wirkt es eben anders. Deswegen muss man so etwas erleben und nicht nur darüber lesen, um sie zu verstehen.« Sie dachte nach. »Ja, es hat sich anders angefühlt, weiter, größer, mächtiger. Was man wohl daraus lernen kann?«

»Na ja«, setzte Wolff an und fuhr sich mit der Serviette über den Mund. Er fand ihre philosophischen Anwandlungen unheimlich, weil er ihre Gedankengänge dahinter nicht so ganz verstand. Er hatte stattdessen das Gefühl, sie wie aus einem schlechten Traum aufzuwecken, wenn sie sich in solchen Überlegungen verlor. »Wir sind ja auch nur durch eine eher schmale Stelle gefahren. Bis rauf in den Bottnischen Meerbusen, zum nördlichsten Ende, ist die Ostsee locker zehn Mal so lang.« Er sah sie erwartungsvoll an, doch heute war sie offenbar nicht in der Stimmung, um sich aus ihren Gedanken reißen zu lassen. Sie hob leicht den Zeigefinger und deutete ihm zu schweigen.

»Nicht«, raunte sie. »Mach es nicht kaputt. Stell dir vor, vielleicht ist es auch mit dem Leben so. Wir können es genau in Jahren bemessen. Wir zählen die Geburtstage bis zum Tod. Von außen betrachtet ist es eine einfache Rechnung. Aber für denjenigen, dessen Leben es ist – wie viel mehr ist es doch! Da zählen ja kaum die Jahre, sondern nur die Erinnerungen und Erlebnisse, die sich angesammelt haben. Ja, das ist es! Das nehme ich mit von dieser

Reise. Wir sollten mehr den Moment genießen, mehr im Hier und Jetzt sein, gerade im Urlaub. Aber auch sonst.« Sie stockte, dann prustete sie plötzlich vor Lachen. »Oh Gott, jetzt höre ich mich an wie eine Kalenderspruchautorin. Das war wohl doch ein bisschen viel aufgetragen.«

Er wusste nicht, ob er ihr zustimmen sollte. Stattdessen bestellte er lieber noch ein Bier. Sie sah ihn über den Rand ihres Weinglases an, als er sich einschenkte. Ihr Blick hatte etwas sehr Mildes, aber auch einen leicht ironischen Zug. »Auf jeden Fall bin ich froh, dass du hier mit mir bist. Gerade weil du es bist.«

Später auf dem Hotelzimmer, das sehr praktisch und stilvoll modern eingerichtet war, schlüpfte Julia seufzend aus ihren Schuhen.

»Die sind wirklich todschick, aber erst das lange Sitzen auf dem Schiff und dann der Spaziergang durch die Stadt – das ist echt zu viel für meine Füße. Ich hätte die Wanderschuhe anziehen sollen. Die sehen zwar nicht halb so schön aus, weil sie so einen breiten Fuß machen, aber sie sind deutlich bequemer als diese wunderschönen Halbschuhe. Ich glaube, morgen habe ich Blasen an den Zehen. Und Hornhaut an den Fersen vom vielen Spazieren durch die Stadt.«

Wolff knöpfte sich das Hemd auf.

»Das waren doch höchstens drei Stunden«, meinte er. »Und eine davon saßen wir im Stadtpark rum.«

»Na, und? Meine Füße tun trotzdem weh.«

Er konnte es sich nicht verkneifen.

»Da wird wohl jemand alt?«, neckte er sie.

Julia sah ihn aus funkelnden Augen an.

»Werde bloß nicht frech, mein Lieber. Wir alle wissen, dass du glatt vier Jahre älter bist als ich. Wenn also jemand alt wird, dann du! Und jetzt Marsch, unter die Dusche, bevor ich wirklich böse werde!«

Er gehorchte. Das warme Wasser fühlte sich gut an auf der Haut. Schon hatte ihn eine dichte Dampfwolke umgeben. Erst jetzt, als das Wasser angenehm über seinen Nacken, seine Schultern und seinen Rücken hinabfloss, merkte er, wie verspannt er gewesen war. Ja, Julia hatte recht gehabt. Das lange Sitzen auf der Fähre hatte seine Spuren hinterlassen. Oder steckte am Ende etwas anderes hinter der Verspannung? Schnell schüttelte er diesen Gedanken ab. Er schloss die Augen und legte den Kopf in den Nacken. Er wollte die Wärme überall spüren, die ihn umhüllte und lockerte.

Da klackten die Duschringe, der Vorhang wurde beiseitegeschoben. Mit einer kühlen Brise huschte Julia zu ihm unter das Wasser.

»Störe ich?«, fragte sie aufreizend und drängte sich unter die Brause. Schon hatte das Wasser ihre Haare nass gemacht und perlte glänzend über ihren Hals und ihre Brüste.

»Na hör mal!«, protestierte er. »Du kannst mir doch nicht einfach das Wasser klauen!«

»Dann hol es dir doch wieder«, meinte sie, zog ihn an sich und gab ihm einen Kuss. Ihre Zungen berührten sich, er spürte ihre Hand in seinem Nacken. Er fuhr ihr den Rücken hinab und über ihren Po, den er packte und fest an sich presste. Sie keuchte. Ihr Mund tastete sich über seine Wange bis zu seinem Ohr. »Wie sieht's aus«, flüsterte sie rau. »Kriegst du mich noch hochgehoben oder bist *du* zu alt dafür?«

13. KAPITEL

»Habe ich dir eigentlich schon gesagt, dass du heute Morgen wunderschön aussiehst?«

Sie bemühte sich erst gar nicht zu lächeln.

»Das ist wirklich lieb von dir, auch wenn es nicht stimmt. Ich bin hundemüde.«

»Das sieht man dir nicht an.«

»Ich hatte keine Zeit, mir die Haare zu machen. Und mein Gesicht! Ich fühle mich, als hätte ich noch lauter Abdrücke vom Kissen auf den Wangen und überall.«

»Glaub mir, du siehst wunderbar aus«, versicherte er bestimmt.

»Es ist schon komisch«, fuhr sie fort, ohne auf sein Kompliment einzugehen. »Da freut man sich das halbe Jahr auf den Urlaub, um endlich ausschlafen zu können. Aber dann steckt man in einem Dilemma. Entweder man schläft sich tatsächlich richtig gut aus und verpasst dafür die Hälfte vom Tag. Oder man nutzt die Zeit, die man schon einmal hier ist, ordentlich aus, und kommt dann doch nicht dazu auszuschlafen. Dass diese Fähre aber auch so früh ablegen musste. Ich wette, ich habe ein paar Sachen im Hotelzimmer liegen lassen. Ich war vorhin noch gar nicht richtig wach, als wir gepackt haben.«

»Was liest du denn da?«, fragte er.

Sie drehte das Buch um, als müsste sie sich den Titel erst in Erinnerung rufen.

»Eine Liebesgeschichte – nichts für dich. Sie heißt *Zimmer mit Aussicht*.«

Er deutete auf das kleine Fenster, vor dem das Meer vorüberzog.

»Wie passend. Ist ja wie bei uns.«

Sie zuckte mit den Schultern. »Es geht um eine Frau, die mit ihrer Cousine Italien bereist und sich verliebt. Es ist warm, und sie haben in Florenz eben kein Zimmer mit Aussicht auf den Fluss bekommen. Bei uns ist es umgekehrt. Wir haben Minusgrade und draußen so viel Wasser vor dem Fenster, wie es nur geht.«

»Du wirkst etwas schlecht gelaunt«, stellte er fest. »Ich jedenfalls bin froh, dass uns Ehrenstein für die Rückfahrt eine Kajüte gebucht hat. Okay, dieses Doppelstockbett hat etwas von einer Jugendherberge. Aber andererseits macht das doch erst dieses nautische Flair aus.«

Sie drehte sich in ihrem Bett um und sah mit gerunzelter Stirn zu ihm hinauf. »Nautisches Flair? Wirst du zum Seemann?«

»Und ein weiterer Vorteil dieser Kajüte ist«, fuhr er ungerührt fort, »dass niemand an Bord deine schlechte Laune bemerkt.«

»Ich habe keine schlechte Laune.«

»Dann bist du eben müde!«

»Das sage ich doch die ganze Zeit«, grummelte sie und widmete sich ihrem Buch.

Wolff lag auf dem Rücken, hatte die Hände hinter dem Kopf verschränkt und starrte die Decke an. Er hatte damit gerechnet, hier unten im Bauch des Schiffes, so wenige Meter über der Wasseroberfläche, die Bewegungen des Meeres deutlicher zu spüren. Aber da war nichts. Entweder war die Fähre zu groß oder die Ostsee an diesem

Morgen zu still: Wenn nicht das Brummen der Motoren gewesen wäre, er hätte in einem normalen Hotelbett liegen können. Er dachte an die steile Treppe, die sie auf das Unterdeck geführt hatte. Es war ihm etwas mulmig geworden, als sie durch die engen Gänge mit den dünnen, hellbraunen Kajütentüren zu beiden Seiten gegangen waren. Sie hatten sich an die Wand pressen müssen, als ihnen ein anderer Passagier entgegengekommen war. Wie hatte Hoffmann gesagt: Es ist, als wäre man auf der *Titanic*. Tatsächlich war Wolff der erschreckende Gedanke bekommen, wie hier wohl rauszukommen sei, wenn das Schiff sinken würde. So wenige Menschen würden ausreichen, um die Gänge hoffnungslos zu verstopfen. Sie würden in der Falle sitzen.

Das beklemmende Gefühl war nicht verschwunden, vielleicht weil es so verdächtig still um ihn herum war. Aus keinem Nachbarzimmer drang ein Geräusch zu ihm, obwohl die Wände sicher nur hauchdünn waren. Da war nur dieses gleichförmige, nichtssagende Brummen der Maschinen. Er kam sich plötzlich sehr einsam und abgeschnitten vom Rest der Welt vor. Ja, nicht einmal das Fenster konnte ihn aufmuntern. Zwar schien draußen die Morgensonne so kräftig, dass die See davon glitzerte. Es würde ein angenehm milder Tag werden. Aber das Fenster war zu klein, als dass Julia oder er dadurch hätten fliehen können. Es zeigte eine wunderschöne Welt, die unerreichbar blieb. Immer mehr spürte Wolff, dass ihn diese Kajüte einengte und die Luft zum Atmen nahm. Er fühlte sich gefangen. Warum ging das Julia nicht genauso?

Da vibrierte das Handy in seiner Tasche. Er zog es heraus und betrachtete den Display.

»Wir sind im dänischen Netz«, stellte er fest.

»Was?«, fragte Julia teilnahmslos.

»Wir sind im Mobilfunknetz von Dänemark.«

»Und was heißt das?«

»Dass wir nicht mehr ganz so weit auf hoher See sind. Wir fahren an irgendeiner dänischen Insel vorbei.«

»Willst du raufgehen und nachsehen?«

»Ja.« Er rappelte sich auf. »Das ist eine gute Idee. Ich vertrete mir mal die Beine. Kommst du mit?«

»Nein«, entgegnete sie. »Ich bin zu müde dafür. Aber wenn du wiederkommst …«

»… bringe ich dir einen Kaffee mit, klar«, ergänzte er. Mit einem etwas behäbigen Satz sprang er von dem Hochbett herunter. Er beugte sich zu Julia, um sie zu küssen. Sie bot ihm beiläufig die Wange an. »Und vielleicht etwas zu knabbern«, sagte sie.

»Ich sehe, was sich machen lässt.« Er war schon fast zur Tür hinaus, da rief sie: »Ach, und Stefan?« Er sah sich zu ihr um. »Ich liebe dich.«

Ein Lächeln rann über seine Lippen.

»Das ist schön«, meinte er sanft.

Draußen, vom Deck aus, war wirklich eine Insel zu sehen. Sie zog sich flach und weiß dahin und zog, so unscheinbar sie auch war, die Aufmerksamkeit vieler Passagiere auf sich, die sich an die Reling drängten, um Fotos zu schießen. Wolff verlor die Lust, an Deck zu bleiben. Die Gespräche um ihn herum waren zu quirlig, als dass er sie überhören könnte, und doch so nichtssagend, dass es sich nicht lohnte, ihnen zu folgen. Ja, aus ihnen sprach dieselbe genügsame Langeweile, die er in sich fühlte.

Er ging hinein und durchstreifte ziellos den Speiseraum und den Bordshop. Am Tresen bestellte er sich einen Cappuccino, obwohl ihm nicht nach Kaffee war. Geduldig verrührte er zwei Stück Zucker in dem cremefarbenen Milchschaum. Er fühlte sich gut, weil es nichts zu tun gab. Er konnte nichts unternehmen, um die Fahrt zu beschleunigen oder abwechslungsreicher zu gestalten. Die Fähre war für Abenteuer oder Entdeckungen nicht ausgelegt. Sie brachte Passagiere mit ihrem Gepäck und ihren Fahrzeugen über die Ostsee, mehr nicht. Niemand erwartete mehr, Wolff auch nicht.

Auf der Hinfahrt hatte es ihn belastet, zum Nichtstun verdammt zu sein. Jetzt, nur einen Tag später, fiel es ihm leichter. Die Fähre fuhr kaum merklich über das Meer. Wäre die Insel nicht gewesen, die am Horizont vorüberstrich, man hätte kaum bemerkt, dass sich das Schiff überhaupt bewegte. Man konnte nur auf das Brummen der Maschinen vertrauen, dass es tatsächlich Bewegung verhieß. Wolff hatte dieses Vertrauen. Mit fast schon meditativer Gelassenheit saß er da, über seinen Cappuccino gebeugt, und durchkreuzte mit dem schmalen Löffel den Schaum, der sich immer mehr ins Bräunliche verfärbte und ausdünnte.

Er wusste nicht, wie viel Zeit vergangen war. Als ihn die zunehmende Hektik der anderen Passagiere aufhorchen ließ, stellte er fest, dass er für einen Moment an gar nichts gedacht hatte.

»Was ist denn los?«, fragte er den Kellner.

»Seehunde«, antwortete der teilnahmslos und machte sich lautstark an der Kaffeemaschine zu schaffen. »Sind die sonst nicht zu sehen?«, fragte Wolff trotzdem nach.

»Schon«, meinte er. »Aber die leben eben nur hier um die dänischen Inseln.«

»Und sonst nirgendwo?«

Der Kellner zuckte mit den Schultern. »Weiß ich nicht. Ich glaube, im Rest der Ostsee gibt es nur Kegelrobben.

Oder es ist genau umgedreht. Ich kenne mich da nicht so gut aus. Ist ja auch egal, wenn Sie mich fragen. Wenn die aus dem Wasser rausgucken, sehen sie eh alle gleich aus.«

»So? Wahrscheinlich haben Sie recht.« Wolff trank aus. Der Cappuccino war kalt geworden und schmeckte schal. Er bestellte einen Kaffee für Julia, zahlte und ging. Auf dem Gang unter Deck herrschte gähnende Leere. Es war still, als könnte der Trubel an Bord nicht bis hier herunterreichen. Wolff ging langsam über den abgewetzten Teppich. Vorn, wo sich die Gänge kreuzten, bog eine ältliche, hagere Frau um die Ecke. Als sie ihn entdeckte, nickte sie ihm grüßend zu, dann ging sie schnell weiter und verschwand aus seinem Blickfeld. Dann war er wieder allein, doch das beschäftigte ihn nicht. In Gedanken war er woanders. Bald würden sie Warnemünde passieren, dann in Rostock anlanden. Der Bus würde sie vom Hafen durch die Stadt zum Hauptbahnhof bringen. Dort würden sie den Zug nach Binz nehmen. Binz … Ob Julias Rechnung aufgegangen war? Hatte sich die Lage dort beruhigt, war die Polizei, die Spurensicherung und wer auch immer abgerückt – immerhin hatte der Kommissar Joachim von Berg als Tatverdächtigen festgenommen. Aber der Mord an seiner Frau würde noch das Gesprächsthema im Hotel sein, allein schon durch Frau Neuss, die den Klatsch neu befeuern würde. Julia und er würden bald mit diesem Thema konfrontiert werden. Ob der Schrecken wiederkommen würde? Ob ihn der Mord – wenn sie im Hotel waren – erneut aus der Bahn werfen könnte? Wolff atmete tief durch. Nein, diese Fragen beunruhigten ihn nicht. Ein anderer Gedanke wälzte sich weit hinten in seinem Kopf unbequem herum. Der Kommissar hatte Joachim von Berg verhaftet, der Fall, so schien es, war für die Polizei fast erledigt. Und doch konnte Wolff nicht glauben, dass dieser so sanftmütige Mann zu einem Mord in der Lage wäre. Wolff hatte keine Beweise für seine Vermutung, nur dieses unbestimmte Gefühl. Joachim von Berg, ein Mörder – das passte nicht zusammen.

Aber er war wohl der Einzige, der das so sah. In Binz hatte jeder gute Gründe, den Mann für den Täter zu halten. Die Polizei wollte einen möglichst schnellen Erfolg, die Hotelleitung den Mord als einen unangenehmen Zwischenfall bald vergessen machen und die Gäste mochten wohl mehr ein Objekt, auf das sich ihre Neugier und Fantasie fokussieren könnte, als die quälende Ungewissheit einer langen Ermittlungsarbeit. Wolff war der Einzige …

Wolff wusste nicht, warum ihn diese Angelegenheit so beschäftigte. Immerhin hatte er dem Kommissar alles gesagt, was er wusste. Er hatte seine Zweifel geäußert und Herrn von Berg ein gutes Zeugnis bescheinigt. Er hatte kein Recht, sich weiter in die polizeilichen Ermittlungen einzumischen.

Aber er war bei diesem Steinhagen auf taube Ohren gestoßen, war nicht zu ihm durchgedrungen. Wenn Wolff sich nun – trotz besseren Wissens – damit abfand, dass Herr von Berg festgenommen worden war, machte er sich dann nicht schuldig? War es nicht eher seine Pflicht, sich Gehör zu verschaffen? Aber Steinhagen würde ihn verlachen oder zurechtweisen. Nein, mit leeren Händen und nicht mehr als einem vagen Gefühl dürfte er dem Kommissar nicht unter die Augen treten. Er bräuchte Fakten oder wenigstens glaubwürdige Hinweise, die den Verdacht gegen Herrn von Berg erschüttern könnten. Das aber hieße, Fragen zu stellen, nachzubohren – zu ermitteln …

Er öffnete die Kabinentür. Julia fuhr auf und drehte sich erschreckt nach ihm um.

»Da bist du ja«, meinte sie schläfrig. Er reichte ihr den Kaffee und setzte sich neben sie. »Und, sind wir schon in Warnemünde?«

Er lächelte. »Nein, noch nicht. Immerhin haben wir bald die Hälfte der Fahrt hinter uns.«

»Sechs Stunden«, seufzte sie schwer. »Das kann sich aber ziehen.«

»Draußen gibt es anscheinend Seehunde zu sehen«, erklärte er. »Die sorgen für ein bisschen Abwechslung. Und bald ist Mittag. Dann werden wohl das Restaurant und das Büfett gestürmt.«

»Na, dann haben wir ja noch Zeit«, meinte sie, lehnte sich an ihn und nippte an ihrem Kaffee. »Du glaubst gar nicht, wie gut ich geschlafen habe. Ich war richtig weg.«

Er legte den Arm um ihre Schulter. Es war schön, sie so nah bei sich zu spüren, und zugleich schmerzte es irgendwo tief in ihm. Sie hatte sich so viel Mühe gegeben, um ihn auf andere Gedanken zu bringen. Sie hatte ihn nach Schweden gebracht, damit er nach dem Schrecken in Binz durchatmen konnte. Und jetzt, da sie noch nicht einmal einen Fuß an Land gesetzt hatten, war er in Gedanken wieder bei dem Mord. Und mehr noch: Er hatte für sich beschlossen, sich mit dieser Sache genauer zu beschäftigen. Er wollte sich einmischen, wenn auch unauffällig und nur so viel, wie es brauchte, um sich über Joachim von Berg klarzuwerden. Aber das bedeutete, Julia zu hintergehen. Sie hatte ihn davor beschützen wollen, sich mit dem Mord zu sehr zu befassen – und er unterminierte ihre guten Absichten. Aber er konnte nicht anders.

»Und, freust du dich schon, bald von dem Schiff runter zu sein?«, fragte sie.

»Ja«, sagte er schuldbewusst und strich ihr betreten über den Arm. »Ein bisschen.«

»Ach, komm«, meinte sie mit einem spöttischen Lächeln. »Dir ist langweilig, gib es nur zu. Diesen Blick, den kenne ich doch! Den hattest du schon gestern drauf, bei der Hinfahrt nach Trelleborg. Genauso siehst du übrigens aus, wenn du Klassenarbeiten korrigierst. Es ist so ein doppeldeutiger Blick.«

Er stutzte. »Doppeldeutig?«

»Ja, es ist komisch. Du siehst dann aus, als wärst du hoch konzentriert, aber nicht aus Interesse, sondern aus Pflicht. Du wirkst dann streng. Aber gleichzeitig – und ich weiß nicht, woran das liegt – habe ich den Eindruck, dass dir gleich die Augen zufallen vor Langeweile. Es ist so eine hintergründige Langeweile – ja, genau. Du versuchst, sie zu verbergen, aber sie ist trotzdem da.«

»So, so«, machte er ironisch. »Und das alles siehst du in einem einzigen Blick.«

»Ganz deutlich«, behauptete sie. »Es ist genau dieser Blick, den du jetzt auch hast. Dieser Klassenarbeitsblick.«

Er konnte sich ein Lachen nicht verkneifen.

»Du spinnst ja!«

»Nein, sicher nicht«, beharrte sie. »Gib es zu, dir ist langweilig!«

»Überhaupt nicht. Es gibt viel zu sehen.«

»Ach.« Sie sah ihn skeptisch an. »Was denn zum Beispiel? Noch eine ferne dänische Insel?«

»Vielleicht«, meinte er. »Und aktuell auch Kegelrobben. Die tummeln sich draußen im Wasser rum. Das halbe Schiff ist deswegen aus dem Häuschen. Aber vielleicht sind es auch Seehunde. Da ist sich der Kellner nicht sicher.«

»Was hat denn der Kellner damit zu tun?«

»Er ist ortskundig, gewissermaßen.«

Sie schüttelte nur den Kopf. »Manchmal möchte ich zu gern wissen, was in deinem hübschen Kopf vor sich geht.«

14. KAPITEL

Der Strand von Warnemünde breitete sich leuchtend gelb vor ihnen aus. Er hatte sich von Weitem zwischen dem Meer und dem blauen Himmel als dünner, glitzernder Streifen abgezeichnet. Trotzdem war es Wolff lange Zeit vorgekommen, als würde sich die Fähre nur sehr langsam dem Ufer nähern. Dann aber bewegte sich das Schiff mit einem Mal deutlich schneller – oder kam das Wolff nur so vor? In dem Sand zeichneten sich einzelne Menschen ab, bald konnte er sie unterscheiden, kurz darauf sah er, wie sie ihre Handys zückten, um Fotos von dem Schiff zu machen, oder wie sie den Passagieren winkten.

Die Fähre fuhr in die Unterwarnow ein und legte schließlich im Rostocker Seehafen an. Plötzlich ging alles sehr schnell. Die Passagiere strömten über die Decks und an Land, sie passierten die Hafenzone und fluteten die Parkplätze. Julia und Wolff trieben in diesem Strom, der sie mit wenigen anderen Reisenden an einer Bushaltestelle vor der Hafenanlage zurückließ und sich, nun als Blechlawine verwandelt, auf die Autobahn nach Süden, der eigentlichen Stadt entgegen, ergoss.

Das Warten auf den Bus ermüdete sie. Die anschließende Fahrt mit dem gemächlich schaukelnden Gefährt versetzte sie in einen trägen Halbschlaf. Draußen ging eine karge Feldlandschaft allmählich in bebautes Gebiet über. Sie sahen nichts, was ihren Blick gefesselt hätte. Am Hauptbahnhof fand sich ein Bäcker, bei dem sie einen Kaffee tranken, um zu neuen Kräften zu kommen, doch die Erschöpfung blieb. Kraftlos sanken sie schließlich in die Sessel des Zugs, der sie nach Binz bringen sollte. Wolff schaute auf seine Armbanduhr.

»Kaum zu fassen«, ächzte er. »Es ist gerade kurz nach halb vier und ich bin völlig platt. Ich könnte jetzt glatt ins Bett gehen.«

Julia lehnte sich träge an ihn. »Da bin ich dabei. Das kommt davon, weil wir uns heute so gut wie gar nicht bewegt haben. Der Kreislauf ist völlig schlapp. Wenn wir im Hotel sind, brauche ich erst mal ein Bad. Oder vielleicht können wir uns aufraffen und schaffen es in die Sauna?«

»Gern ohne mich«, grummelte er.

»Du nun wieder!« Sie schloss die Augen. »Kannst du mir etwas erzählen? Ich höre dir auch zu.«

Er stutzte. »Was willst du denn hören?«

»Irgendwas halt. Das ist ganz egal. Sei kreativ!« Weil er immer noch nicht wusste, was er sagen sollte, half sie ihm ein bisschen aus. »Wie heißt denn der nächste Halt?«

Er atmete schwer aus. »Das ist ein unbekannter Ort. Ribnitz-Damgarten. Da ist sicher nie etwas passiert, was man in der Schule lernt. Aber wahrscheinlich sind mal die Dänen oder die Schweden oder die Vitalienbrüder mit Störtebeker eingerückt und haben alles geplündert und niedergebrannt. Und dann gab es bestimmt auch einen Heimatdichter, der irgendwelche Geschichten aus dem Ort in Plattdeutsch geschrieben hat. Oder einen protestantischen Kirchenlieddichter. Und der Rittergutsbesitzer mit der Getreidemühle darf natürlich auch nicht fehlen. Ansonsten gab es zuerst nur Fischer und Ackerbürger, dann kam vielleicht eine Chemiefabrik oder ein Flugzeugwerk dazu und dann die Touristen. Wenn das Meer nicht nah ist, dann ist zumindest die Luft gesund. Es ist genauso schön wie die Stadt davor und die Stadt dahinter, nur dass diese Stadt eben einen Bahnhof hat. Was meinst du, könnte es so oder so ähnlich sein?«

Aber Julia antwortete ihm nicht. Und als er zu ihr hinuntersah, bemerkte er, dass sie eingeschlafen war. Er lehnte sich zurück und sah zum Fenster hinaus. Die Felder zogen vorbei, und ab und an war auch ein Dorf dabei. Bald würden sie Ribnitz-Damgarten erreichen. Vielleicht ließ sich vom Bahnhof aus ein Rittergut oder eine Fabrik oder ein Kirchturm erkennen und er könnte sich ein genaueres Bild von der Stadt machen.

Aber als der Zug im Bahnhof von Ribnitz-Damgarten auf Gleis zwei einfuhr, war auch Wolff eingeschlafen. Erst in Stralsund, dem Endhalt, wachten Julia und er schließlich auf.

Der kurze Schlaf machte sich bei ihnen unterschiedlich bemerkbar. Während Wolff schlaftrunken über den Bahnsteig stolperte, war Julia so erfrischt, als hätte sie eine ganze Nacht geschlafen.

»Du brauchst noch einen Kaffee«, mutmaßte sie. »Oder du hast dich eben nicht richtig ausgeruht. Wenn ich mich richtig erinnere, hast du die halbe Zugfahrt irgendwelchen Unsinn erzählt, statt einmal die Ruhe zu genießen.« Sie nahm ihn bei der Hand und lächelte ihn mitleidig an. »Na, komm schon! Ich bringe dich nach Hause.«

Er ließ sich von ihr zum Gleis führen, wo der Zug, der nach Binz ging, abfahren sollte.

»Du meinst, ins Hotel«, korrigierte er sie.

»Wie meinst du?«, fragte sie verwundert.

»Na, du hast doch gerade gesagt, dass wir nach Hause fahren. Aber es ist ja nur das Hotel.«

»Also, dafür, dass du angeblich so müde bist, bist du ganz schön kleinlich«, staunte sie. »Außerdem weißt du doch, was ich meine. Man sagt das eben so: zu Hause. Und überhaupt. Stell dir mal vor, wir würden hier wirklich wohnen. Wie so richtige Einheimische.«

»Du meinst, in Stralsund?«

»Oder in Binz. Eben an der Küste. Das wäre doch was!«

Er runzelte die Stirn.

»Ich weiß nicht«, entgegnete er vage. »Klar, es ist hübsch, aber eben nur, weil wir zu Besuch sind. Wenn wir hier wohnen würden, hätten wir einen anderen Blick auf die Sache.«

»Die Ostsee wäre immer noch da.«

»Ja, sicher, aber die Leute, die hier leben und arbeiten, haben bestimmt nicht die Zeit, jeden Tag ans Meer zu gehen.«

»Das sagst du nur, weil du noch nicht munter bist«, entschied sie. »Ich würde mir immer etwas Zeit für den Strand und das Meer nehmen. Ach, du Schreck!«

Etwas in ihrer Stimme ließ ihn aufhorchen. Besorgt sah er sie an.

»Was ist denn?«

»Schau mal da!« Sie deutete den Bahnsteig entlang. »Dort, die alte Frau vor dem Fahrplan.«

Wolff schaute in die Richtung, die Julia ihm mit einem kaum wahrnehmbaren Nicken andeutete. Die Person, die Julia meinte, war klein und trotz des raumgreifenden Pelzmantels zierlich. Auf dem Kopf trug sie einen antiquierten Hut, der aussah wie aus der Kaiserzeit. Die alte Dame hielt einen Gehstock fest umklammert, ungeduldig stieß sie mit ihm fortwährend auf die Steinplatten vor sich, als wäre sie zutiefst ungehalten. Wolff glaubte, die Frau zu kennen. »Sag mal, ist das nicht …?«

»Und wie!«, pflichtete Julia ihm bei. »Was denkst du? Ob sie wohl von Rügen kommt oder dorthin möchte?«

»Ich weiß es nicht, aber ist das nicht unser Gleis?«

»Oh Gott, du hast recht! Das hat mir noch gefehlt.« Julia hielt sich die Hand vor den Mund, als ob niemand sehen sollte, was sie sagte. »Hoffentlich sieht sie uns nicht. Ich habe echt keine Lust, mit dieser unmöglichen Person ...«

Genau in diesem Augenblick drehte sich Frau Tiberius zu ihnen um. Ihr Gesicht verfinsterte sich, als Julia und Wolff ihr freundlich zunickten.

»Müssen wir da wirklich hin?«, flüsterte Wolff, an Julia gewandt. »Ich mag diese Frau nicht. Sie hat mich bei Steinhagen verpfiffen.«

»Wie kommst du darauf?«

»Sie hat dem Kommissar alles von dem Streit auf dem Flur erzählt – du weißt schon, als sich die von Bergs in der Wolle hatten. Damit hat sie Herrn von Berg doch erst verdächtig gemacht und mich in diese Sache reingezogen. So konnte mir Steinhagen eine Falle stellen, und ich habe mich verplappert.«

Sie sah ihn skeptisch an.

»Sag mal, glaubst du etwa, dass du für seine Verhaftung verantwortlich bist?« Ihr Blick schien ihn vollständig durchforschen zu wollen.

»Natürlich nicht«, wehrte er schnell ab. »Ich mag sie trotzdem nicht. Können wir nicht weiter am Bahnsteig entlang laufen und nur im Vorbeigehen einen schönen Tag wünschen oder so?«

Sie knuffte ihn unauffällig in die Seite.

»Nun stell dich nicht so an!«, wisperte sie. »Das wäre ziemlich unhöflich. Guten Tag, Frau Tiberius«, rief sie freundlich aus, als sie in Hörweite der älteren Dame gekommen waren. »Wie schön, Sie hier zu treffen.«

»Ach herrje«, knurrte Frau Tiberius so laut vor sich hin, dass Wolff und Julia sie hören konnten. »Hat man nicht einmal hier seine Ruhe. Überall diese Urlauber! Es ist doch zum Aus-der-Haut-Fahren!«

Julia stutzte. »Aber sind Sie nicht auch im Urlaub?«

»Osteoporose«, meinte die alte Frau nicht weniger verstimmt. »Man muss sich nicht einmal großartig anstrengen, die Knochen zerbröseln von allein. Das ist vielleicht ein Schlamassel mit dem Alter! Man ist dazu verdammt, seelenruhig zuzusehen, wie man sich allmählich auflöst. Und zu allem Überfluss muss man auch noch den ganzen Weg bis hierher nach Stralsund fahren, um sich von diesen sogenannten Experten das Geld aus der Tasche ziehen zu lassen, weil es auf der ganzen Insel keinen anständigen Facharzt gibt, der auch nur irgendetwas taugt.«

»Na ja«, versuchte Julia, die Alte gnädig zu stimmen. »Immerhin geht es jetzt zurück ins Hotel, nicht wahr? Da können Sie sich ja ausruhen.«

Frau Tiberius blickte sie aus lauernden Augen an. »Man merkt, dass Sie gestern ausgeflogen waren. Ausruhen – in diesem Irrenhaus? Das ist vollkommen ausgeschlossen! Dort ist der Wahnsinn eingezogen, seit dieser Krösus aus Niedersachsen in Ketten gelegt wurde.«

»Sie meinen Herrn von Berg?«

»Er ist eine unerhebliche Person, durch und durch«, beschied sie. »Er hat kein Gewicht. Mein Mann, wissen Sie, was der war? Eine Persönlichkeit! Und Herr von Berg? Er hat einen Namen und Geld, ja – aber kein Gewicht. Er verwaltet seinen Besitz, aber hat er eine Stellung? Hat er Einfluss? Verkehrt er in den Kreisen, in denen Politik gemacht wird? Nein! Mein Mann dagegen … Wilhelm-Leuschner-Medaille des Landes Hessen, Großes Verdienstkreuz mit Stern, verliehen von Bundespräsident von Weizsäcker persönlich, Piusorden von Papst Johannes Paul II. Und was hat dieser Joachim von Berg vorzuweisen? Immerhin hatte er den Anstand, seine unmögliche Gattin zu beseitigen.«

Julia war sprachlos. Wolff wusste genau, was sie dachte. Ihn aber interessierte etwas ganz anderes.

»Soll das etwa heißen, dass Herr von Berg den Mord gestanden hat?«, fragte er mit einiger Überraschung.

Frau Tiberius sah ihn geringschätzig an. »Wen interessiert denn so etwas? Sie hören sich ja an wie dieser Kommissar! Dieser Schmock hat das gesamte Hotel auf den Kopf gestellt. Den ganzen gestrigen Tag war es ein einziges Kommen und Gehen. Weiß Gott, wer da alles dabei war: die Polizei, die Spurensicherung und sonst wer. Es ist glatt zum Abreisen!«

»Soll das etwa heißen, dass Kommissar Steinhagen noch ermittelt?«, hakte Wolff nach. »Aber warum macht er denn das, wenn er doch seinen Verdächtigen hat?«

Frau Tiberius sah ihn vorwurfsvoll an. »Mein Herr, ich muss doch bitten! Was interessieren mich die Umtriebe der niederen Beamten? Der akzeptable gesellschaftliche Umgang beginnt mit der Besoldungsgruppe B3, das ist hinlänglich bekannt. Unterhalb dessen verkehren nur die Domestiken.« Schwer seufzend wandte sie den Kopf ab, hin zu dem Zug, der in diesem Moment einfuhr. »Zum Glück kann ich gleich sitzen«, murmelte sie vor sich hin. »Meine Knie bringen mich noch um.«

Wolff wollte sich nicht so einfach abspeisen lassen. Er musste unbedingt erfahren, was Steinhagen in diesem Mordfall unternommen hatte.

»Möchten Sie vielleicht bei uns sitzen?«, bot er deshalb eilig an. Schon spürte er Julias Ellenbogen in seiner Seite. Frau Tiberius sah sich skeptisch nach ihnen um.

»Reisen Sie erster Klasse?«

»Nein«, gestand er.

»Das hatte ich auch nicht erwartet«, quittierte sie herablassend. »Ich reise ausschließlich erster Klasse. Dort wird am Platz serviert. Und es gibt weniger Familien.« Wieder widmete sie sich dem Zug. »Geänderte Wagenreihung«, knurrte sie. »Und dann die Dreistigkeit, es nicht durchzusagen. Nun gut, dann muss der Wagen wohl weiter vorn sein. Frechheit!« Grußlos ging sie den Bahnsteig entlang, auf ihr Zugabteil zu.

Wolff sah ihr nach.

»Unglaublich, was?«

»Ja«, meinte Julia.

»Diese Frau ist einfach unglaublich …«

»Sie auch, ja.«

Er sah sie fragend an.

»*Du* bist unglaublich, mein Freund!«, fuhr sie ihn an und marschierte auf den Zug zu. Er eilte ihr verdutzt hinterher.

»Wieso das?«

»Ich wundere mich, dass du überhaupt mit nach Binz fährst«, fuhr sie vorwurfsvoll fort, während sie an den leeren Sitzreihen vorübergingen. »Man hätte glatt glauben können, du würdest lieber bleiben und dir im Kommissariat von diesem Steinhagen Bericht erstatten lassen. Also wirklich, Stefan!« Sie ließ sich auf einen Sessel fallen.

»Du übertreibst«, meinte er versöhnlich. »Und wenn nicht, war es nicht so gemeint. Ich war nur so überrascht, jemanden aus dem Hotel hier zu treffen.«

»Und dann ausgerechnet diese Tiberius!«

»Wäre dir jemand anderes lieber gewesen?«

Sie sah ihn fragend an, dann lachte sie.

»Nein, eigentlich nicht.«

Der Zug setzte sich langsam in Bewegung. Es dämmerte, als sie über den Strelasund fuhren. In Binz gingen sie unter milchig schimmernden Straßenlaternen zum Hotel. Frau Tiberius bemerkten sie nicht, sie musste sich wohl ein Taxi genommen haben.

»Ich habe Hunger«, bemerkte Julia. »Lass uns das Gepäck am Tresen im Foyer abgeben und dann in ein Restaurant gehen. Irgendetwas Gemütliches. Keine große Sache, nur ganz nah am Hotel, damit wir nicht weit laufen müssen.«

Wolff hatte nichts dagegen. Im Hotel trafen sie Ehrenstein an. Der Portier legte umgehend sein strahlendes Lächeln auf, als er sie begrüßte. »Wie schön, Sie wieder in unserem Haus zu haben«, meinte er geradezu überschwänglich. Wolff runzelte die Stirn. Dass der Portier so gut gelaunt war – noch dazu zu dieser Uhrzeit – kam ihm verdächtig vor. »Aber nur kurz«, meinte er. »Wir sind gleich wieder weg. Das Abendessen ruft – Sie verstehen schon.«

»Natürlich«, beeilte sich Ehrenstein zu versichern. »Genießen Sie den Abend! Alles andere hat Zeit bis morgen.«

Nun wurde auch Julia misstrauisch. »Alles andere? Was meinen Sie damit?«

»Oh, es ist nichts Besonderes«, meinte der Portier abwehrend. »Nur leider muss ich Ihnen mitteilen, dass sich Kriminalhauptkommissar Steinhagen nach Ihnen erkundigt hat. Er war etwas ungehalten über Ihre gestrige Abreise. Er würde sich wohl gern mit Ihnen unterhalten.«

»Schon wieder?«, entfuhr es Julia entnervt.

»Zu meinem Bedauern immer noch«, berichtigte Ehrenstein. »Aber seien Sie unbesorgt, sein Anliegen richtet sich
offenbar an alle Gäste unseres Hauses, sofern ich ihn richtig verstanden habe. Ich kann nur hoffen, dass dadurch
Ihre Pläne nicht durcheinandergebracht werden. Immerhin sind Sie doch im Urlaub.«

»Ja«, meinte Julia. Wolff hatte den Eindruck, dass sie
in diesem Moment selbst nicht so richtig daran glauben
konnte.

15. KAPITEL

Frau Neuss griff sich empört an die Brust. »Also werden wir hier festgehalten?«

Der Kommissar warf ihr einen ausdruckslosen Blick zu. »Wenn Sie so wollen, ja.« Frau Neuss schnappte nach Luft. Es war ihr deutlich anzumerken, dass sie zwischen einem Anfall von Entrüstung über diese harsche Antwort und aufbrandender Begeisterung für den ruppigen Polizisten schwankte. Ihre Nasenflügel bebten. »Wie interessant«, brachte sie gerade so heraus.

»Aber ich nicht«, war da Frau Tiberius zu hören. Laut knallte sie ihr Wasserglas auf den Tisch, um ihren Worten mehr Gewicht zu verleihen. »Ich lasse mich hier nicht festsetzen. Ich habe mit dem Schlamassel nichts zu schaffen.«

»Wer weiß?«, meinte Steinhagen unbeeindruckt. »Bis zur vollständigen Klärung des Sachverhalts fordere ich Sie alle auf, den Ort nicht zu verlassen – das gilt auch für Sie, Frau Tiberius!«

»Ich würde heute Abend gern nach Baabe fahren«, meldete sich Herr Nimrod zu Wort. »Ich habe eine Karte für eine Veranstaltung dort. Wäre das möglich?«

»Gut«, knurrte der Kommissar ungehalten. »Binz, Sassnitz, Sellin und Baabe. Alles, was darüber hinausgeht, ist auf der Wache anzumelden. Von mir aus gern über Herrn Ehrenstein, wenn Ihnen der Weg dorthin zu lang ist. Aber niemand verlässt die Insel!«

»Aber ich hab die Schickse doch gar nicht gekannt!«, brauste die Alte auf.

»Also wirklich«, mischte sich Julia ein. Wolff, der bis dahin ein stiller Beobachter gewesen war, fuhr überrascht zu ihr um. Hatte seine Freundin wirklich die Absicht, in diesen Streit einzusteigen? Dabei hatte der Tag so ruhig begonnen – wenn auch recht bedrückt. Immerhin waren der Mord an Frau von Berg und die Verhaftung ihres Manns das Gesprächsthema schlechthin. Dass dann noch Kommissar Steinhagen mitten in das Frühstück geplatzt war, hatte den Skandal perfekt gemacht. Und nun die Empörung der weiblichen Gäste – und da wollte Julia tatsächlich mitmachen? Ungläubig sah er sie an. »Frau Tiberius, was Sie da sagen, ist wirklich unverschämt«, meinte Julia mit klarer Stimme. »Und auch Sie, Frau Neuss, sollten sich schämen. Hier ist eine Frau ermordet worden und Sie haben nichts Besseres zu tun, als die Polizei für ihre Arbeit zu kritisieren. Dabei wären Sie doch eh noch geblieben.«

»Ja, aber doch jetzt nicht mehr«, maulte die Neuss. »Wie Sie sagen, ist hier jemand ums Leben gekommen. Denken Sie nur an die negative Aura, die von so einem Zwischenfall ausgeht. Und mein Zimmer ist direkt neben dem Tatort! Nein, ich habe es versucht, den ganzen gestrigen Tag über, aber das schlägt doch auf den Appetit, so ein Mord.«

»Eben«, keifte Frau Tiberius. »Und außerdem haben Sie doch den Täter, oder? Ich denke, es war ihr Mann, den haben Sie doch festgenommen.« Mit durchdringendem Blick nahm sie den Kommissar ins Visier.

»Vorerst«, meinte der Kommissar unbestimmt.

»Ach herrje, nun reden Sie nicht um den heißen Brei herum!«, konterte die Tiberius erregt. »Jeder weiß doch, was Frau von Berg für eine war. Und nach dem Auftritt von ihrem Mann vorgestern Abend kann sich jeder zusammenreimen, was passiert ist. Er hat sie im Zoff wegen ihrer Techtelmechtel umgebracht. So einfach ist das. Ja, was? Was schauen Sie mich alle so verdattert an? Ich spreche nur aus, was wir alle denken. Und wenn Sie irgendwelche Vorwürfe haben, dann richten Sie die lieber gegen dieses liederliche Ding und ihren dummen Ehemann – vor allem aber gegen den dreisten Liebhaber, der sich in so eine unselige Ehe mengt.«

Wolff sah zu Herrn Nimrod, der im hinteren Teil des Speisesaals saß, ruhig in einer Tasse Cappuccino rührte und dabei versuchte, möglichst unbeteiligt auszusehen. Doktor Gruber, der sich zu Wolff und Julia gesetzt hatte, gluckste höhnisch. »Wenn sogar der alten Tiberius in ihrem Dauerrausch die Affäre von Nimrod und Frau von Berg nicht verborgen geblieben ist, dann ist er es wirklich dilettantisch angegangen«, raunte er. »Immerhin ist Diskretion die einzige Währung in seinem Geschäft.«

»Ich finde es trotzdem unanständig«, wies ihn Julia ebenso leise zurecht. »Und traurig – vor allem für die arme Tote, auch wenn sie ein ausgekochtes Biest war.«

»Von mir aus können Sie gern betroffen oder hämisch oder entrüstet sein«, meinte Steinhagen teilnahmslos. »Solange Sie auf Rügen bleiben. Andernfalls hätte das ernsthafte Konsequenzen für Sie.«

»Na hören Sie mal«, rief Frau Neuss. »Sie können uns doch nicht so unverhohlen drohen. Immerhin sind wir im Urlaub, auch wenn es diesen hässlichen Mord gegeben hat.«

Da schaltete sich Hansen ein. Der Hoteldirektor schritt an dem Kommissar vorbei in die Mitte des Saals.

»Meine lieben Damen und Herren, bitte beruhigen Sie sich! Lassen Sie mich versichern, dass der Kommissar Ihnen keinesfalls zu nahe treten wollte, nicht wahr, Herr Steinhagen?« Ehe der Polizist antworten konnte, fuhr er fort. »Ich möchte mich im Namen des Hauses aufrichtig für die Umstände entschuldigen, die – nun ja – das unerwartete Ableben von Frau von Berg mit sich gebracht haben. Natürlich werden wir versuchen, Ihren Aufenthalt für Sie so angenehm wie möglich zu gestalten. Deshalb möchte ich Sie dazu einladen, in den kommenden Tagen auf Kosten des Hauses zu speisen.« Mit einem gewinnenden Lächeln auf den Lippen sah er sich um. Sein Blick blieb auf Frau Tiberius hängen, die abschätzend den Kopf wiegte. »Dieses Angebot gilt, solange die Ermittlungen laufen«, schob Hansen nach. Nun lehnte sich Frau Tiberius auf ihrem Stuhl zurück. Sie schien zufrieden zu sein. Der Direktor lächelte noch breiter. Da trat der Portier Ehrenstein an ihn heran und flüsterte ihm etwas ins Ohr. Der Direktor zuckte zusammen. »Dieses Angebot ist natürlich exklusive Getränke«, fügte er eilig hinzu. Frau Tiberius' Miene verfinsterte sich augenblicklich.

Später, nachdem sich der Kommissar verabschiedet hatte und die meisten Gäste gegangen waren, seufzte Julia schwer auf. »Dieser Ärger macht mich noch krank. Ich brauche dringend Entspannung.«

»Was halten Sie von einer Partie Halma?«, schlug Doktor Gruber vor, doch Julia lehnte matt ab. »Ich glaube, im Moment wäre mir sogar das zu nervenaufreibend. Nein, ich denke, ich werde es mit Yoga probieren. In der Schillerstraße gibt es ein Studio. Vielleicht bieten sie da Entspannungsübungen an. Stefan, dich muss ich nicht erst fragen, oder?«

Wolff lächelte vorsichtig. »Da hätte ich auch nicht das passende Outfit dabei.«

»Faule Ausrede«, meinte Julia. »Wir hätten schon einen Laden gefunden, der Sportklamotten hat. Aber schön, du bist entschuldigt. Doktor Gruber ...«

»Oh nein, Sport ist Mord!«, wehrte der Arzt kategorisch ab.

Julia lachte.

»Entschuldigen Sie, so war das nicht gemeint. Das fehlte noch: Sie und ich beim Yoga! Da hätten wir zuerst Frau Neuss und dann den Kommissar am Hals, weil das wirklich zu verdächtig wäre.« Sie stand auf. »Nein, nein, ich werde meine Tasche packen und ins Fitnessstudio gehen – allein. Genießt mal eure kleine Herrenrunde! Aber vorher möchte ich Sie, Doktor Gruber, um zwei Gefallen bitten: Sollte es wider Erwarten erneut zu einem Todesfall kommen, lassen Sie doch bitte einen Kollegen aus dem Ort die Erste Hilfe machen. Ich möchte nicht, dass Stefan in Ihrem Schlepptau noch mal in irgendein Verbrechen verwickelt wird.«

»Verstanden«, erklärte Doktor Gruber schmunzelnd. »Sollte entgegen aller Wahrscheinlichkeit etwas passieren – was auch immer – werden wir einfach so tun, als wären wir nicht da.«

»Sehr schön«, lobte Julia. »Und nun zum zweiten Gefallen. Stefan wird mit Ihnen sicher über Frau von Berg sprechen wollen, obwohl er mir geschworen hat, dass er sich aus dieser Angelegenheit raushalten will. Aber ich kenne ihn. Deshalb möchte ich Sie bitten, sich auf keinen Fall auf sein Fabulieren einzulassen. Egal, was er Ihnen erzählt, Sie dürfen nicht vergessen, dass er ein Grundschullehrer ist. Er hat meistens nur mit Kindern zu tun und kennt sich deshalb in der Erwachsenenwelt nicht so gut aus. Halma: ja. Aber Mörderjagd: nein!«

Sie gab Stefan einen Kuss. »Du gibst mir doch Recht?«

Er lächelte betreten. Doktor Gruber kicherte. Sie beide winkten ihr nach, als sie den Raum verließ. Wolff sah ihr durch das große Fenster hinterher, wie sie auf die Straße trat und schließlich um die Ecke bog. Erst dann wandte er sich an Doktor Gruber.

»So gern ich jetzt mit Ihnen eine Partie spielen würde …«

»… der Mord interessiert Sie deutlich brennender«, ergänzte der Mediziner. »Ich habe schon so etwas geahnt. Ihre Freundin mit ihren dringenden Ermahnungen hat Sie verraten. Aber denken Sie nicht, dass der Fall gelöst ist? Die Polizei scheint zumindest sicher zu sein, den Täter gefasst zu haben. Auch wenn ich zugeben muss, dass ich mir diesen harmlosen, unscheinbaren Herrn von Berg nicht als kaltblütigen Mörder vorstellen kann.«

Wolff wiegte bedeutsam den Kopf. »An diesem Abend, als er seine Frau anging, war er recht verwandelt. Wie ausgewechselt. Da war so eine aggressive Wut in ihm. Sie wären überrascht gewesen.«

»Tatsächlich? Nun, wenn das so ist, sollten Sie es der Polizei mitteilen.«

»Nein.« Wolff trank seinen Kaffee aus. »Auch wenn es seltsam war, diesen kleinen Mann so wutentbrannt zu sehen – das macht ihn noch lange nicht zum Mörder. Ich denke, der Kommissar macht es sich zu einfach.«

»Mein Freund, die meisten Dinge im Leben sind furchtbar einfach. Dagegen lässt sich überhaupt nichts ausrichten.« Der Doktor lächelte nachsichtig. »Sehen Sie, es ist unser Fluch, dass wir Menschen zu viel denken. Unser Geist möchte angeregt werden, unsere Fantasie beflügelt.

Da kommt die schnöde Wirklichkeit schnell an ihre Grenzen. Denn in Wahrheit sind wir eben bei aller Geistestiefe nur primitive Tiere, die von ihren Trieben und Instinkten geleitet werden. Wir handeln einfach und denken kompliziert, das ist unsere Tragik. Deshalb flüchten wir so gern in Traumwelten und suchen so emsig nach Abwechslung und Zerstreuung. Weil unser Leben und alles drum herum sonst recht langweilig wäre. Und so scheint es auch in dieser Sache zu sein: Ein Mann erwürgt seine Frau aus Eifersucht. Aber wir wünschen es uns anders: spannender, packender. Darum wollen wir nicht wahrhaben, dass selbst so ein unscheinbarer Mann wie dieser Herr von Berg denselben Affekten unterliegt wie jeder andere auch – und eben diesen Mord durchaus begangen haben kann.«

»Sie werden misanthropisch, Herr Doktor«, mahnte Wolff lächelnd, »aber Sie sagen es ja selbst: Nahezu jeder kann Frau von Berg ermordet haben, denn Eifersucht war sicher nicht die einzige Leidenschaft in dieser Sache.«

Doktor Gruber rückte näher heran.

»Wem genau wollen Sie ein Motiv andichten?«

»Niemandem«, meinte Wolff. »Das haben Sie bereits übernommen – und zwar vorgestern Abend. Erinnern Sie sich? Unser kleines Gespräch im Kurhaus: Was sagten Sie über Herrn Nimrod? Als Gigolo sei es anstrengend, immer auf der Suche nach neuen Gönnerinnen zu sein. Wenn da plötzlich ein Engpass drohte: Verzweiflung.«

»Aber, aber, mein lieber Herr Wolff! Wo ist denn da das Motiv?«

»Gestern Abend haben Frau von Berg und Herr Nimrod kurz nacheinander diesen Speisesaal verlassen. Darauf kam es zu einem heftigen Streit in ihrer Suite. Was, wenn die sprunghafte Dame ihres Liebhabers überdrüssig geworden war? Was, wenn er sie um Geld angegangen war – diesmal vergeblich, weil sie ihn durchschaut hatte?«

Doktor Gruber dachte einen Moment lang nach.

»Das sind alles Vermutungen, keine Beweise. Sicher, der abgewiesene Liebhaber könnte im Affekt die störrische Frau ermordet haben. Aber wo bleiben die Beweise?«

Wolff lehnte sich zurück.

»Die müsste man besorgen.« Doktor Gruber schluckte schwer, dann erhob er sich plötzlich.

»Nein, nein, Herr Wolff. Ohne mich. Ich bin hier zur Entspannung, nicht um mich in Polizeiarbeit einzumischen. Ich bin kein Hobbydetektiv, sondern Pulmologe, vergessen Sie das nicht. Mehr Aufregung als bei einer Partie Schach ist vollkommen schädlich für meinen inneren Frieden. Und wenn Sie gerade nicht in Stimmung für ein Spiel sind, werde ich den Kellner fragen. Vielleicht hat er mehr Muße dafür.«

Wolff stand auch auf. »Aber haben Sie denn nicht einmal Lust auf eine richtige Herausforderung?« Der Doktor sah ihn groß an.

»Sehen Sie es nicht als Schnüffelei, sondern eher als ein kleines Gedankenspiel. Wir schauen uns ein wenig um, wir unterhalten uns unauffällig – und hinterher tauschen wir unsere Ansichten aus. Wenn etwas Sinnvolles herauskommt, geben wir das umgehend an die Polizei weiter. Und wenn wir zu keiner Lösung kommen, hatten wir wenigstens einen hübschen Zeitvertreib. Was meinen Sie?«

Doktor Gruber zögerte. Schließlich holte er tief Luft.

»So, wie Sie das angehen, wird aber nichts dabei herauskommen.« Wolff merkte, wie eine kindische Freude in ihm aufstieg.

»Heißt das, Sie sind an Bord?«

Der Arzt setzte sich, und auch Wolff nahm wieder Platz.

»Ich kann nicht glauben, dass ich mich auf so etwas einlasse«, meinte er nach kurzem Schweigen. »Aber vielleicht ist es ja doch eine nette Abwechslung für die grauen Zellen da oben.« Er tippte sich an die Schläfe. »Die Lösung kann ich Ihnen übrigens jetzt schon verraten, denn so kompliziert ist die Sache nicht. Wenn es nicht Herr von Berg gewesen sein sollte, der ein Motiv und einen Zimmerschlüssel zur Suite seiner Frau hatte – und somit durchaus befähigt war, die Tat zu begehen –, dann lautet die Antwort: Cherchez la femme.«

Wolff sah ihn verdutzt an.

»Ich verstehe nicht ...«

»Das glaube ich Ihnen sofort!«, lachte Doktor Gruber. »Sie müssen besser zuhören, wenn dieses Spiel wirklich interessant werden soll. Bei unserem Gespräch im Kurhaus – da haben Sie recht – habe ich das Bild eines Gigolos beschrieben, der aus Verzweiflung über einen finanziellen Engpass zu weiß Gott was in der Lage sein kann.«

»Nimrod«, bestätigte Wolff.

»Möglich«, entgegnete Doktor Gruber. »Ich sagte aber auch, dass meiner Meinung nach noch mehr als ein Mann eine Frau zu den unglaublichsten Taten fähig ist. Und da sprach nicht der erfahrene Junggeselle aus mir. Die Antwort auf die Frage, wer außer Herrn von Berg ein Motiv hatte, diese arme Frau zu ermorden, lautet: Frau Neuss.«

»Und was ist mit Nimrod?«

Doktor Gruber zuckte mit den Schultern.

»Was zwischen ihm und Frau von Berg vorgefallen ist, können wir derzeit nur vermuten. Sie haben am frühen Abend einen Streit in der Suite gehört, aber wer war wirklich daran beteiligt? Worum ging es dabei? Und ist diese

Szene bei einer solch impulsiven Frau wie unserem Mordopfer nicht völlig nebensächlich, weil sie generell sehr aufbrausend und harsch war? Nein, Ihre Verdächtigung in
Richtung Herrn Nimrod sind nur Vermutungen, nicht
mehr. Aber Frau Neuss wurde tatsächlich von Frau von
Berg ausgestochen und sie musste tagtäglich die Schmach
ertragen, ihren ehemaligen Liebhaber mit seiner neuen
Herzensdame vor allen anderen Gästen posieren zu sehen.
Selbst die alte Frau Tiberius wusste Bescheid. Stellen Sie
sich nur diese Beschämung vor. Aber auch hier«, seufzte
er, »fehlen uns nähere Hinweise, die Frau Neuss als Täte-
rin ins Spiel bringen.«

»Perfekt«, meinte Wolff. »Dann ist es einfach. Sie nehmen Frau Neuss ins Visier, und ich schaue mir diesen Nimrod genauer an. So kommen wir uns nicht in die Quere,
und das Spiel bleibt interessant.«

»Worauf ich mich da nur eingelassen habe mit Ihnen«,
knurrte der Doktor unsicher. »Ich brauche erst einmal
frische Luft.« Sie verließen den Speisesaal und traten vor
das Hotel. Doktor Gruber zündete sich eine Zigarette an
und stieß den Rauch in langen Linien aus seiner Nase. »Da
ist noch eine Frage«, sagte er, nachdem er ein paar Züge
genommen hatte. »Wie um alles in der Welt soll ich etwas
über Frau Neuss erfahren?«

Wolff lachte.

»Nun ja, da haben wir eine aufgeschlossene, alleinstehende Frau und einen charmanten Junggesellen. Ich denke,
da findet sich eine Gelegenheit für einen kleinen Plausch –
vor allem, wo Frau Neuss doch alles andere als verschwie-
gen ist.«

»Sie meinen, ich soll mich anwanzen? Ach Gott, das
habe ich seit Jahren nicht gemacht. Hoffentlich bin ich

nicht allzu sehr aus der Übung. Na ja, aber wenn es der höheren Sache dient – von mir aus. Und wie wollen Sie an Herrn Nimrod herankommen?«

»Ehrenstein«, meinte Wolff. »Nimrod hat vorhin erwähnt, dass er heute Abend zu irgendeiner Veranstaltung nach Baabe möchte. Er hätte eine Karte. Ich denke, unser Portier wird wissen, was da geplant ist. Vielleicht kriege ich Julia dazu, dorthin zu gehen. Und da sind wir beim alles entscheidenden Stichwort: Sie darf unter keinen Umständen von unserem kleinen Gedankenaustausch erfahren.«

Doktor Gruber lächelte.

»Sehen Sie«, sagte er und drückte seine Zigarette am Ascher aus. »Genau deshalb bin ich lieber alleinstehend.«

16. KAPITEL

Sie fuhren auf der Bundesstraße über Serams und Lan-ken-Granitz nach Süden, vorbei am Selliner See und dann entlang der Hagenschen Wiek bis nach Gager, wo sie das Auto abstellten. Der Hafen war schnell besichtigt. Nur wenige Fischerboote und Jachten lagen hinter der Mole. Der Wind blies von Westen auf das Land und machte die Luft salzig und frisch.

Obwohl es auf Mittag zuging, kehrten sie nicht ein. Julia fühlte sich nach der Yogastunde eher belebt als erschöpft und Wolff, der noch lange mit Doktor Gruber im Speisesaal des Hotels debattiert hatte, war nicht nach Essen. Also spazierten sie durch den kleinen Ort und dann hinaus in die hügelige Landschaft, die von trocke-nen Steppengräsern bewachsen wurde. Schafe weideten in kleinen Gruppen zwischen den Anhöhen, auf denen im Sommer sicher viele verschiedene Kräuter und Heide-blumen blühten. Jetzt aber sah das Gras matt und farblos aus und wiegte wie abgestorben im Wind.

Sie erreichten den Bakenberg. Obwohl diese Erhebung recht niedrig war, konnten sie von hier aus die Halbinsel überblicken: Im Norden lag Gager, im Süden Groß Zicker, wo sich die Häuser allesamt entlang einer einzigen, gewun-denen Straße reihten wie Perlen auf einer Schnur. Dorthin gingen sie. Auf dem Weg trafen sie niemanden, auch der Ort selbst schien menschenleer.

»Die reinste Geisterstadt«, raunte Julia und griff nach

Wolffs Hand. Er betrachtete die hübschen Häuschen hinter den gepflegten Vorgärten.

»Wahrscheinlich sind gerade alle zu Tisch«, vermutete er.

Sie sahen die Dorfkirche und das Pfarrwitwenhaus, das ihnen Ehrenstein empfohlen hatte. Hier und da blieben sie stehen, schauten sich hier den hölzernen Glockenturm und da das spitz zulaufende Reetdach an und konnten mit beidem nichts anfangen. Die Straße wurde dünner und ging am Ortsrand in einen Feldweg über. Weiter draußen fand sich ein Restaurant, direkt am Wasser. Die weiß verputzten Häuser hoben sich deutlich von dem düsteren Gras ab. Drinnen war es genauso hell. Julia nahm eine Fischsuppe mit Lachs und Dorsch, Wolff wählte die sauer eingelegten Brateringe. Er genehmigte sich zwei Bier, während sie einen Weißwein bestellte.

»Ich nehme an, du fährst?«, fragte sie gespielt beiläufig und prostete ihm zu.

»Natürlich«, entgegnete er lächelnd. »Das bisschen Alkohol hat sich bis nachher längst verflogen.«

»Wenn du meinst«, sagte sie nur.

Nach dem Essen spazierten sie weiter, bis sie das Ende der Halbinsel erreicht hatten. Das wellige Land brach jäh ab, und eine Steilküste tat sich unter ihren Füßen auf.

»Wie schön das Meer da liegt«, stellte Julia beeindruckt fest, als sie kurz innehielten und sich umsahen. Wolff trat hinter sie und schlang seine Arme um ihre Hüfte. Sanft lehnte sie sich an seine Brust.

»Das ist nicht das Meer«, korrigierte er sie leise. »Das ist nur der Bodden. Der Greifswalder Bodden.«

»Klugscheißer!«, neckte sie ihn. »Und das Blaue dort hinten ist also das Festland?«

Wolff nickte.

»Ja. Dort irgendwo ist Greifswald.«

»Warst du da schon mal?«

»Nein«, gestand er. »In Stralsund und Wolgast schon, aber in Greifswald noch nicht.«

»Dann wird es Zeit!«

Er sah sie verwundert an.

»Wie meinst du das?«

Sie lachte.

»Nun ja, wenn es uns zu langweilig werden sollte, könnten wir ja einen kleinen Stadtausflug machen.«

»Dann würde ich Stralsund vorschlagen«, meinte er begeistert. »Du glaubst gar nicht, wie viele Museen es dort gibt. Und das Rathaus musst du gesehen haben, das haut dich um. Wir könnten zum Ozeaneum und im Hafen Fischbrötchen essen.«

»Nein«, unterbrach sie ihn. »Ich möchte lieber nach Greifswald.«

»Aber warum denn?«

»Weil du dort noch nicht warst.« Sie gab ihm einen Kuss. »Und Fischbrötchen gibt es in Greifswald sicher auch.« Damit machte sie sich von ihm los und folgte dem schmalen Weg, der sie weiter um die Halbinsel herum führte. Wolff folgte ihr.

»Was ist das dort hinten?«, fragte sie kurz darauf und deutete weit auf den Bodden hinaus. »Ein anderer Zipfel von Rügen?«

»Nein, das ist Vilm.« Sie sah ihn fragend an, und er fuhr fort. »Das ist eine kleine Insel. Sie ist ein einziges Naturschutzgebiet. Der Wald dort soll einzigartig sein. Immerhin wurde er seit über 500 Jahren nicht mehr vom Menschen verändert. Also keine Abholzung oder Brandrodung oder so etwas. Dort soll es über 1.000 Arten von seltenen

Pflanzen und Tieren geben. Von der Strandgrasnelke bis zum Kormoran. So ein unberührtes Stück Natur gibt es in ganz Nordeuropa nicht noch einmal.«

Sie sah sich erstaunt zu ihm um und strich ihm mit der Hand über die Wange. »War dir so langweilig, als ich beim Yoga war? Du bist ja das reinste Lexikon!«

Er lächelte geschmeichelt. »Geht so«, wiegelte er ab. »Früher war Vilm das Urlaubsparadies der DDR-Elite. Honecker und seine Leute haben dort ihre Sommerferien verbracht. Die Ferienhäuser stehen dort noch.«

»Hört sich spannend an«, meinte sie. »Nicht, dass ich unbedingt sehen muss, in welcher Hütte Honecker seine Ferien verbracht hat. Aber die Insel an sich klingt interessant. Vielleicht wäre das einen Ausflug wert.«

»Auf jeden Fall!«, stimmte er ihr zu. »Allerdings dürfte das schwierig werden. Es darf nämlich pro Tag nur eine bestimmte Anzahl von Besuchern auf die Insel. Ohne Voranmeldung geht da überhaupt nichts. Ich weiß auch gar nicht, ob im Herbst noch Schiffe nach Vilm fahren. Ich glaube, der Verkehr zur Insel wird im Oktober eingestellt.«

»Ach, wie schade! Na ja, da kann man dann wohl nichts machen.« Julia war enttäuscht. Missmutig stapfte sie weiter. Wolff fühlte sich schuldig an ihrer Verstimmung. Immerhin hatte er ihr Vilm erst angepriesen – nur um ihr dann zu gestehen, dass sie diese wunderbare Insel nicht besuchen könnten. Stattdessen liefen sie diesen kleinen Feldweg entlang, vorbei an dem krautigen, dürren Gras. Natürlich, die Aussicht von hier oben war herrlich. Der Wind ging leicht, das Wasser war weit – aber es war im Grunde dieselbe Sicht, die sie schon seit Stunden hatten. Seit sie hinter Gager den Bakenberg erreicht hatten, war das Bild gleich geblieben.

Und nun näherten sie sich dem kleinen Ort, wo ihr Auto stand. Der Ausflug war schön gewesen, ohne Frage, aber die Enttäuschung über Vilm trübte schon jetzt die Erinnerung an diesen Tag ein. Er sah über den Bodden und die Hagensche Wiek, die sich nördlich der Halbinsel auftat. An ihrem Ufer, in Gager, konnte er die Masten der Segeljachten erkennen, die im Hafen lagen. Dort irgendwo stand der Wagen. Wenn er nur wüsste, wie er Julia aufheitern könnte …

Da hatte er plötzlich eine Idee. Er griff nach Julias Hand.

»Los, komm!«, rief er freudig und zog sie schneller den Weg entlang.

»Was ist denn?«, staunte sie. »Was hast du vor?«

»Du wirst schon sehen. Komm!« Sie liefen auf Gager zu, die Küste hinab, zum Hafen.

Julia war völlig außer Puste.

»Hast du es so eilig, hier wegzukommen? Mensch, uns drängt doch nichts!«

»Noch einen Moment«, bat er und sah sich um. Er führte sie am Hafen entlang, doch er fand nicht, wonach er suchte. Viele Liegeplätze waren verwaist, und auf den festgemachten Jachten war kein Mensch.

»Verdammt, gibt es hier keine Hafenmeisterei oder so was?«, fluchte er vor sich hin.

»Was willst du dort?«, fragte Julia. »Und überhaupt, den Hafen haben wir uns doch schon angesehen, als wir hergekommen sind.«

Wolff deutete auf einen Fischimbiss, der weiter vorn stand. Davor drückten sich ein paar Männer um die Stehtische herum. Auch wenn nicht viel los war, gab es dort zumindest etwas Leben.

»Vielleicht haben wir dort Glück«, meinte er mehr zu sich selbst. Eilig ging er auf den kleinen Wagen zu.

»Moin«, wurde er von dem Mann hinter dem Tresen begrüßt. »Was darf's denn sein?«

Wolff stutze, dann sah er sich zu Julia um.

»Kaffee?« Sie nickte.

»Zwei Kaffee«, bestellte er. »Einmal schwarz, einmal mit Milch.«

»Kommt sofort«, bestätigte der Mann und trottete zur Kaffeemaschine an der Rückwand des Wagens.

»Und dann hätte ich gern noch eine Auskunft«, meinte Wolff. »Könnten Sie mir sagen, an wen man sich wenden muss, wenn man raus auf den Bodden will?«

»Für Rundfahrten ist die Boddenreederei zuständig«, war die knappe Antwort.

»Nein, ich wollte ein Boot mieten.«

»Ach so, Sie wollen angeln?« Der Mann stellte den Kaffee auf den schmalen Tresen. Aus den Bechern dampfte der Kaffee. »Sehen mir gar nicht danach aus.«

Wolff lachte.

»Ich wusste gar nicht, dass es hier etwas zum Angeln gibt.«

»Na klar!«, meinte der Mann gelassen. »Im Bodden haben wir jede Menge Fische. Barsch, Hecht, Zander, Rotauge und Brasse. Und Aal natürlich. Aber ich denke mal, das ist nichts für Sie.« Er deutete auf die Kaffeebecher. »Das macht dann vier Euro 20. Milch steht an der Seite bei den Deckeln. Können Sie sich selbst reinmachen, wie Sie es brauchen.«

Wolff zahlte.

»Wir wollten eigentlich nur mal so rausfahren. Kennen Sie da jemanden?«

Der Mann schaute ihn prüfend an.

»Torsten«, rief er plötzlich. Einer der Männer, die bei den Tischen standen, sah zu ihnen herüber.

»Was gibt's?«

»Hier will jemand auf den Bodden rausfahren.«

Der Mann, der Torsten hieß, machte sich von dem Tisch los.

»Na, dann soll er mal«, meinte er gutmütig. Er reichte Wolff die Hand.

»Schwenke«, stellte er sich vor. Ohne eine Antwort abzuwarten, fuhr er fort. »Sie wollen also ein bisschen mit dem Boot raus, ja? Na, dann kommen Sie mal mit.« Damit führte er sie am Hafen entlang.

»Ist das wahr?«, flüsterte Julia zu Wolff. »Du willst wirklich mit mir eine Bootstour machen? Das ist ja wunderbar!« Aufgeregt drückte sie seine Hand.

Schwenke wandte sich derweil zu ihnen um. »An was genau haben Sie gedacht? Ich nehme an, dass ein Segler für Sie nicht infrage kommt.«

»Nein, ich hatte etwas Kleines, Handliches im Sinn«, meinte Wolff. »Vielleicht ein Ruderboot, so ein einfaches.«

»Einen Bootsführerschein haben Sie nicht, oder?«

Wolff verneinte.

»Auch gut«, gab Schwenke zurück. Unvermittelt blieb er vor einem kleinen Boot stehen. Es war etwa vier Meter lang, außen blau und innen weiß gestrichen, hatte vorn und hinten eine Sitzfläche und in der Mitte eine Ruderbank.

»Perfekt«, entfuhr es Wolff. »Genau so habe ich mir das vorgestellt!«

»Sind ein Romantiker, was?«, schmunzelte Schwenke. »Hab ich mir gleich gedacht. Das Bötchen ist einfach und solide. Und wenn Ihnen draußen auf dem Bodden die

Puste ausgeht« – er wies auf den Außenmotor am Heck – »bringt Sie der da zurück. Hat fünf PS, das reicht für eine gemütliche Fahrt.«

Wolff nickte. »Das nehmen wir – sagen wir zwei Stunden?«

Schwenke zuckte mit den Schultern. »Von mir aus. Ich bin den ganzen Tag im Hafen. Wäre nur noch der Preis zu klären. Normalerweise vermiete ich nur bis September, danach lohnt es sich nicht mehr. Aber wenn ich schon mal eine Ausnahme mache, kann ich Ihnen auch einen Ausnahmepreis machen.«

Sie einigten sich schnell. Wolff hatte es eilig, auf das Wasser zu kommen. Schon saßen Julia und er im Boot. Während Schwenke die Vertäuung löste, gab er ein paar Ratschläge. »Rettungswesten sind unter den Bänken. Würde ich an Ihrer Stelle lieber anlegen.«

»Aber so wild ist das Wetter doch gar nicht«, warf Julia ein.

»Stimmt. Aber Sie sind nicht gerade die erfahrensten Ruderer«, konterte Schwenke. »Und auch wenn das Wasser ziemlich glatt ist, fahren Sie man nicht zu weit raus. Der Bodden ist größer, als er aussieht. Da kann man sich schnell verschätzen.«

Er gab dem Boot einen Tritt, dass es sich von der Anlegestelle löste. Wolff setzte die Ruder ins Wasser und ließ sie kreisen. Es war ihm unangenehm, von Schwenke dabei beobachtet zu werden.

»Sie müssen mehr mit links arbeiten, damit Sie gut ins Hafenbecken kommen«, meinte Schwenke. »Wenn Sie nur am Rand langschippern, ackern Sie sich unnötig ab. Schmeißen Sie den Motor an, bis Sie aus der Wiek raus sind.«

»Nein, geht schon«, grummelte Wolf. Er ruderte das Boot mit kräftigen Stößen vom Ufer weg.

»Kommen Sie zum Imbiss, wenn Sie zurück sind«, rief Schwenke ihnen nach, dann sah er ihnen für einen kurzen Augenblick hinterher, bevor er an der Hafenstraße zu dem Fischimbiss ging.

»Ich glaube, du musst mehr nach links«, meinte Julia.

»Nun fang du nicht auch noch an«, seufzte Wolff. »Was denkt ihr eigentlich von mir? Als ob ich nicht so ein kleines Boot lenken kann.«

»Natürlich«, lachte Julia. »Du machst das wirklich super. Aber wenn du weiter in diese Richtung ruderst, stranden wir demnächst am anderen Ufer, statt aufs Meer rauszufahren.«

Wolff sah sich um. Das Boot hielt tatsächlich auf die Bucht zu. Er lachte. »Okay, vielleicht ist es doch besser, wenn du die Kommandos gibst. Von deinem Platz aus bringt das wahrscheinlich mehr, als wenn ich mich alle drei Ruderschläge umdrehen muss.«

Julia reckte sich, um die Bucht besser überblicken zu können. »Na schön, dann bringe ich uns mal raus. Also, einen Tick mehr nach links.«

So fuhren sie aus dem Hafen und durch die Wiek, bis sie nach wenigen Minuten das offene Wasser erreicht hatten. Julia lenkte sie von Rügen weg, hinaus auf den Bodden. Dort legte Wolff die Ruder an, und so ließen sie sich von dem leichten Wellenschlag dahintreiben. Soweit sie sahen, waren keine anderen Boote zu sehen.

»Ist das nicht beeindruckend?«, fragte Julia leise. »Dieses riesige Meer – und wir beide ganz allein in diesem winzigen Boot.«

»Macht es dir Angst?«

»Nur ganz wenig. Es ist eher … ergreifend. Fühlst du das auch?«

Er nickte. Die Badeorte auf Rügen, die Küstenstädte am Festland – alles war gleichermaßen klein und weit entfernt. Die Menschen waren verschwunden, kein Geräusch drang zu ihnen, nur das sanfte Rauschen des Wassers, das ihr Boot leicht schaukeln ließ. Die Welt um sie herum war mit einem Mal so groß geworden und sie waren nur zwei kleine, winzig kleine Seelen, wie Funken in der Nacht.

»Was ist das dort drüben?«, fragte Julia und deutete nach Süden, wo ein kleines Stück Grün aus dem Wasser ragte.

»Das muss die Insel Ruden sein«, meinte Wolff.

»Und die andere Insel dort, weiter hinten? Die mit dem Leuchtturm?«

»Das ist die Greifswalder Oie. Dort endet der Bodden, dahinter liegt die offene Ostsee.«

»Ganz schön groß«, staunte Julia beeindruckt. »Es war eine herrliche Idee von dir rauszufahren. Und nebenbei bemerkt«, fügte sie hinzu, »finde ich es wunderbar, wie entspannt du bist. So stelle ich mir Urlaub vor: Einfach in den Tag hinein leben und sehen, was sich ergibt. Ich weiß natürlich, dass dich das unheimlich viel Mühe kostet, einmal keine Pläne zu machen. Aber merkst du nicht auch, wie befreiend es ist, das Leben zu genießen und die Zeit und alles andere zu vergessen?«

»Na ja, ein bisschen müssen wir schon auf die Uhr schauen«, gab er zu bedenken. »Sonst denkt dieser Schwenke noch, wir sind mit seinem Boot nach Usedom abgehauen.«

»Möglich«, lachte Julia. »Ich denke aber, er traut dir eher zu, dass du uns zum Kentern gebracht hast. Aber du hast recht. Wir sollten langsam zurück.«

Wolff ließ die Ruder ins Wasser gleiten und brachte das Boot in Fahrt.

»Wie lange wir wohl brauchen werden bis nach Gager?«, fragte Julia. »Bestimmt dämmert es dann schon. Echt verrückt, wie kurz die Nachmittage sind. Gerade noch trinkt man Kaffee und schon ist Abend.«

Wolff dachte plötzlich an Nimrod, der den Abend in Baabe verbringen wollte. Nervös legte er sich in die Riemen. Darauf hatte er Julia noch gar nicht vorbereitet. Dabei wurde es allmählich höchste Zeit.

»Was für ein Tag«, setzte er vorsichtig an. »Erst du beim Yoga, dann ein Spaziergang über Mönchgut, leckeres Mittagessen …«

»… und diese herrliche Aussicht von der Klippe, nicht zu vergessen«, ergänzte Julia. Wolff lächelte. Sie ging darauf ein. »Und jetzt unsere kleine Bootstour«, fuhr er fort.

»Du steckst voller Überraschungen«, schmeichelte sie ihm.

»Und ich weiß auch schon, wie wir diesen wunderbaren Tag ausklingen lassen können«, versuchte er, sie zu ködern, doch Julia sah ihn mit gekräuselten Brauen an. »Ich würde am liebsten in irgendeinem gemütlichen Restaurant essen. Mehr brauche ich nicht.«

»Schade. Dabei gibt es eine Abendveranstaltung, von der Ehrenstein sagt, dass sie das Highlight der ganzen Woche ist.«

»Na, ich weiß ja nicht, ob unser geschwätziger Portier die beste Referenz ist«, warf Julia ein, doch ihre Bedenken ließ Wolff nicht gelten. »Stell dir mal vor: Abendessen im Haus des Gastes in Baabe, anschließend eine Lesung. Das klingt doch nach was, oder?«

Julia stutzte. »Seit wann interessierst du dich für so etwas?«

»Überhaupt nicht«, gestand er. »Aber es ist doch Urlaub, oder? Da kann man auch mal kulturell über sich hinauswachsen. Es ist eine Autorin aus Schwerin, eine Historikerin.«

»Ich ahne Schlimmes …«

»Sie stellt ihre Biografie über Katharina die Große vor«, fuhr Wolff unbeeindruckt fort. Julia war alles andere als begeistert. »Und das soll das Highlight der Woche sein?«, fragte sie skeptisch. »Schatz, ich glaube, Ehrenstein hat dich verarscht.«

»Ich weiß nicht, was du hast«, meinte er lachend. »Die Frau war immerhin die Zarin von Russland. Größer geht es wohl kaum. Alternativ gäbe es in Binz einen Diavortrag über Großsteingräber oder natürlich ein trautes Beisammensein im Hotel.«

»Bloß nicht!«, stieß Julia aus. »Da fängt uns sofort jemand ab, bevor wir auf unserem Zimmer sind. Entweder tratscht sich Frau Neuss bei uns aus oder dein neuer Freund holt seine Brettspielsammlung raus. Verstehe mich bitte nicht falsch. Ich bin felsenfest der Ansicht, dass dieser Doktor Gruber der einzige normale Mensch in diesem Hotel ist. Aber die Messlatte hängt da auch sehr tief. Vielleicht liegt es daran, dass er Kinderarzt ist, dass er immer spielen möchte. Aber mir ist das auf die Dauer echt zu viel.«

Wolff lächelte vor sich hin. Er hatte Julia bislang noch nicht erzählt, dass Doktor Gruber eigentlich Lungenarzt war.

»Nein, dann lieber Katharina die Große als irgendjemand aus dem Hotel«, schloss Julia.

»Das habe ich mir gedacht«, pflichtete ihr Wolff bei. »Deshalb habe ich zwei Karten besorgt.« Julia sah ihn überrascht an.

»Ja, was denn?«, meinte er, sich rechtfertigend. »Ehrenstein hat mir versichert, dass es bestimmt nichts wird, wenn
man spontan an die Abendkasse geht. Wie gesagt: das
Highlight der Woche. Und wir sind dabei!«

17. KAPITEL

Das Haus des Gastes lag still in einer Seitenstraße des Ortes. Der Saal war nicht einmal zur Hälfte gefüllt. Julia, die für den Anlass ein samten schimmerndes, grünes Kleid ausgewählt hatte, sah sich enttäuscht um.

»Soso«, raunte sie Wolff zu, der seinen Schlips lockerte, um den Hemdknopf dahinter zu öffnen. »Großer Andrang, ja? Nix mit Abendkasse? Da hat dir Ehrenstein wohl einen Bären aufgebunden. Wage es bloß nicht, Stefan!« Sie machte sich über seinen Schlips her und zog den Knoten zurecht, den er gerade von seinem Hals entfernt hatte, um etwas Luft zu bekommen. »Wenn ich mich in dieses blöde Kleid reingehungert habe, dann bleibt dein Hemdknopf zu. Ich werfe mich doch nicht in Schale, nur damit du hier leger aussehen kannst.«

Auch Wolff ließ seinen Blick über die anderen Gäste schweifen. Meist waren es ältere Paare, die sich ähnlich ausstaffiert hatten wie Julia und er, hin und wieder saßen mehrere Frauen ohne männliche Begleitung beieinander und kicherten über die ersten Gläser Sekt, die geleert wurden. Kellnerinnen schenkten Wein und Bier in bauchigen Gläsern aus, die Vorsuppe wurde bereits serviert – und von Nimrod war noch nichts zu sehen. Wolff wurde unruhig. Der Hinweis vom Portier war doch eindeutig gewesen: Nimrod wollte diese Lesung besuchen. Oder hatte er es sich anders überlegt, war ihm etwas dazwischengekommen?

Nervös breitete Wolff die Serviette auf seinem Schoß aus. In der Cremesuppe schwammen vereinzelt Pilze und viel Petersilie. Sie aßen zu dezenter Ballhausmusik. Nachdem die Teller abgeräumt worden waren, entstand eine kurze Pause, in der ein Mann auf die halbrunde Bühne trat und sich mit einem breiten Lächeln an das Publikum wandte.

»Meine Damen und Herren, ich darf Sie ganz herzlich begrüßen zu unserem inzwischen elften Leseabend in diesem Jahr. Ich freue mich, dass Sie so zahlreich erschienen sind.« Er drehte sich schwungvoll auf seinen Absätzen, sodass sein Blick einmal reihum jeden Tisch streifte. »Heute bei uns zu Gast ist die Historikerin Angelika Sommer, die aus ihrer Biografie zu Katharina die Große lesen wird. Erlauben Sie mir, dass ich unsere Autorin kurz vorstelle.« Geschickt zog er einen Zettel aus dem Ärmel seines Sakkos und hielt ihn mit ausgestreckten Armen von sich. Wahrscheinlich alterssichtig, dachte Wolff. Der Moderator las mit begeisterter Stimme vor, wo die Autorin studiert hatte, welche Bücher sie bereits veröffentlicht und welchen Preis sie dafür erhalten hatte. Er zählte die Kinder der Frau und ihre Hobbys auf, zu denen die Gartenarbeit am heimischen Grundstück irgendwo in Holstein gehörte. Dass sie nach ihrer Beschäftigung mit der russischen Geschichte einen Kräuterführer zu schreiben plante, hob er besonders hervor. »Doch genug der Worte«, schloss er gut gelaunt. »Ich überlasse die Bühne Frau Sommer. Doch bevor sie mit ihrem Vortrag beginnt, wird Ihnen unser Hauptgang serviert.« Ein anerkennendes Raunen ging durch das Publikum, als just in diesem Moment die Flügeltür zum Saal geöffnet wurde und die Kellnerinnen mehrere Servierwagen vorschoben, von

denen sie die bestellten Gerichte verteilten. Der Moderator begann zu klatschen, und die Gäste stimmten in den
Applaus ein, der sich allerdings bald in einem bunten Stim-
mengewirr verlor. »Tisch Nummer acht? Das ist einmal
der gebratene Kalbsrücken mit Pfifferlingen und die vegetarische Alternative. Noch ein Pils? Sofort. Tisch 21 – also,
ich habe die Maispoulardenbrust notiert. Sie wollten das
Zanderfilet? Da muss ich in der Küche nachfragen, ob
wir das ändern können. Ja, Getränke können Sie bei mir
nachbestellen oder nachher in der Pause. Wann die ist?
Das kann ich Ihnen nicht sagen. So etwa nach 45 Minuten, nehme ich an.«

Wolff sah dem emsigen Treiben um sich herum zu. Der
Moderator wechselte ein paar Worte mit der Autorin, die
während seiner Ankündigung durch den schwarzen Vorhang auf die Bühne getreten war. An dem kleinen, schwach
beleuchteten Tisch tippte sie probeweise auf das Mikrofon.
Die ersten Servierwagen wurden aus dem Saal geschoben.
Ein paar Gäste kamen von draußen herein: vom Rauchen
vor der Tür, von den Toiletten – und mittendrin Nimrod! Wolff bemerkte erfreut, wie sich der galant geklei-
dete Mann zwischen den Kellnerinnen vorbeischob und
an einem der hinteren Tische Platz nahm. Da saß er allein,
tat zunächst, als würde er niemanden um sich herum wahr-
nehmen und in Gedanken versunken sein. So nahm er ein
paar Posen ein, bis er schließlich die übrigen Tische prüfend beäugte. Wolff bemerkte, dass sein Blick dabei vor
allem dort länger verweilte, wo mehr Frauen als Männer
saßen. Gerade starrte er mit grüblerischer Miene zu einem
Tisch herüber, an dem sich ein Mann lautstark mit zwei
Frauen zuprostete, als schien er zu überlegen, ob er sich
irgendwie dazugesellen sollte. Dann aber nahm er einen

Tisch in der hintersten Ecke ins Visier, an dem eine Frau einsam mit einer aufgespießten Olive durch ihr Cocktailglas Kreise zog. Sie wirkte etwas verhärmt und spürte wohl Nimrods durchdringenden Blick auf sich ruhen, denn sie sah auf und direkt zu ihm. Er hielt ihrem Blick stand, und ein verlegenes Lächeln trat auf ihre Lippen. Er machte ihr ein Zeichen, und Wolff glaubte, die Frau tatsächlich erröten zu sehen. Eilig nippte sie an ihrem Glas, dann nickte sie aufgeregt, und Nimrod erhob sich, um kurz darauf neben ihr Platz zu nehmen. Sie tuschelten miteinander, sie kicherte auf und Nimrod gab der vorbeieilenden Kellnerin zu verstehen, dass er den Rest des Abends an diesem Tisch bleiben würde.

»Die Poularde?«, fragte eine andere Kellnerin und lenkte Wolff ab.

»Ja«, sagte er instinktiv und nahm den Teller in Empfang. Julia hatte bereits ihre vegetarische Alternative – laut Karte Kartoffelnudeln mit mediterranen Gemüsen und Kresseschaum – bekommen. Das Licht wurde gedimmt, und die Gespräche wurden automatisch leiser. Über das anhaltende Geklapper der Bestecke erhob sich die dünne Stimme der Autorin aus mehreren Lautsprechern.

»Auch ich möchte Sie herzlich begrüßen«, setzte sie an und stellte sich noch einmal vor. Auch sie versuchte, auf den bevorstehenden Kräuterführer neugierig zu machen. Dann fand sie zu dem aktuellen Buch zurück. »Katharina die Große«, setzte sie an und schlug dabei den voluminösen Wälzer auf, »wurde als Prinzessin Sophie Auguste Friederike von Anhalt-Zerbst am 2. Mai 1729 in Stettin geboren. Sie entstammte einer Nebenlinie dieses Adelshauses, ihr Vater Christian August war als Kommandant des Altpreußischen Infanterieregiments Nummer acht im pommerschen Stettin stationiert und übernahm erst 1742, nach dem Aussterben der Hauptlinie, in Zerbst die Regierung. Schon zwei Jahre später begab sich Prinzessin Sophie – die spätere Katharina – auf Verlobungsreise nach Moskau. Sie sehen, meine Damen und Herren, die bekannte Zarin war zwar von Geburt eine anhaltische Prinzessin, wurde aber durch ihre Kindheit und Jugend in Stettin viel mehr märkisch und vorpommerisch geprägt. Doch lassen Sie mich diese ersten, wichtigen Lebensjahre nun genauer beleuchten …«

Julia verdrehte die Augen.

»Geht das wirklich so weiter?«, flüsterte sie fassungslos, als die Autorin ausführlich die Raumanordnung des Stettiner Stadtschlosses beschrieb.

Wolff zerschnitt seine Hühnerbrust.

»Das ist sicher Allgemeinwissen«, meinte er amüsiert. »Hast du nicht gesagt, dass wir uns öfter für neue Erfahrungen öffnen müssten – gerade im Urlaub?«

»Ja, aber damit meinte ich eher Sauna, Yoga und Moorbad, aber keine Unterweisung in der Renaissancearchitektur im Westflügel des Stettiner Stadtschlosses! Ach Schatz, hätte ich gewusst, wie langweilig das wird, hätte ich bei der Kellnerin eine Flasche Wein bestellt statt nur einem Glas. Und die Pause ist noch so lange hin!«

Sie vertiefte sich deprimiert in ihre Nudeln mit Kresseschaum, während die monotone Stimme der Autorin vom Grundriss des Schlosses zum Stammbaum der Askanier wechselte. Wolff konnte es sich nicht verkneifen, sich unauffällig zu den hinteren Tischen umzudrehen, wo Nimrod einen Kaffee trank und auf den Vortrag konzentriert schien, während sich die Frau an seiner Seite mit der Suppe abmühte. Im Halbdunkel schien sie

Probleme zu haben, den Löffel unbeschadet zum Mund zu führen, denn immer wieder tupfte sie mit der Serviette ihr Kinn ab und breitete sie anschließend umständlich vor sich aus.

Die Frau hatte sicher nicht das Format einer Frau von Berg und reichte wohl nicht einmal an Frau Neuss heran. Sie war eher unscheinbar gekleidet, auch wenn sie von Schmuck nur so glitzerte. Dennoch wirkte sie unbeholfen und sogar tapsig und bei all dem scheinbar völlig vernarrt in Nimrod, den sie gar nicht aus den Augen ließ. Wie schnell er doch wieder untergekommen ist, dachte Wolff fast mit etwas Bewunderung, und das anscheinend völlig problemlos. Frau von Berg war erst am Tag zuvor ermordet worden, und schon hatte Nimrod eine neue Eroberung gemacht. Ein abgeklärter Profi, ging es Wolff durch den Kopf, der so einen Erfolg bei den Frauen hat, dass er sich nicht einmal ernsthaft bemühen muss. Er drehte sich zu dem Tisch im Halbdunkel um. Obwohl die Liebelei gerade erst begonnen hatte, schenkte Nimrod seiner Begleitung nur spärlich Beachtung.

»Ist wahrscheinlich nicht der beste Fang«, murmelte Wolff vor sich hin, »aber zumindest Geldsorgen dürfte es keine geben.«

Julia sah ihn verdutzt an. »Na, hör mal! Besser als den russischen Zaren hätte sie es doch nicht treffen können«, meinte sie vorwurfsvoll. »Ich meine, sie kam aus Stettin, wie wir ja nun wissen.«

Wolff sah auf die Bühne. Die Autorin beschrieb gerade die Ausstattung des Kleinen Thronsaals im Winterpalast von Sankt Petersburg.

»Ach«, meinte Wolff, »sind wir schon in Russland angekommen?«

Julia schüttelte den Kopf. »Also wirklich, manchmal würde ich zu gern wissen, was zwischen deinen Ohren vor sich geht.«

Wolff versuchte, sich auf die eintönige Lautsprecherstimme zu konzentrieren.

»Ihre Thronreden hielten die Zaren seit Peter dem Großen aber nicht im Kleinen, sondern im Großen Thronsaal, auch Sankt-Georg-Saal genannt. Der heilige Georg wird besonders im östlichen Europa als Schutzheiliger verehrt, so etwa in Litauen, Serbien, Georgien und eben auch in Russland ...«

Wolffs Gedanken schweiften schnell wieder ab. Ist Nimrod nun aus dem Schneider, fragte er sich. Auch wenn Frau von Berg ihren Liebhaber absesviert hätte, war es Nimrod doch ein Leichtes gewesen, sich eine neue Geldquelle zu erschließen. Geldnot oder Existenzangst dürften ihn also nicht dazu getrieben haben, im Affekt einen Mord zu begehen. Kam Nimrod aber deshalb überhaupt nicht als Täter infrage? Vielleicht, dachte Wolff, war es verletzte männliche Eitelkeit. Vielleicht war es für den so von sich selbst überzeugten Nimrod unerträglich, abgewiesen zu werden. Wieder drehte sich Wolff verstohlen zu dem ungleichen Paar im hinteren Teil des Saals um. Statt der geradezu mondänen Frau von Berg hatte Nimrod nun dieses Mauerblümchen an seiner Seite. Die beiden Damen spielten offenkundig nicht in derselben Liga. Auch wenn das Geld sicher stimmte – die übermäßig vielen, übermäßig funkelnden Ringe an ihrer Hand waren Wolff nicht entgangen – war die neue Partie für den weltläufigen Gigolo doch ein gewisser Abstieg. Sie wirkte mit all ihrem Schmuck so geschmacklos wie ein unter Lametta erstickter Tannenbaum. Hatte Nimrod geahnt, dass er eine Frau von Berg eben doch nicht so schnell kompensieren könnte? Hatte es ihn an der Ehre gerührt, von so einer Dame aus der Oberschicht in die Kreisklasse gestoßen zu werden?

Wolff schob nachdenklich die restlichen Pfifferlinge auf seinem Teller zusammen. Die Autorin schilderte gerade die Frauenmode der Spätaufklärung, es ging um Mieder aus Fischgräten und Schnürkorsette. Er sah sich zu Julia um. Dass sie bei diesen Reizworten nicht sofort ihren Unmut über Schönheitswahn und die Männer, die auch hinter diesem Übel steckten, hielt, kam ihm verdächtig vor. Aber Julia hatte nichts von Mieder und Korsett mitbekommen: Sie war doch tatsächlich eingeschlafen.

18. KAPITEL

Die Ungewissheit setzte ihm schwer zu. Er musste unbedingt in Erfahrung bringen, aus welchem Holz dieser Nimrod geschnitzt war. Doch wie sollte Wolff mit ihm ins Gespräch kommen? Als in der Pause das Licht aufgedreht wurde, strömten wie auf Kommando die Kellnerinnen in den Saal und nahmen die Bestellungen bei Tisch auf. Nimrod blieb mit seiner Begleitung am Platz und unterhielt sich, wobei sie offensichtlich den deutlich größeren Gesprächsanteil hatte, recht lustlos mit der Frau.

Auch als später die meisten Besucher in das Foyer strömten, um sich die Beine zu vertreten, und dabei die kleine Fotoausstellung über Findlinge auf und um Rügen abschritten, mischte sich Nimrod nicht unter die übrigen Gäste.

»Schau dir das an«, meinte Julia und deutete mit dem Weinglas auf ein Foto, das einen Stein zeigte, der weiß aus dem blauen Wasser ragte. »Dieser Brocken liegt vor Göhren rum. 600 Kubikmeter pures Granit, manchmal sogar mit Vögeln drauf. Wenn wir heute nicht über Lancken-Granitz, sondern an der Küste langgefahren wären, hätten wir den gesehen.«

Wolff nickte wenig interessiert. Julia ging derweil weiter.

»Und sieh mal den hier«, fuhr sie fort. »Ein Opferstein. Hier haben die alten Slawen wohl ihren Göttern geopfert – nur was? Tiere oder vielleicht sogar Menschen? Wie gruselig!«

Er las das kleine Schild neben dem Foto. »Da steht aber auch, dass diese Sagen um den Stein nicht bewiesen worden sind. Ob die Rillen wirklich dazu gedacht waren, damit das Blut ablaufen kann, ist unklar.«

»Nun sei doch nicht so realistisch!«, maulte Julia. »Sag mir lieber, wo das ist, dieses Quoltitz! Diesen Stein möchte ich unbedingt in echt und Farbe sehen.«

Wolff überflog das Hinweisschild. »Da steht, dass es eine Wüstung ist, also ein verlassener Ort.«

»Ich weiß, was eine Wüstung ist«, stellte Julia klar.

»… und zwar zwischen Nardevitz und Neddesitz. Tut mir leid, das habe ich beides noch nie gehört.«

»Das liegt auf der Halbinsel Jasmund«, hörte er eine Stimme hinter sich. Der Moderator lächelte sie zuvorkommend an. »Sie fahren rauf nach Sassnitz und dann von Sagard nach Lohme. Wenn Sie sich für die Vorgeschichte von Rügen interessieren, sind Sie da oben genau richtig. Bei Sagard haben Sie den Dobberworth, das größte Hünengrab von ganz Norddeutschland. Und kurz vor Lohme gibt es mehrere Großsteingräber, darunter sogar ein Ganggrab – das einzige auf der Insel.« Der Mann lächelte. »Ich habe übrigens vorhin vergessen, mich vorzustellen. Mein Name ist Martin Prietz, ich leite die Bibliothek in der Kurverwaltung.« Er reichte erst Julia, dann Wolff die Hand. Beide stellten sich vor.

»Sagen Sie«, bat Julia, »was ist ein Ganggrab?«

Wolff hörte die Antwort nicht, denn hinter Prietz sah er in diesem Moment, wie Nimrod das Foyer betrat und sich durch die anderen Gäste in Richtung Toilette schlängelte. Das war seine Chance.

»Entschuldigen Sie mich bitte«, sagte er zu dem Moderator, der gerade den Aufbau eines Ganggrabs erklärte, und schob sich an ihm vorbei.

Auf der Toilette stand Nimrod am Pissoir. Wolff stellte sich an das Becken daneben.

»Guten Abend«, grüßte er. Nimrod sah kurz zu ihm herüber und nickte flüchtig. Dann schaute er wieder an sich hinunter.

Eigentlich musste Wolff gar nicht. Um Zeit zu schinden, knöpfte er umständlich seine Hose auf.

»So sieht man sich wieder!«, stieß er aus.

»Reden Sie mit mir?«, fragte Nimrod abwehrend. Wolff lächelte.

»Ja, mit wem sonst? Es ist immer wieder erstaunlich, wie klein die Welt ist, oder?«

Nimrod zuckte mit den Schultern.

»Kann schon sein.« Er packte wieder ein und ließ seine Handkante träge auf den Spülknopf fallen. »Also dann«, sagte er und ging in den Vorraum, um sich die Hände zu waschen. Wolff knöpfte hastig seine Hose zu. Sehr gesprächig ist dieser Gigolo ja nicht gerade, ging es ihm durch den Kopf. Er musste sich beeilen, wenn er mit Nimrod ins Gespräch kommen wollte.

Als er in den Vorraum kam, trocknete sich Nimrod mit einigen Papiertüchern die Hände ab.

»Schon interessant, so ein Vortrag, nicht?«, nahm Wolff das Gespräch auf. »Was man da alles erfährt über ...« Er überlegte kurz, was er sagen sollte. So aufmerksam hatte er die Ausführungen über Katharina die Große nicht gerade verfolgt. »... über die Vergangenheit.«

»Kann schon sein«, meinte Nimrod und ordnete seinen Scheitel. »Um ehrlich zu sein, bin ich sicher nicht der beste Zuhörer.«

»Ach wirklich? Wie das?«

»Nun ja«, setzte Nimrod nebulös an und warf seinem

Spiegelbild ein einstudiertes Lächeln zu, »es ist eben nur ein Zeitvertreib, nicht mehr. Die Versicherung, dass man nicht allein ist auf der Welt. Es könnte alles und nichts sein.« Mit einem Mal sah er Wolff an. »Ich weiß genau, was Sie von mir denken. Ich kenne solche Leute wie Sie. Sie fahren ein-, zweimal im Jahr in den Urlaub, immer zur selben Zeit. Sie machen Pläne für Ihren Aufenthalt, die Sie dann fleißig abarbeiten. Sie haben natürlich an eine Alternative für einen Regentag gedacht und geraten in einen inneren Konflikt bei dem Gedanken, noch einmal in das Restaurant zu gehen, wo es Ihnen am Abend zuvor so gefallen hat. Denn ursprünglich war ja beabsichtigt, an wirklich jedem Tag ein anderes Lokal auszuprobieren. Sie hasten durch Ihre freie Zeit, um bloß nichts zu verpassen, und reisen erschöpft, aber glücklich nach Hause, wenn Sie nur all Ihre Vorhaben umsetzen konnten.«

»Oh«, lachte Wolff, »da kennen Sie aber meine Freundin schlecht. Wenn ich morgens Karten für eine Veranstaltung am selben Abend besorge, ist ihr das schon zu viel geplant.«

»Mag sein«, meinte Nimrod geringschätzig. »Aber Ihnen passt das überhaupt nicht, oder? Sie wollen wissen, worauf Sie sich einlassen. Ohne einen konkreten Plan sind Sie orientierungslos und leiden sogar darunter, einfach so in den Tag hineinzuleben. Und warum?«

Wolff fühlte sich plötzlich ertappt. Ihm kam es so vor, als würde dieser Mann, mit dem er nie zuvor ein Wort gewechselt hatte, direkt in sein Innerstes blicken können.

»Ich verrate es Ihnen«, fuhr Nimrod kalt fort. »Weil Sie sich ohne all die schönen Pläne verloren fühlen. Sie können die Hektik des Alltags eben nicht auf Kommando abstreifen, auch wenn Sie sich dutzende Male sagen, dass Sie im

Urlaub sind und entspannen *müssen*. Geradezu zwanghaft suchen Sie die Beschäftigung. Vielleicht – aber das ist nur eine Vermutung – haben Sie Angst davor, in sich hineinzuhorchen.«

In Nimrods Augen lag etwas Häme, doch Wolff fühlte sich zu betroffen, um dagegen aufzubegehren.

»Wieso sollte ich davor Angst haben?«, fragte er leise.

»Weil Sie vielleicht schon verlernt haben, Ihre innere Stimme überhaupt zu hören. Vielleicht haben Sie Angst vor dem, was sich tief in Ihnen befindet. Wer weiß!«, schloss er leichtfertig.

Es trat eine Pause ein, die Wolff unheimlich vorkam. Nimrod strich seinen Schnurrbart glatt. Wolff hingegen versuchte, sich zu sammeln. »Vielleicht haben Sie Recht. Wahrscheinlich schaue ich mich wirklich lieber um als in mich rein. Da bin ich gern ein hoffnungsloser Fall. Aber wie steht es mit Ihnen?«

Nimrod schnaubte verächtlich durch die Nase.

»Wir beide sind vollkommen verschieden«, erklärte er überlegen. »Sie halten mich für einen leichtfüßigen Zieraffen ohne jeden Tiefgang. Aber ist das ein Verbrechen? Schauen Sie sich all die Leute da draußen genauer an. Denken Sie ernsthaft, irgendjemand von denen interessiert sich tatsächlich für diesen Vortrag oder diese Fotoausstellung oder auch nur für das Essen? Wer im Herbst nach Rügen kommt, sucht keine Beschäftigung, sondern Zerstreuung. Wir schweben durch die Tage wie in Trance, und es ist gleichgültig, was wir erleben oder worüber wir uns unterhalten. Es ist alles Schall und Rauch. Natürlich können Sie behaupten, dass Leute wie diese Antonia Neuss oder auch ich eigentlich lächerliche, leere und furchtbar blasierte Gestalten sind. Aber ist es nicht auch eine Kunst, sich zu begegnen, ohne Geheimnisse zu offenbaren, alte Wunden aufzutun oder neue Verletzungen zu verursachen?«

»Keine Ahnung«, gestand Wolff. »Aber sind Sie sicher, dass Sie wirklich lebendige Wesen beschrieben haben – und keine Geister?«

»Und sind Sie sich sicher, dass Sie wissen, was es zu leben heißt? Nun, der Vortrag wird bald weitergehen«, sagte Nimrod unvermittelt. »Sie entschuldigen mich.« Damit verließ er die Toilette.

Am Tisch wurde Wolff von Julia erwartet.

»Wo hast du nur gesteckt?«, fragte sie nervös. »Lässt mich einfach im Foyer stehen und kommst nicht zurück. Ich habe die ganze Zeit nach dir geschaut. Hast du gewusst, dass dieser gruselige Herr Nimrod auch hier ist? Er kam kurz vor dir in den Saal. Und irgend so eine aufgetakelte Matrone hat er sich aufgegabelt – nur einen Tag nach … du weißt schon.«

»Ja«, meinte Wolff. »Ich habe ihn auf der Toilette getroffen. Wir haben uns kurz unterhalten.«

»Und das hat so lange gedauert? Hast du dir etwa Tipps von diesem Casanova geholt?«, spottete sie.

»Nein«, lachte er. »Aber interessant war es trotzdem.«

»Wieso das?«

In diesem Moment wurde das Licht abgedunkelt. Wolff legte den Finger auf den Mund.

»Es geht weiter«, flüsterte er. Wie auf Kommando setzte die Stimme auf der Bühne ein: »Ob nun aber Katharina die Große in die Pläne zur Ermordung ihres Mannes eingeweiht war oder diese gar federführend vorantrieb, bleibt ein Rätsel der Geschichte. Ich denke jedenfalls …«

Der Vortrag zog sich noch mehr als eine Stunde hin. Zwischendurch las die Autorin aus ihrem Buch. Am Ende der Veranstaltung war sie bei der Eroberung der Krim angekommen, nicht aber, wie sie sehr bedauert, bei Katharinas Tod. »Den können Sie in meinem Buch nachlesen«, tröstete sie. Und daran bestand wohl großes Interesse, denn die Schlange am Büchertisch war nicht gerade kurz. Nimrod hatte also doch nicht Recht gehabt, dachte Wolff. Es interessiert die Leute doch, was sie machen.

Überhaupt Nimrod: Was auch immer zwischen seiner neuen Bekanntschaft und ihm vorgefallen war, man hatte sich offenbar entzweit. Wolff bemerkte, wie sie sich von ihm recht unterkühlt verabschiedete. Als er daraufhin gereizt um sich sah, schaute Wolff lieber weg.

»Er ist wohl doch nicht so gut«, raunte ihm Julia schadenfroh zu. »Das hätte ich ihm auch nicht gegönnt, so kurz nach dem Tod von Frau von Berg. Nein«, meinte sie überzeugt, »der soll ruhig auch mal ein bisschen leiden.«

Auf dem Heimweg kam Julia auf Nimrod zurück.

»Was hast du eigentlich mit diesem Kerl zu schaffen gehabt?«, bohrte sie neugierig nach.

»Ach, eigentlich nichts«, wich er ihrer Frage aus, da piekte sie ihn in die Seite. »Erzähl schon!«

»Er hat ein sehr seltsames Weltbild«, erklärte Wolff. »Im Grunde gibt es die einfachen Menschen, die auch im Urlaub im Hamsterrad stecken, und dann die Dandys, die das Leben richtig genießen können, indem sie nichts tun. Man könnte auch sagen: Die einen sind Proleten und die anderen kulturell weiterentwickelt.«

»Ganz schön abgehoben, wenn du mich fragst.«

»Ja«, stimmte Wolff ihr zu, »kam mir auch so vor.«

»Aber warum hast du dich denn überhaupt mit ihm unterhalten?«, hakte sie nach. »Reicht dir Doktor Gruber nicht mehr?«

Wolff lachte.

»Es hat sich zufällig ergeben«, wiegelte er ab.

»Von wegen! Ich kenne dich doch«, brauste Julia auf. »Ich kann mir nicht vorstellen, dass so ein aufgeblasener Kerl dich anspricht – noch dazu auf dem Klo. Das hast du doch angeleiert! Und warum? Doch nicht, um mal eben zu plaudern. Du hast ihn doch nicht etwa nach Frau von Berg ausgefragt? Natürlich, jetzt wird es mir klar: Du hast Nimrod abgecheckt, ob er vielleicht seine Geliebte umgebracht hat. Hast du mich deshalb überhaupt erst zu dieser furchtbaren Lesung geschleppt? Wir hatten doch gesagt, dass du dich da raushältst – Stefan, du hast es mir versprochen!«

»Ich weiß«, beeilte er sich, ihr zu versichern. »Und ich habe mich auch rausgehalten, ehrlich. Kein Wort habe ich über Frau von Berg verloren, das schwöre ich dir! Wir haben uns ganz normal unterhalten, mehr nicht.«

»Wer's glaubt!«, schnaubte sie.

19. KAPITEL

Es war gegen 21 Uhr, als sie am Hotel ankamen. Wolff sah sich um. Die Straße wurde nur schwach von den wenigen Laternen beleuchtet, deren Licht durch die leeren Kronen der Alleenbäume fiel. »Und jetzt?«, fragte er unentschlossen. »Ich habe noch keine Lust, aufs Zimmer zu gehen.«

»Und wonach wäre dem Herrn stattdessen?«, neckte Julia ihn.

»Nach einem Absacker«, stieß er sehnsüchtig aus. »Ich hätte Appetit auf ein Bier.«

»Na schön«, meinte Julia. »Aber ich mache mich nicht auf die Suche nach irgendeiner Bar. Wir sind nämlich heute über die halbe Insel spaziert, falls ich dich daran erinnern darf. Und ich habe keine Lust, stundenlang durch die Gassen zu gehen, um die letzte offene Bar zu finden. Dazu ist es mir zu kalt, nebenbei bemerkt. Und schau mich mal an: In diesem Kleid gehe ich mit dir tanzen, aber sicher nicht in eine Bar. Wenn du also unbedingt ein Bier brauchst, reicht dir dann die Hotelbar? Ich möchte mich nicht noch mal umziehen.«

Wolff war einverstanden, und so betraten sie das Hotel. Die Rezeption war nicht mehr besetzt, Ehrenstein hatte Feierabend gemacht. Auf dem Tresen lag das verschlossene Gästebuch, im Regal dahinter standen die Aktenordner sorgfältig aneinandergereiht.

»Hoffentlich kriegen wir noch etwas«, meinte Wolff,

als sie den leeren Speisesaal betraten. »Wenn Felix weg ist, haben wir Pech.«

»Wir werden sehen. Immerhin freie Tischwahl«, erklärte Julia und wählte einen Platz fern der Fenster. »Vielleicht ist es ja doch gemütlich.« Da hörten sie ein Rumpeln von irgendwoher, ein Stolpern – und die Nebentür öffnete sich. Felix Ott, der Kellner, betrat den Saal und hastete an den Tisch. Verlegenheit war ihm ins Gesicht geschrieben.

»Guten Abend«, beeilte er sich zu grüßen. »Was kann ich Ihnen bringen?«

Wolff bestellte ein Pils und lehnte sich genüsslich zurück. Während sich Julia die vorhandenen Weine aufzählen ließ, bemerkte er, wie sich die Nebentür öffnete und Vanessa sich verstohlen durch den Saal hinaus in Richtung Foyer schlich. Julia entschied sich schließlich für einen Chablis Premiers Crus und dazu griechische Oliven. Der Kellner deutete eine Verbeugung an und zog sich zurück.

»Schon komisch«, meinte Wolff später, nachdem er den ersten Schluck von seinem Bier genommen hatte. »Dieses Hotel scheint eine sehr amouröse Wirkung auf die Leute zu haben. Da findet ein routinierter Gigolo ohne große Mühe gleich zwei Herzensdamen, und selbst der Kellner kann die Finger nicht vom Zimmermädchen lassen. Du hast doch Vanessa vorhin auch gesehen, oder?«

»Natürlich«, sagte Julia. »Und ich weiß nicht, was daran so komisch sein soll. Die einen sind jung, die anderen älter – einsam sind sie alle. Da ist es doch schön, wenn so ein kleines Abenteuer den Alltag auffrischt. Hattest du noch nie einen Urlaubsflirt oder eine kleine Romanze?«

»Du hättest also nichts gegen einen Liebhaber?«

»Grundsätzlich nicht, nein. Aber auch wenn du mir noch keinen Antrag gemacht hast, zähle ich mich zu den vergebenen Frauen. Da ist kein Platz für einen Liebhaber. Deshalb kann ich das nicht gutheißen, was Frau von Berg getrieben hat. Immerhin war sie verheiratet. Aber so ein kleines, harmloses Geplänkel zwischen zwei jungen Leuten, die den ganzen Tag schuften und am Abend wenig Alternativen haben – warum nicht?«

»Und wie passt ein Mann wie Nimrod ins Bild?

Julia spießte eine Olive auf. »Ich mag solche Leute nicht, die sich grundsätzlich für klüger als alle anderen halten. Aber wenn ich an alleinstehende Frauen wie unsere Freundin Frau Neuss denke, dann hat so jemand wie Nimrod wohl doch einen Nutzen.«

»Auch wenn er verheirateten Frauen nachsteigt?«

»Natürlich ist es nicht nett, wenn eine Beziehung nicht respektiert wird. Und eine unglückliche Frau in der Krise in Versuchung zu führen, ist wirklich fies. Nun sieht man diesem Nimrod den Verführer allerdings meilenweit gegen den Wind an. Und ich glaube, Frau von Berg war klug genug, um zu verstehen, worum es ihm ging. Ich denke, sie ist dieses Arrangement bewusst eingegangen. Aber wir reden schon wieder von dieser armen Frau! Fällt uns wirklich nichts Besseres ein?« Damit streifte sie ihre Schuhe ab und legte die Füße auf Wolffs Schoß.

»Geht's dir gut?«, fragte sie leise, und ihre Stimme klang mit einem Mal so zerbrechlich und zugleich lockend, dass Wolff ein angenehmer Schauder über den Rücken lief.

»Ja«, sagte er und fuhr sanft über ihre Waden. »Ich habe meinen Schatz, mein Bier – es geht mir gut!«

Der Kellner kam, und Julia nahm schnell die Beine von Wolffs Schoß. Felix errötete.

»Ich würde die letzte Bestellung aufnehmen und dann Feierabend machen. Nein, nein«, wiegelte er ab, als sich

Wolff aufrappelte, um sein Portemonnaie aus der Tasche zu kramen. »Nur keine Umstände. Das können Sie anschreiben lassen.«

»Na schön«, meinte Wolff und bestellte ein zweites Bier. Felix machte wieder eine halbe Verbeugung und wandte sich an Julia, die den Kopf schüttelte.

»Ich habe noch«, meinte sie und deutete auf den restlichen Wein in ihrem Glas. Auch für diese Auskunft verneigte sich der Kellner und verließ den Saal.

»Und dir«, fragte Wolff, als sie allein waren, »geht es dir auch gut?«

Julia pickte die letzte Olive aus der Schale.

»Schon«, sagte sie, ohne ihn anzusehen. »Aber weißt du, wie es mir besser gehen würde?«

»Na?«

Ihr lasziver Blick traf ihn unvermittelt. »Ich denke an etwas, das noch in meinem Koffer liegt. Es ist aus Metall und mit Plüsch überzogen und lässt sich wunderbar um meine Handgelenke legen.«

Wolff dachte an das große Doppelbett oben in ihrem Zimmer, und ein seliges Lächeln trat auf seine Lippen.

»Also, Herr Wolff«, fuhr Julia fort, »wenn Sie nichts dagegen haben, würde ich schon mal raufgehen und mich duschen. Wenn Sie Ihr Bier getrunken haben, können Sie ja hinterher kommen. Vielleicht habe ich nur einen Morgenmantel an – und sonst nichts. Vielleicht habe ich aber auch die Stubenmädchenuniform mit, wer weiß. Also, was sagen Sie?«

Er konnte nur nicken.

»Sehr schön.« Sie erhob sich. »Dann gib mir 20 Minuten, ja?«

In der Tür drehte sie sich nach ihm um. Ihr Blick machte Wolff vollkommen fertig.

»Ja, es geht mir gut«, sagte er vor sich hin, als sie längst gegangen war. Genussvoll trank er sein Bier und leckte sich den Schaum von der Oberlippe. Er konnte sich nicht erinnern, wann er zuletzt so viel Zeit wie an diesem Tag mit Julia verbracht hatte – und es war schön gewesen. Die Fahrt nach Gager, der Spaziergang über die Zicker Berge und eigentlich auch die Lesung in Baabe. Als er an seine Begegnung mit Nimrod dachte, trübten sich seine Gedanken ein. Wie sollte er auch entspannen, wenn schon morgens direkt nach dem Frühstück die Kriminalpolizei im Hotel auftauchte! Wenn es ihm bis auf Weiteres untersagt war, die Insel zu verlassen! Warum tat sich Julia nicht so schwer damit, den Mord an Frau von Berg zu verdrängen? Hatte Nimrod am Ende recht mit dem, was er ihm auf der Toilette des Kurhauses in Baabe gesagt hatte: dass er zwanghaft nach Beschäftigung suchte, weil er eben nicht auf Kommando entspannen konnte?

Wolff schüttelte energisch den Kopf, wie, um den Gedanken loszuwerden. Nein, sein Interesse an dem Mord war nicht das eines gelangweilten Urlaubers. Da gab es tatsächlich offene Fragen, die zu seiner Verblüffung niemand sehen wollte. Wolff kam sich in diesem Moment sehr allein vor. Und bei seinen Nachforschungen war er nicht viel weitergekommen. Nimrod blieb ihm ein Rätsel. Hatte er – warum auch immer – Frau von Berg umgebracht?

Felix kam und brachte das zweite Bier.

»Sagen Sie mal«, setzte Wolff an, »ist Doktor Gruber im Haus?«

»Nein, den habe ich heute noch überhaupt nicht gesehen. Aber das ist nicht verwunderlich. Er isst ja meistens außerhalb und bleibt dann irgendwo bei einer Partie Schach oder so sitzen.«

»Verstehe«, meinte Wolff. »Und Frau Neuss?«

Der Kellner sah ihn verwundert an.

»Das kann ich Ihnen auch nicht sagen. Ich habe meine Schicht kurz nach Mittag angefangen und seit dem Abendessen nur Frau Tiberius und Sie beide gesehen.«

»Verstehe«, sagte Wolff ein zweites Mal. Nimrod war also immer noch unterwegs. Vielleicht versuchte er sein Glück woanders oder tröstete sich in irgendeiner Bar über die jüngste Niederlage hinweg.

»Ich würde mich für heute verabschieden.« Der Kellner riss Wolff aus seinen Gedanken. »Wie gesagt – Feierabend.«

»Natürlich. Na, dann wünsche ich Ihnen einen schönen Abend.«

Felix verneigte sich im Ansatz und ließ Wolff allein zurück. Er hörte, wie der Kellner im Foyer leise mit dem Zimmermädchen sprach, die Haustür ging, und dann war es still um Wolff. Er sah auf die Uhr. So langsam wurde es Zeit, nach oben zu gehen. Julia wartete bestimmt schon. Er erhob sich und nahm einen großen Schluck von seinem Bier. Plötzlich hatte er keinen Appetit mehr auf das Pils, das einen schalen Weizengeschmack in seinem Mund hinterließ. Er würde sich zuerst die Zähne putzen müssen, bevor … Er lächelte. Er setzte das halb geleerte Glas ab und ging langsam aus dem Saal.

Im Foyer war es ruhig, an der Rezeption glitzerten die messingenen Beschläge am Tresen und dem Regal dahinter. Dort, in den beiden oberen Reihen, hatte jedes Zimmer sein eigenes kleines Fach: Da hingen die Schlüssel zu den Zimmern 305 und 304 am Haken, daneben stak eine Notiz im Fach, die an Doktor Gruber adressiert war. Neugierig trat Wolff hinter den Tresen und zog den Zettel hervor. Der Arzt wurde informiert, dass seine Schuhe aus der Reparatur abgeholt werden könnten. Wolff schob den Zettel zurück. Im Fach daneben hing kein Zettel. Das war die Nummer 302, in der Nimrod wohnte. Ehrenstein hatte ja gesagt, dass er in der dritten Etage logierte – und der Schlüssel zur 301 hing brav im Fach.

Wolff besah sich die nächste Reihe. Hier war es einfacher, die Zimmer den Gästen zuzuordnen. In der 201 war Herr von Berg, sein Schlüssel war nicht da. Wahrscheinlich hatte ihn die Polizei eingezogen. Auch die übrigen Fächer waren leer: jenes für das Zimmer von Frau Neuss, für die Suite von Frau von Berg und zuletzt die Zimmer von Frau Tiberius und ihm selbst.

Wolff stockte. Ob die Polizei den Schlüssel zur Suite der Toten an sich genommen hatte? Immerhin handelte es sich um einen Tatort. Hier im Fach war er jedenfalls nicht. Suchend sah er sich um. Gab es nicht zu jedem Zimmer einen Zweitschlüssel – für den Notfall? Würde er nicht irgendwo hier, an der Rezeption, aufbewahrt werden?

Er rüttelte an den Schubläden unter dem Tresen. Zu seiner Überraschung waren sie nicht abgeschlossen. Wahllos öffnete er ein paar Fächer und kramte sporadisch darin herum. Doch da war nichts außer Stempelkissen, Notizheften, Kugelschreibern und einem Telefonbuch. Endlich fand er weiter hinten, was er gesucht hatte: An einem Drahtring hingen zwei Schlüssel, dazu ein Plastikschild, auf das ›Generalschlüssel‹ geschrieben stand. Wolff nahm das dünne Schlüsselbund prüfend in die Hand und besah es sich. Es wäre so einfach – rein theoretisch. Niemand würde etwas bemerken, wenn er sich nur kurz in der Suite umsah. Fünf Minuten, länger würde es nicht dauern.

Er sah sich um. Tatsächlich, es war niemand da. Er verbarg den Schlüssel in seiner Hosentasche und eilte die Treppe hinauf. Unsicher schaute er den Flur entlang. Was hatte Felix gesagt? Nur Frau Tiberius war im Haus. Die Alte sollte längst schlafen. Wenn er also keinen Lärm machte, würde er wohl nicht entdeckt werden.

Mit wenigen Schritten hatte er den Flur durchschritten und stand vor der Tür zur Suite. Er spürte, wie das Herz in seiner Brust raste. Eine ungeahnte Euphorie stieg in ihm auf, als er den Schlüssel aus der Hosentasche zog. Jetzt galt es.

Da fiel sein Blick auf das Türschloss. Ein violettes Verschlusssiegel klebte vom Türrahmen quer über dem Schloss. In Freifeldern waren mit unleserlicher Handschrift die Dienststelle und der Sachbearbeiter eingetragen. Daneben las Wolff: »Wer dieses Siegel beschädigt, ablöst oder unkenntlich macht oder den dadurch bewirkten Verschluss unwirksam werden lässt, macht sich nach § 136 StGB strafbar.« Strafbar – Wolff zuckte zurück. Er hatte keine Ahnung, welche Strafe ihm nach diesem Paragrafen des Strafgesetzbuchs genau drohte, aber sicher war es keine Lappalie. Nervös fuhr er sich über das Kinn, den Blick fest auf das Siegel gerichtet. Es war also doch nicht so einfach, einen Blick auf den Tatort zu werfen. Wenn er diesen Schritt ging, gab es kein Zurück mehr. Man würde wissen, dass jemand Unbefugtes eingedrungen wäre. Wolff würde sich damit verdächtig machen – als Schnüffler oder vielleicht sogar als Verdächtiger.

Er zögerte. Für die Polizei war der Fall so gut wie erledigt, dieser Kommissar Steinhagen hatte sich auf Herrn von Berg als Täter eingeschossen. Dabei gab es durchaus einige Zweifel, die aber niemand ernst nahm. Und mit seinen kleinen Ermittlungen trat Wolff auf der Stelle. Das Gespräch mit Nimrod hatte nicht besonders viel Licht ins Dunkel gebracht. Wolff wusste nur, dass der Gigolo keineswegs völlig sorgenfrei war. Dafür war sein Jagdglück zu launisch.

Nein, wenn Wolff wirklich etwas erreichen wollte, durfte er vor entschiedeneren Schritten nicht zurückschrecken. Er zog den Ärmel über die Hand und säbelte mit dem Schlüsselbart das Siegel auf. Vorsichtig kratzte er das Schlüsselloch frei und schloss auf. Dabei achtete er darauf, dass er die Türklinke nur mit dem Ärmel seines Pullovers berührte. An der Außenseite der Tür mussten seine Fingerabdrücke nicht unbedingt gefunden werden.

Das Zimmer war dunkel, nur das milchige Licht der Straßenlaterne, die unweit vor dem großen Fenster stand, beleuchtete den Raum schwach. Hier sah alles genauso aus wie am Tag zuvor, als die Leiche von Frau von Berg gefunden worden war. Die offene Bar in der Ecke, die Beistelltische mit den Blumenarrangements und sogar die Sitzgruppe in der Mitte des Zimmers: Nichts war verändert worden. Wolff schloss die Tür hinter sich und trat näher an den Blutfleck heran, der sich dunkel vom Teppich abhob. Ein Mensch war umgekommen, erwürgt – nur von wem?

Er versuchte, sich im Halbdunkel einen besseren Überblick zu verschaffen. Was suchte er eigentlich? Langsam stieg ein mulmiges Gefühl in ihm auf. Was, wenn er völlig umsonst in das Zimmer eingedrungen war? Er atmete tief durch. Nein, so einfach gab er nicht auf. Er musste sich nur richtig umsehen, dann würde er schon etwas finden.

Wolff rief sich alles in Erinnerung, was er über den Mord wusste. Er hatte Frau von Berg am Abend als Letzter gesehen. Laut Kommissar Steinhagen war sie zwischen sechs und acht Uhr am folgenden Morgen getötet worden. Was war in der Zwischenzeit passiert?

»Sie ging ins Bad, um sich für die Nacht fertig zu machen«, murmelte er vor sich hin und ging zu der Bar, neben der eine Tür in das angrenzende Badezimmer führte. Hier hatte alles seine beste Ordnung. Fast sah es so aus, als wäre das Bad nie benutzt worden. Die Handtücher hingen akkurat an den Haken zwischen Dusche und Wanne. Außer einem Morgenmantel, der über den Beckenrand gelegt war, fanden sich keine weiteren Kleidungsstücke. Frau von Berg hatte ihre eigenen Shampoos und Duschbäder neben die Produkte des Hauses gestellt. Auf der Konsole über dem Waschbecken reihten sich zahlreiche Tuben und Tiegel zur Pflege von Haut und Haaren, doch Wolff fand nichts darunter, was ihm seltsam erschienen wäre.

Im Waschbecken waren ein paar Zahnputzreste, im Badeimer lagen Wattestäbchen und ein paar Abschminkpads. Wieder machte sich Enttäuschung breit. Was, wenn er gar nichts fand? Dann wäre der Einbruch umsonst gewesen.

Er schüttelte heftig den Kopf, wie um alle Zweifel abzuwerfen. »Immer schön der Reihe nach. Wir sind ja noch ganz am Anfang«, schärfte er sich ein. »Sie hat sich also bettfein gemacht und irgendwann schlafen gelegt.«

Er marschierte durch den Wohnbereich auf das Schlafzimmer zu. Auch hier zeigte sich ein gewisser Hang zur Ordnung. Die Koffer standen aneinandergereiht neben den Schränken, die Schuhe bildeten eine hübsche Linie vor dem Fenster. Auf dem Nachttisch standen ein Glas Wasser, dazu ein Buch und ein Wecker. Nur das Bett selbst passte nicht recht ins Bild. Die Decken und Kissen lagen zerwühlt von der Nacht wirr durcheinander. Wolff dachte nach. »Natürlich«, meinte er schließlich. »Sie ist am nächsten Tag aufgestanden und hat sich im Bad zurechtgemacht. Dort liegt noch der Morgenmantel. Aber sie kam nicht mehr dazu, das Bett herzurichten. Da kam ihr der Mörder dazwischen.«

Er setzte sich auf das Fußende der Matratze. Wer also kam als Täter infrage? Herr von Berg hätte am Morgen mit dem Zweitschlüssel das Zimmer betreten und seine Frau kaltblütig ermorden können. Davon ging zumindest die Polizei aus. Aber auch Herr Nimrod hätte den Mord begehen können. Freilich müsste Frau von Berg ihn dafür eingelassen haben. Er betrachtete das zerwühlte Bett. »Vielleicht war ich doch nicht der Letzte, der sie am Abend vor ihrem Tod gesehen hat«, sagte er für sich. »Vielleicht gab es nach dem Streit eine spätnächtliche Versöhnung. Und am Morgen danach, wenn sie nichtsahnend aus dem Bad kommt, bringt er sie eiskalt um. Ja, das würde zu Nimrod passen, diese emotionslose Härte.« Oder war es anders? Da fiel ihm Frau Neuss ein. War sie nicht immer noch verdächtig? Wolff versuchte, sich in sie hineinzuversetzen. »Sie sieht, wie ihre Konkurrentin mit dem ehemaligen Liebhaber flirtet – im Speisesaal, ungeniert vor allen Gästen. Wut, Enttäuschung, Verbitterung. Sie sieht, wie die beiden kurz nacheinander verschwinden, und denkt sich ihren Teil. Sie verbringt eine unruhige Nacht. Am nächsten Morgen hat sie sich noch immer nicht beruhigt, im Gegenteil. Wutentbrannt klopft sie bei Frau von Berg und stellt sie zur Rede. Der Streit gerät außer Kontrolle – und plötzlich ist die Konkurrentin tot.« Wolff rieb sich nachdenklich die Schläfen. »Aber hätte Frau Neuss in ihrem Schreck die Nerven, das Ganze wie einen Unfall aussehen zu lassen?« Doktor Gruber wüsste eine Antwort darauf, immerhin dürfte er sie inzwischen besser kennengelernt haben als Wolff.

Sein Blick fiel auf den Wecker. Es war schon nach 23 Uhr. Julia! Sie würde jetzt bestimmt nicht mehr in Stimmung sein – so lange, wie er sie hatte warten lassen. Wenn sie nicht schon eingeschlafen war. Und das wäre Wolff im Augenblick deutlich lieber, als sich ihrem ungemilderten Zorn auszusetzen.

Eilig erhob er sich und verließ das Schlafzimmer. An der Tür zum Flur blickte er sich um, doch er hatte nichts umgestellt, nichts verrückt. Niemand würde ahnen, dass er hier gewesen war. Vorsichtig drückte er die Klinke, da sah er die Handtasche, die an dem Garderobenhaken hinter der Tür hing. Schon hatte er sie geöffnet und kramte in ihrem Inhalt. Er fühlte einen Lippenstift und Taschentücher, eine runde Puderdose und ein Portemonnaie. Neugierig zog er es heraus. Es war vollgestopft mit Klubkarten, irgendwelchen Kassenbons einiger Boutiquen und Kreditkarten. Wolff fand ein paar wenige Münzen – aber keine Scheine. Zwei Fächer waren dafür vorgesehen: eins quoll geradezu über vor Kassenzetteln, das andere hingegen war auffallend leer. Er zog ein paar der Bons heraus. Sie waren mit Karte, aber nicht selten bar bezahlt worden – auch dreistellige Beträge. Frau von Berg führte also regelmäßig größere Summen Bargelds mit sich. Nur war davon in dem Portemonnaie nichts zu sehen. Nicht einmal der kleinste Schein fand sich.

Wolff schob das Portemonnaie in die Handtasche zurück. War Frau von Berg von ihrem Mörder ausgeraubt worden? War das das eigentliche Motiv für den Mord an ihr?

Nachdenklich öffnete er die Tür und zog sie schnell hinter sich zu. Er schloss ab, dann hastete er über den Flur, um den Schlüssel wieder an der Rezeption zu deponieren.

»Hier steckst du also!« Zu Tode erschreckt fuhr er um. Julia stand vor ihm, mit vor der Brust verschränkten Armen. »Haben wir uns etwa im Zimmer geirrt?«

20. KAPITEL

»Bitte, Stefan, sag mir, dass das nicht wahr ist!« Julia war außer sich vor Wut. »Wir hatten doch darüber gesprochen, wir hatten alles geklärt. Verdammt, Stefan, du hast es mir versprochen, dich da rauszuhalten! Und jetzt erwische ich dich, wie du in die Suite der Toten einbrichst. Kannst du mir das erklären?«

Wolff setzte zu einer Antwort an, doch Julia hob abwehrend die Hand.

»Nein, sag jetzt nichts! Ich möchte nichts hören. Weißt du, ich liege hier und denke, dass du jeden Moment kommst, und freue mich – und du spielst Detektiv. Hast du überhaupt eine Ahnung, wie niederschmetternd das ist? Ich meine, ich war … schön, also so richtig schön. Ich habe auf dich gewartet und du … Trottel!«

»Es tut mir leid«, sagte Wolff zerknirscht und wagte einen kurzen Blick zu ihr rauf. Er fühlte sich unendlich klein, wie er da so auf der Bettkante saß, während sie vor ihm unruhige Kreise zog.

»Ich kann mich nicht auf dich verlassen«, stellte sie mehr für sich fest. »Ja, das ist es. Das wird mir klar. Du hast Geheimnisse vor mir. Wir haben uns ausgesprochen und alles geklärt. Es war doch alles klar zwischen uns, als wir von diesem Jagdschloss zurückkamen, oder?« Wolff beeilte sich zu nicken, obwohl er wusste, dass sie diesmal keine Antwort von ihm erwartete. »Aber dann hast du dir doch irgendwas anderes in den Kopf gesetzt und dein Ding gemacht. Ja, das ist es! Ich kann dir nicht vertrauen.«

»Ach, Schatz«, meinte er gedehnt und ergriff sie beim Arm. Sanft zog er sie auf seinen Schoß und umschlang ihre Hüfte. Sie machte keinen Versuch, ihm zu widerstehen. »Sag doch nicht so was. Natürlich kannst du mir vertrauen. Das hat doch mit uns überhaupt nichts zu tun.« Sie sah ihn skeptisch an.

»Und da ist noch etwas anderes«, fuhr sie fort. »Weißt du überhaupt, in welche Schwierigkeiten du dich gebracht hast? Denk doch mal, deine Fingerabdrücke sind überall – im Zimmer von einem Mordopfer!«

»Aber das waren sie doch schon vorher«, erinnerte er sie. »Ich war doch mit Doktor Gruber dort, Ehrenstein hat uns doch selbst in Frau von Bergs Suite gerufen.«

»Und was ist mit dem Siegel? Das fällt doch auf, wenn das zerrissen ist. Ach, Stefan, das fällt doch über kurz oder lang auf. Weißt du eigentlich, wie verdächtig du dich damit gemacht hast? Die Polizei wird denken, dass der Mörder eingebrochen ist, um Beweise zu vernichten oder so. Es wird dir keiner glauben, dass du nur – ja, warum warst du da eigentlich?«

Wolff zuckte mit den Schultern. »Ich wollte eigentlich gar nicht, das musst du mir glauben. Das wollte ich dir übrigens schon die ganze Zeit sagen. Eigentlich wollte ich nur zu dir. Aber dann war die Rezeption nicht besetzt, und da waren die Schlüssel von allen Zimmern und da – da bin ich schwach geworden. Ich wollte mich nur kurz umsehen. Ich wollte dort sein, am Tatort. Es ging an dem Morgen, als Frau von Berg gefunden wurde, alles so schnell. Und dann, als ich dort war, habe ich mir eben alles gründlich angesehen.«

»Hast du eine Ahnung, wie dumm sich das anhört? Glaubst du allen Ernstes, dir könnte irgendwas auffallen, was die Polizei noch nicht gesehen hat? Dieser Kommissar macht den ganzen Tag nichts anderes als Tatorte zu überprüfen. Und du? Ach, Stefan, manchmal bist du so … eben alles, was meine Mutter über dich sagt.« Ein kleines Lächeln huschte über ihre Lippen. Wolff sah darin eine Chance auf eine Versöhnung und streckte sich ihr entgegen, um sie zu küssen. Doch sie wich ihm aus. Abrupt machte sie sich von ihm los und stand auf.

»Und trotzdem! Wenn Kommissar Steinhagen dahinterkommt, dass du das Siegel aufgebrochen hat – und das wird er früher oder später, so dumm ist er nicht – dann steckst du ordentlich in der Patsche. Das wird Tage dauern, bis das geklärt ist. In der Zeit ist der wahre Mörder über alle Berge und – was noch schlimmer ist – unser Urlaub völlig ins Wasser gefallen. Nein!«, stieß sie entschlossen aus. »Das lasse ich nicht zu. Ich arbeite nicht das ganze Jahr, nur damit du mir den Urlaub versaust. Ich will mich erholen und nicht drauf warten, dass dich die Polizei abführt wegen Einbruchs und Verdachts auf Mord.«

»Was schlägst du also vor?«, fragte Wolff. »Wollen wir bei der ersten Gelegenheit abreisen und ein paar Tage in Prerow oder Zingst dranhängen, bevor wir nach Hause fahren? Ein freies Zimmer finden wir bestimmt.«

»Das fehlte mir noch!«, schnaubte Julia empört. »Dass die Polizei dann bei uns in Leipzig auftaucht. Wie soll ich das den Kollegen erklären? Und du musst auch an dich denken, Stefan. Ein Lehrer, gegen den die Polizei in einem Mordfall ermittelt – das ist undenkbar. Nein, nein, ich denke, da gibt es nur eine Lösung, wie wir aus dieser Sache rauskommen.«

Wolff sah sie gespannt an.

»Welche?«

»Du musst den Fall lösen!«

Er glaubte, sich verhört zu haben. »Schatz, meinst du wirklich ...?«

»Ja«, sagte sie entschieden. »Und glaube bloß nicht, dass ich das gern sage. Aber du musst den Mörder finden und zwar, bevor sich die Polizei wegen des Siegels auf dich einschießt. Ja, du musst ihnen zuvorkommen. Das ist die einzige Möglichkeit. Oh Gott, ich sehe schwarz.« Sie sank neben ihm auf das Bett. »Und das, wo du doch überhaupt keine Ahnung in solchen Sachen hast! Das wird doch nie was, oder?« Ihr verzweifelter Blick kränkte ihn ein wenig.

»Na hör mal! Vielleicht ist das ein Vorteil«, behauptete er. »Ich stelle andere Fragen und sehe die Sachen anders, eben weil ich keine Erfahrung habe, die mich betriebsblind machen könnte.«

»So?« Sie klang nicht überzeugt. »Und was hast du bei Frau von Berg gesehen?«

»Sie hatte kein Bargeld im Portemonnaie«, meinte er triumphierend.

»Und wie hilft uns das weiter?«

»Wer immer sie ermordet hat, muss knapp bei Kasse gewesen sein. Das Portemonnaie lag nicht herum, sodass man das Geld beiläufig herausnehmen konnte. Es steckte in der Handtasche. Der Täter hat gezielt danach gesucht. Den Kassenbelegen nach zu schließen, hatte Frau von Berg für gewöhnlich eine größere Summe Bargeld dabei. Ich denke, der Täter dürfte sich über ein paar 100 Euro gefreut haben.«

Julia massierte müde ihre Schläfen.

»Auch wenn du mich für etwas begriffsstutzig halten magst, frage ich gern noch einmal: Wie hilft uns das weiter?«

»Na ja«, meinte Wolff und rückte an sie heran. »Wer Frau von Berg ermordet hat, brauchte dringend Geld – so dringend, dass er sich die Zeit nahm, die Suite danach zu durchsuchen. Und das, obwohl er damit rechnen musste, in jedem Moment entdeckt zu werden, denn immerhin konnte ihr Mann jederzeit ins Zimmer kommen.«

»Verstehe. Herr von Berg kann es also nicht gewesen sein. Warum sollte er seine eigene Frau ausrauben? Laut Frau Neuss hat er ein riesiges Vermögen.«

»Stimmt. Es bleiben also zwei Verdächtige: Der Liebhaber Herr Nimrod, der auf Zuwendungen angewiesen ist. Vielleicht hat Frau von Berg ihn abserviert …«

»Obwohl sie ihn am Abend zuvor so heftig angeflirtet hat?«, meinte Julia. Sie überlegte. »Na ja, vielleicht war das alles nur Show, um Frau Neuss zu kränken.«

»Möglich. Oder er ist sie um mehr Geld angegangen, und sie hat sich geweigert. Auf jeden Fall gehört Nimrod zu den wenigen Leuten, die Frau von Berg ohne Protest am frühen Morgen in ihre Suite gelassen hätte. Er hatte also ein Motiv und die Gelegenheit. Fraglich ist nur, ob er ein Alibi hat.«

Julia warf ihm finstere Blicke zu. »Mein Lieber, du redest dich um Kopf und Kragen! Soll das etwa bedeuten, dass wir heute Abend nur deshalb bei dieser furchtbaren Lesung waren, weil du dich an Nimrod ranwanzen wolltest? Verdammt, ich fasse es nicht! Du kleiner Intrigant! Ich denke, du willst einen netten Abend mit mir verbringen, derweil spannst du mich für deine heimlichen Pläne ein. Und hat es sich wenigstens gelohnt?«

Wolff wiegte unentschlossen den Kopf.

»Auf jeden Fall ist er gerade auf der Pirsch, das hast du ja gesehen. Ich denke nicht, dass er sehr erfolgreich ist. Also ist es wahrscheinlich, dass er Geld braucht. Aber zu Frau von Berg konnte ich ihn nicht befragen. Das hat sich leider nicht ergeben.«

»Ja, wie denn auch – auf der Toilette! Ach herrje, ich sehe schwarz. Wenn das so weitergeht mit deinen Ermittlerkünsten, werden sie dich wohl doch wegen Einbruchs ins Kittchen stecken und ich muss dir in der Besucherzelle heimlich Kuchen unterm Tisch zuschieben. Nein, Schatz, da musst du dir mehr Mühe geben. Dieser Nimrod ist sicher ein harter Brocken, aber trotzdem lässt er sich sicher irgendwie knacken. Wer steht noch auf deiner Liste der Verdächtigen?«

»Eigentlich nur Frau Neuss. Frau von Berg hat ihr den Liebhaber ausgespannt und keine Gelegenheit ausgelassen, ihr das unter die Nase zu reiben. Sie hätte vor dem Frühstück bei Frau von Berg klopfen und sie umbringen können. Im Affekt hätte sie sicher genügend Kraft aufgebracht, um sie zu erwürgen. Doktor Gruber hat so etwas angedeutet. Aber warum hätte sie das Geld nehmen sollen? Ihr gehört ein Keksimperium.«

Julia seufzte schwer. »Trotzdem solltest du ihr Alibi überprüfen. Es spricht zwar mehr für Nimrod als Täter, aber um sicherzugehen, würde ich dir glatt helfen und mit dieser schrecklichen Tratschtante einen Kaffee trinken. Vielleicht bekomme ich ja etwas heraus.«

»Oh, das musst du nicht. Ich habe schon Doktor Gruber gebeten, sie mal unauffällig auszufragen.« Sie gab ihm einen Klaps auf den Schenkel. »Ich glaube es ja nicht! Jetzt hast du auch noch diesen Doktor Gruber für deine Sache eingespannt! Stefan, da tun sich Abgründe auf. Und das alles wolltest du hinter meinem Rücken machen. Ist dir wirklich so langweilig mit mir? Nach nur zwei Tagen?«

»Nein, das nicht.« Er suchte nach den richtigen Worten, da fragte sie schon: »Und, was hat der Herr Doktor rausgefunden?«

Er zuckte mit den Schultern. »Ich habe ihn noch nicht gesehen. Aber ich denke, morgen ...«

»Schön!«, unterbrach sie ihn. »Dann sollten wir uns auf Nimrod konzentrieren. Wir haben ihn heute Abend gesehen, deshalb sollten wir ihn nicht gleich morgen früh wieder angehen. Das wäre zu auffällig. Nein, ich denke, ich versuche, mit dem Portier ins Gespräch zu kommen. Er war ja so darauf bedacht, dass keiner der Gäste etwas von dem Mord mitbekommt, dass er sicher wusste, wer an diesem Morgen wo war. Und du siehst zu, dass du am Nachmittag mit Nimrod sprichst.«

»Ohne dich?«

»Natürlich! Wie sähe das denn aus? Ein Paar und ein einsamer Gigolo – da kommt doch kein vertrautes Gespräch auf. Aber zwei Männer unter sich ... Mit dem Doktor kannst du doch auch ganze Intrigen aushecken. Da schaffst du es auch, den Nimrod auszufragen. Du könntest ja zum Beispiel damit anfangen, wie überraschend und schockierend das alles wäre, und dann fragen, wie er es erfahren habe. Und schwupp, bist du beim Thema. Hinterher überprüfen wir, ob sich seine Angaben mit denen von Ehrenstein decken oder anderswie beweisen lassen. So einfach ist das!«

»Wie du das so sagst ... Aber Süße, wäre es nicht besser, wenn ich mit dem Portier rede? Wenn hier ein Mörder rumläuft, möchte ich nicht, dass er auf dich aufmerksam wird.«

»Lieb gemeint, mein Schatz, aber es wäre besser, wenn du dich nicht zu offensichtlich für den Mord interessierst. Wenn Kommissar Steinhagen erfährt, dass das Siegel aufgerissen wurde, und hört, dass du erst Ehrenstein und dann Nimrod auf den Mord angesprochen hast, kann er eins und eins zusammenzählen. So leicht solltest du es ihm nicht machen.«

Wolff war voller Bewunderung. »Du hättest eine sensationelle Karriere bei der Polizei gemacht!«

»Vielleicht«, wiegelte sie ab.

Später, als sie das Licht ausgemacht hatten, kuschelte er sich an sie heran. Da lachte sie. Für Wolff hörte es sich etwas schadenfroh an.

»Freundchen, du denkst doch nicht ernsthaft, dass mir nach Romantik ist. Erstens hast du mich hintergangen, du Schuft. Und zweitens ist die Nacht kurz genug, und ich muss morgen früh auf Zack sein, um deinen Kopf aus der Schlinge zu ziehen. Gute Nacht, also!«

21. KAPITEL

»Ich verstehe immer noch nicht«, meinte Wolff schließlich. Der Doktor sah sich unruhig um. »Hier lang!«, kommandierte er ungehalten. »Kommen Sie!«

Die beiden Männer bogen in die Strandpromenade ein, Doktor Gruber mit eiligem Schritt, dicht gefolgt von Wolff. Er hatte den ganzen Morgen nach dem Mediziner Ausschau gehalten, doch weder in den Gängen des Hotels noch im Speisesaal war er ihm begegnet.

Wolff hatte gerade seinen Kaffee ausgetrunken, da hatte er Doktor Gruber endlich entdeckt: Der Mediziner hatte vor dem Hotel gestanden, doch anstatt wie üblich gemächlich eine Zigarette zu paffen, war er unruhig auf und ab gegangen.

»Da sind Sie ja, mein Freund!«, hatte Wolff jovial das Gespräch eröffnet, doch Doktor Gruber war alles andere als gut gelaunt gewesen.

»Kommen Sie!«, hatte er ihn aufgefordert. Der sonst so ausgeglichene Doktor war durch die gewundenen Gassen geeilt, die Hauptstraße hinunter bis zum Strand und mehr als ein unablässig wiederholtes »Kommen Sie! Nun kommen Sie doch schon!« war nicht aus ihm herauszubekommen.

An der Promenade wandte sich der Arzt zu Wolff um.

»Sehen Sie«, fing er an, verstummte aber sofort, als er bemerkte, dass ihnen zwei Jogger entgegenkamen. »So was aber auch!«, entfuhr es ihm ungehalten, und eilig bog er den kleinen Bohlenweg zum Strand ein. »Ich möchte wissen, was heute los ist! Nirgendwo hat man seine Ruhe«, knurrte er. Nervös fingerte er an seiner Brusttasche. »Ich brauche erst mal eine Zigarette.« Er nestelte eine Packung hervor, zündete sich eine Zigarette an und stieß erschöpft den Rauch aus. »So, mein Guter«, setzte er an. »Sie möchten wissen, wie es mir so ergangen ist seit gestern Morgen. Da haben Sie mir ja etwas Schönes eingebrockt!«

Wolff sah ihn unsicher an.

»Sie meinen, Frau Neuss?«

»Genau die!« Doktor Gruber sog angespannt an seiner Zigarette. »Antonia. Wir waren gleich auf Du. Es war schlimmer, als ich befürchtet habe.«

»Sie sind mit ihr ins Gespräch gekommen?«

»Davon können Sie ausgehen! Dabei wollte ich es ruhig angehen. Immerhin, wir sind ja auch nicht mehr die Jüngsten. Also habe ich sie zum Kaffee eingeladen. Warum mit der Tür ins Haus fallen, nicht wahr? Warum sie daran erinnern, dass sie von Frau von Berg ausgestochen wurde und dass alle im Hotel davon wussten? Warum sie überhaupt sofort mit dieser unanständigen Person und diesem hässlichen Tod konfrontieren? Ich dachte, es könnte gemütlich werden. Sie ging sofort darauf ein.«

Wolff wurde nicht so richtig schlau aus dem Doktor. Er brannte darauf zu erfahren, was sich gestern zwischen seinem Freund und Frau Neuss zugetragen hatte. Aber er wollte den Doktor nicht drängen. Es schien ihm sehr unangenehm.

»Aber wenn sie darauf einging …«, meinte er zögernd. »Das war doch gut, oder?«

»Nun ja.« Der Doktor war verlegen.

»Ich muss zugeben, dass ich mich geschmeichelt gefühlt habe – im ersten Moment. Immerhin, es ist eine Weile her. Ich habe keine Übung in solchen Sachen. Und dass sie so offenherzig zusagte, mit mir gemeinsam Kaffee zu trinken – nun ja. Sagen wir: Ich habe mich etwas mehr zurechtgemacht als sonst üblich. Und ich habe mich gefreut. Aber was dann passierte ... Oh, wir müssen dort vorn abbiegen.« Der Doktor zeigte auf den Weg vor ihnen. »Hier hört der Sandstrand so allmählich auf. Da hinten gibt es nur noch Steine und umgestürzte Bäume, die über die Klippen gefallen sind. Wir werden wohl in den Wald abbiegen müssen.« Damit lenkte er seine Schritte auf einen kleinen Weg, der zwischen fahlen Grasnarben leicht anstieg. Wolff folgte dem Doktor.

»Wohin führt dieser Weg?«, fragte er neugierig.

»Wir kommen zur Teufelsschlucht«, meinte Doktor Gruber. »Und ich sage Ihnen, das passt gut zu dem, was ich Ihnen erzählen möchte. Frau Neuss, also Antonia, erwartete mich um 14.30 Uhr im Foyer. Ich hatte mir ein schönes Café in Binz ausgesucht, wo wir ein bisschen zusammensitzen könnten, aber sie lachte nur. Sie meinte, sie wolle mit mir groß ausgehen. Wie oft böte sich schon die Gelegenheit, sich von einem so schneidigen Gentleman ausführen zu lassen, hat sie gesagt. Ich war natürlich ordentlich geschmeichelt – und noch mehr irritiert. Ja, das war meine Gemütsverfassung, und so blieb sie in den nächsten Stunden. Antonia brachte mich immer mehr aus der Fassung. Zuerst wollte sie nach Bergen. Also spazierten wir zum Bahnhof und nahmen den nächsten Zug. Die ganze Zeit über plauderte sie ohne Pause, und ich kam nicht dazu, das Gespräch auch nur ansatzweise auf unsere Tote oder sonst wie zu lenken. Sie können sich nicht vorstellen, was diese Frau schwatzen kann!« Der Doktor seufzte schwer. »In Bergen ging es zum Marktplatz. Der liegt erstaunlich hoch. Ich dachte ja, dass Rügen vollständig flach wäre, aber Bergen liegt wirklich auf einen Berg. Ich gebe zu, dass ich ordentlich aus der Puste war, als wir endlich auf dem Markt ankamen. Das müssen diese verdammten Zigaretten sein. Irgendwann bringen sie mich noch um. Und ich schwöre Ihnen: Ich habe mir zwischendurch tatsächlich hin und wieder gewünscht, einen spontanen Herzinfarkt zu erleiden. Das schien mir die einzige Möglichkeit, das Gespräch zu beenden. Antonia gab überhaupt keine Ruhe! Und was für eine Kondition diese kleine Frau hat! Mit einer bemerkenswerten Energie nötigte sie mich zu einem Spaziergang um den alten Klosterbezirk und die Marienkirche, und immer redete sie ohne Punkt und Komma. Im Café am Markt war ich völlig hinüber.« Abrupt blieb er stehen und zündete sich eine weitere Zigarette an. »Der Kaffee war gut, der Kuchen auch und Antonia wurde etwas gemütlicher.«

»Und das war Ihre Gelegenheit?«, fragte Wolff.

Doktor Gruber wich seinem Blick aus.

»Es ergab sich irgendwie nicht. Ich weiß, es hört sich lächerlich an. Wir saßen da fast zwei Stunden, und ich wusste nicht, wie ich sie auf Nimrod und Frau von Berg ansprechen sollte. Ich wäre mir glatt schäbig vorgekommen.« Langsam ging er weiter. »Danach sind wir spontan in die Sporthalle der Grundschule gegangen, zu einer Ausstellung des Vereins der Kleintierzüchter.«

»Sie nehmen mich auf den Arm!«, entfuhr es Wolff, aber der Doktor schüttelte den Kopf. »Wie gesagt, ich kann mir das alles auch nicht erklären. Plötzlich standen wir zwischen lauter Kaninchen und Hennen und Gänsen, und sie steckte den Finger durch die Gitterstäbe und kicherte, wenn ein Huhn danach pickte. Eine unglaubliche Frau. So viel Energie – kaum zu stoppen!« Der Doktor machte einen verstörten Eindruck. Er lächelte versonnen, doch seine Augen zeigten einen tiefen Schrecken. Noch immer wusste Wolff nicht, was den sonst so ausgeglichenen Gemütsmenschen so aus der Fassung gebracht hatte.

»Als wir die Ausstellung verlassen hatten, war es dunkel. Wir beschlossen, in Bergen zu essen, und fanden ein schönes Restaurant. Später fuhren wir zurück nach Binz und nahmen in einer Bar ein, zwei Absacker. Nun ja …« Er zögerte. »Um es kurz zu machen, hatte ich heute Morgen endlich die Möglichkeit, meine Kleidung zu wechseln.«

»Wie?«, fragte Wolff erstaunt. »Sie sind die ganze Nacht in dieser Bar geblieben?«

»Nein, ich verbrachte die Nacht bei ihr.« Der Doktor sah ihn verschmitzt von der Seite an. »Hätten Sie gedacht, dass mir als eingefleischten Junggesellen so etwas passieren könnte? Ich sicher nicht.«

Wolff fühlte sich unangenehm berührt. Doktor Grubers Bericht hatte einen unerwarteten Ausgang genommen.

»Und – na ja – wie geht es Ihnen damit?«, fragte er nachdenklich. »Ich meine, unterm Strich scheint es ein netter Abend gewesen zu sein.«

»Ich weiß nicht recht«, meinte der Doktor. »Immerhin bin ich nicht grundlos alleinstehend. Ich habe meine Gründe! Und nun lasse ich mich bei der erstbesten Gelegenheit von dieser Frau einfangen – diesem ausgemachten Plappermaul – und komme nicht dagegen an. Ich erkenne mich nicht wieder.« Erneut hielt er abrupt an. »Das ist übrigens die besagte Teufelsschlucht.« Er deutete auf den Graben vor ihnen. »Fragen Sie mich nicht, welche Legende an diese kleine Vertiefung geknüpft ist. Ich weiß es nicht. Im Grunde ist es nur eine größere Senke. Mit etwas Übung könnte man sicher drüber springen. Aber möchte man es wagen? Wohl eher nicht. Die Vernunft sagt die unvermeidliche Knöchelprellung voraus. Trotzdem ist man versucht, es zu tun. Der Kopf sagt nein, der Bauch ja. Wem soll man folgen? Diese Frage stelle ich mir den ganzen Tag schon.«

Wolff nickte stumm. Er hatte dem Doktor kaum zugehört.

»Sie haben Frau Neuss also nicht befragt?«

Doktor Gruber erwachte aus seinen Gedanken. »Es tut mir leid. Es ergab sich nicht. Ich fürchte, an mir ist ein lausiger Detektiv verloren gegangen.«

»Sei's drum!« Wolff winkte ab. »Inzwischen spricht einiges dagegen, dass Frau Neuss etwas mit der Sache zu tun haben könnte.« Der Doktor sah ihn fragend an. »Sie ist zu vermögend, um Frau von Berg in die Tasche zu greifen. Und genau das hat unser Mörder anscheinend getan.«

»Das freut mich – für Antonia und für Sie«, fügte er eilig hinzu. »Damit sind Sie der Aufklärung des Mordes zumindest einen kleinen Schritt nähergekommen. Und Sie sind auch nicht enttäuscht von meinem kläglichen Versagen?«

Wolff schmunzelte.

»Keineswegs. Ich wundere mich nur, dass Sie es so eilig hatten, aus dem Ort zu kommen. Sie sind ja geradezu geflohen. Da hatte ich schon gedacht, dass Sie mir etwas besonders Brisantes anvertrauen wollten.«

»Das nicht. Ich muss gestehen, dass ich Antonia seit dem

Morgen aus dem Weg gehe. Mir ging das gestern alles etwas zu schnell. Ich weiß noch gar nicht, ob ich den Sprung in die Honigfalle wagen soll. Können Sie das verstehen?«

»Sicher, aber Sie wissen doch, dass Sie Frau Neuss nicht ewig ausweichen können. Und dass Sie ihr eine Antwort schulden.«

»Natürlich. Aber etwas Bedenkzeit darf ich mir doch ausbitten. Immerhin hatte ich bislang ein recht ruhiges Leben. Ich habe gefasst in Richtung Ruhestand geblickt und sonst nichts. Wer hätte gedacht, dass ich noch einmal Herzrasen bekommen sollte, ohne dass Bluthochdruck dahintersteckt!«

Er schnipste die Kippe in den Graben und steckte die Hände in die Taschen.

»Ich dachte ja immer, ich könnte mich bei diesen Kabalen und Lieben aus dem Verkehr ziehen und als Junggeselle friedlich außen vor bleiben. Aber je mehr ich drüber nachdenke, umso sicherer bin ich mir, dass es das größte Unglück an diesen Frauen ist, dass es eben doch nicht ohne sie geht.« Er lachte auf, verschluckte sich und sein Anflug von Galgenhumor ging in einem trockenen Husten unter.

»Na schön, gehen wir langsam zurück«, meinte er, als er sich gefangen hatte. »Mal schauen, wohin mich Antonia heute entführen möchte.«

Später im Hotel wurden sie von Julia empfangen.

»Da seid ihr ja!«, rief sie ungeduldig aus. »Herr Doktor, ich möchte Sie nicht beunruhigen, aber Sie werden erwartet.«

»Tatsächlich?«, hauchte Doktor Gruber und zog sich umständlich den Mantel aus.

»Dringend sogar«, bestätigte Julia.

Wolff kam es so vor, als wäre der Doktor um die Nase blasser geworden.

Julia lächelte den Mediziner schelmisch an.

»Von einer Dame.«

»So, so.« Er versuchte, möglichst gelassen seinen Schal in einem Mantelärmel zu verstauen, doch es gelang ihm nicht. »Was es nicht alles gibt!«

»Und diese Dame hat schon im ganzen Hotel nach Ihnen gesucht und jeden gefragt, wo Sie nur stecken.«

Doktor Gruber sah sie fassungslos an.

»Jeden? Im ganzen Hotel? So ernst ist es also! Herr Wolff, Sie werden mich entschuldigen.« Plötzlich hatte er es eilig. »Ich befürchte, während meiner kleinen Bedenkzeit wurden Tatsachen geschaffen.« Damit trat er an die Rezeption, ließ sich von dem Portier seine Zimmerschlüssel aushändigen und eilte die Treppe hinauf.

»Was hat er denn?«, fragte Julia verwundert. »Glaubst du, ich habe ihn verärgert?«

»Nein, nein, überhaupt nicht«, beruhigte Wolff sie. »Ihm ist nur bewusst geworden, dass sein Junggesellendasein ernsthaft in Gefahr geraten ist.«

»Und das gefällt ihm nicht?«

Wolff blickte nachdenklich auf die Treppe, wo der Doktor verschwunden war.

»Ich denke, doch. Er weiß es nur noch nicht genau.« Er seufzte schwer. »Ich habe einen enormen Gewaltmarsch hinter mir. Doktor Gruber ist mit mir im Stechschritt fast bis Sellin gerannt. Ich brauche jetzt eine Pause. Du glaubst gar nicht, wie sehr ich mich auf ein kleines Nickerchen freue.« Damit ging er auf Ehrenstein zu, der sich schon nach dem Schlüsselbord umdrehte.

»Oh nein, Herr Ehrenstein«, rief Julia. »Lassen Sie mal.« Der Portier sah sich mit einem fragenden Blick zu ihr um, dann nickte er und widmete sich wieder seinen Unterlagen. »Stefan, mir ist viel lieber nach einem kleinen Spaziergang. Lass uns doch ein bisschen die Beine vertreten, ja? Bei dem schönen Wetter.«

»Ja, aber können wir den denn nicht am Nachmittag machen?«

»Nein«, meinte sie mit Nachdruck und zog ihn von der Rezeption fort. »Wo es doch so schnell dunkel wird.« Wolff fügte sich widerwillig. Kaum hatten sie das Hotel verlassen, knuffte ihn Julia vorwurfsvoll in die Seite. »Du bist mir ja ein schöner Ermittler! Jede Sekunde kann irgendwer vom Personal das aufgerissene Siegel entdecken und du willst dich auf die faule Haut legen!«

»Aber ich habe doch ermittelt«, wehrte sich Wolff.

»Und was hast du herausgefunden? Frau Neuss hat sich den Doktor Gruber geangelt. Das hat ihn so aus der Fassung gebracht, dass er sie nicht zu Frau von Berg oder Nimrod ausgefragt hat.«

»Woher weißt du das?«

Julia holte tief Luft. »Hätte er sie an ihren ehemaligen Liebhaber oder ihre Konkurrentin erinnert, wäre sie wohl ziemlich verstimmt gewesen. Sicher hätte sie dann nicht mit ihm den ganzen Tag und offenbar auch die Nacht verbracht. Aber das ist auch egal«, brach sie ab.

»Wieso das?«

»Weil du vorher wusstest, dass der Mörder finanzielle Motive hatte. Deshalb wurde Frau von Berg ausgeraubt. Und mit ihrem Keksimperium im Rücken hat es Frau Neuss wohl kaum nötig, der Toten in die Tasche zu langen. Unterm Strich hat uns deine sogenannte Ermittlung also überhaupt nicht weitergebracht.«

Wolff überlegte.

»Na ja, so gesehen …«, meinte er ausweichend.

»Aber zum Glück hast du ja mich, mein Schatz«, sagte sie vergnügt. »Ich habe herausgefunden, was Nimrod an dem Morgen gemacht hat, als Frau von Berg ermordet wurde.«

Wolff sah sie groß an.

»Du hast schon mit Ehrenstein gesprochen?«

»Natürlich – wie ausgemacht. Und es war so einfach. Er tut ja immer so akkurat und pflichtbewusst, aber er ist eben auch enorm schwatzhaft. Das kommt wahrscheinlich davon, dass er den ganzen Tag so allein an der Rezeption steht. Da nutzt er jede Gelegenheit, irgendwie ins Gespräch zu kommen. Also, pass auf: Ehrenstein schwört Stein auf Bein, dass Nimrod am fraglichen Morgen nicht zum Frühstück erschienen ist.«

»Sondern?«

»Er hat schon vorher das Hotel verlassen. Und er hatte es eilig. Ehrenstein erinnert sich genau.«

»Und das hat er nicht der Polizei gesagt?«, fragte Wolff ungläubig.

Julia schüttelte den Kopf. »Wozu auch? Es halten ja alle Herrn von Berg für den Mörder. Aber deine Vermutung könnte natürlich auch stimmen. Nimrod wird von seiner Geliebten abserviert, er bringt sie um und beraubt sie – und macht sich panisch aus dem Staub. Später, als er sich beruhigt hat, erfährt er, dass Herr von Berg festgenommen wurde. Also kommt er in das Hotel zurück, um keine Aufmerksamkeit zu erregen. Außerdem kann er über den Portier die weiteren Entwicklungen aus nächster Nähe verfolgen und ist deshalb jederzeit in der Lage, stiften zu gehen, falls es doch noch nötig sein sollte. Nimrod und Ehrenstein haben nämlich eine besondere Beziehung, musst du wissen.«

»Wirklich?«

»Ja. Der feine Herr Nimrod nutzt den Portier nämlich als eine Art Sekretär und lässt ihn laufend irgendwelche Karten besorgen, Tische reservieren oder Auskünfte einholen. Dabei hat Nimrod die beste Gelegenheit, sich über alle Vorgänge im Hotel zu informieren. Du weißt ja, wie schwatzhaft Ehrenstein ist.«

»Das bedeutet aber umgekehrt auch, dass er so gut wie sonst keiner weiß, wo sich Nimrod gerade aufhält«, schloss Wolff.

Julia nickte.

»So auch heute. Das gibt dir die Möglichkeit, ihn rein zufällig zu treffen und unauffällig ins Kreuzverhör zu nehmen. Und rate mal, wo es hingehen soll!«

»Wieder ins Kurhaus nach Baabe?«

Julia zog eine Schnute.

»Ehrlich, etwas mehr Fantasie hätte ich dir schon zugetraut. Nein, Nimrod verbringt den ganzen Tag offenbar in Putbus. Zumindest hat er sich bei Ehrenstein über die heutigen Veranstaltungen dort informiert. Aber das konnte ich dir unmöglich im Hotel erzählen, wo Ehrenstein einen halben Meter entfernt die Ohren spitzt.«

Sie waren in der Hauptstraße angekommen. Wolff fragte sich, wie oft er in den vergangenen Tagen schon durch diese kleine, von weiß getünchten Hotels umstandene Straße gegangen war. Binz, wurde ihm bewusst, war wirklich ein sehr kleiner Ort.

»Aber wie kann uns das weiterhelfen? Er könnte überall in Putbus sein. Wir können doch nicht die ganze Stadt nach ihm absuchen. Ein bisschen größer als Binz ist Putbus schon.«

»Das stimmt natürlich«, gab Julia zu. »Aber Nimrod hat für 15 Uhr einen Tisch im Badehaus Goor und eine Karte für die Abendvorstellung im Theater reserviert. Du hast also gleich zwei Orte, wo du ihn treffen wirst. Ich schlage vor, du hältst dich lieber an das Badehaus. Ich sehe dich eher mit einem Stück Kuchen als im Theater.«

»Was steht denn auf dem Spielplan?«

»Ehrenstein meinte, sie geben Ödön von Horváths *Zur schönen Aussicht*. Aber mal ehrlich, macht das einen Unterschied?«

Er lachte.

»Nein, da hast du recht.«

»Außerdem hoffe ich, dass du so bald wie möglich aus Putbus zurückkommst. Immerhin sind wir im Urlaub, auch wenn du schon am ersten Tag in einen Mordfall reingestolpert bist. Und zumindest den Abend würde ich gern mit dir verbringen.«

»Bis drei Uhr ist noch etwas Zeit«, meinte er. Julia sah auf ihre Armbanduhr.

»Kurz vor zehn«, murmelte sie. »Da könnten wir noch etwas zusammen unternehmen, und wenn du nach Putbus fährst, gehe ich zu dieser Susi, du weißt schon. Die unten im Hotel diesen kleinen Wellnesstempel hat. Dort lasse ich mir die Nägel machen, und wer weiß, was sie noch so im Angebot hat.«

Wolff schaute sich lustlos in der Straße um.

»Und was machen wir bis dahin?«

Julia überlegte nur kurz.

»Einen Ausflug!«, erklärte sie entschieden. »Ich weiß da was, das dich bestimmt begeistern wird. Quasi als Revanche für die kleine Bootstour gestern.«

»Na schön«, meinte er. »Und wo soll es hingehen?«

»Lass dich überraschen«, sagte sie mit geheimnisvoller Stimme. »Nur so viel: Ich fahre!«

22. KAPITEL

Kaum eine Stunde hatte die Fahrt gedauert. Sie waren quer über die Insel gefahren, hatten die Rügenbrücke passiert und waren ab Stralsund dem Küstenverlauf nach Osten gefolgt. Im Hafen von Greifswald hatten sie den Wagen geparkt und standen nun mitten auf dem Markt der alten Hansestadt. Die Rathausuhr zeigte kurz nach elf an.

»Ist es nicht schön hier?«, staunte Julia und sah sich um. »Überall diese großen Bürgerhäuser – und alle so herrlich herausgeputzt! Und weißt du, was das Beste ist?« Sie gab ihm einen Kuss auf die Wange. »Wir entdecken beide diese Stadt zum ersten Mal. Genau deshalb wollte ich hierher: Damit du etwas zum Erkunden hast und nicht schon irgendetwas drüber gelesen hast. Alles ist neu und unbekannt. Das ist doch toll, oder?«

»Schon«, gab er zu. »Aber was genau kann man hier machen?«

Julia deutete auf das Rathaus.

»Schau mal, es ist an alles gedacht. Dort ist gleich die Tourist-Information. Komm, wir holen uns Inspiration.«

Sie gingen auf das Rathaus zu, durchschritten den mittleren der drei gotisch anmutenden Torbögen des rot getünchten Gebäudes und betraten die Stadtinformation. Hier verloren sie sich zwischen zahlreichen Auslagen und Aufstellern, die mit Ansichtskarten, Hotelverzeichnissen, Büchern und Stadtplänen zu Greifswald übersät waren. Julia blätterte in einem prächtigen Bildband, der das alte

Greifswald um die Jahrhundertwende zeigte, während Wolff versuchte, eine Faltkarte, die er interessiert aufgeklappt hatte, wieder richtig zusammenzulegen. Da sprach ihn plötzlich eine Frau in einem blauen Kostüm an.

»Kann ich Ihnen helfen?«

Wolff zuckte zusammen. Er hatte nicht bemerkt, dass sie sich ihm genähert hatte.

»Gleich«, meinte er nervös und mühte sich mit dem Stadtplan ab. »Es ist aber auch gar nicht so einfach. So. Wie neu«, fügte er hinzu und legte den Plan beiseite. »Eigentlich sind wir auf der Suche nach ein paar Tipps. Sie wissen schon: was man unbedingt gesehen haben sollte.«

»Da gibt es einiges«, erklärte die Frau freundlich. »Wie lange möchten Sie in Greifswald bleiben?«

»Nur für ein paar Stunden«, räumte Wolff ein. »Wir bräuchten also nur die Highlights.«

»Verstehe«, sagte sie gedehnt. »Tja, allgemein lohnt sich ein kleiner Rundgang durch die Altstadt. Da können Sie die typisch norddeutsche Architektur bewundern. Wenn Sie an Geschichte interessiert sind, sollten Sie unbedingt das Pommersche Landesmuseum besuchen. Wenn es eher in Richtung Kunst gehen soll, kann ich Ihnen das Caspar-David-Friedrich-Zentrum empfehlen. Sie kennen doch Caspar David Friedrich?«

»Natürlich«, beeilte sich Wolff zu versichern. »Den hatte ich schon in der Schule.«

»Tatsächlich?«, fragte sie angetan.

»Ja, wir hatten eine sehr ambitionierte Deutschlehrerin.«

»So«, meinte sie, etwas reserviert. Wolff spürte, dass er wohl etwas daneben getippt hatte. Dieser Friedrich, so schien es, war anscheinend doch kein Schriftsteller. Hilfe suchend sah er sich nach Julia um. »Interessierest du dich für …« Er überlegte, wie er es formulieren sollte. »… Kunst? Dann gäbe es hier ein Museum.«

Julia kam näher. »Klingt gut. Was steht noch zur Auswahl?«

Die Frau hob die Hand auf Brusthöhe und zählte an den Fingern ab. »Das Pommersche Landesmuseum also und das Caspar-David-Friedrich-Zentrum. Dazu kann ich Ihnen den Dom ans Herz legen und natürlich die Klosterruine Eldena.«

Wolff merkte, dass Julia ihn forschend ansah. Offenbar versuchte sie herauszufinden, welche Sehenswürdigkeit ihn besonders ansprach. Aber bislang überzeugte ihn nichts so richtig.

Als hätte sie seine Gedanken erraten, fragte sie: »Gibt es etwas, das nur so zum Anschauen ist – ohne große Geschichte drum herum? Ich glaube, diese Sehenswürdigkeiten sind für unsere kleine Stippvisite ziemlich schwere Kost.«

Diese Frage schien die Frau keineswegs zu überraschen.

»Also einmal Greifswald im Vorübergehen, gewissermaßen? Ja, doch, da weiß ich was«, setzte sie an. »Für den Anfang empfehle ich einen kurzen Spaziergang bis zum Dom. Keine Angst, er liegt nur wenige Schritte hinter dem Marktplatz. Dabei kriegen Sie einen schönen Eindruck von dem mittelalterlichen Stadtkern. Dann halten Sie sich nach Norden – welche Straße Sie nehmen, ist egal, sie sind alle schön – und in jedem Fall kommen Sie zum Hafen. Dort liegen historische Schiffe, die von der hanseatischen Vergangenheit erzählen. Da finden Sie ein paar Restaurants und Imbisse, wo Sie etwas essen können – Fisch in erster Linie, natürlich, aber nicht ausschließlich.«

»Das klingt gut«, meinte Wolff.

»Das freut mich«, fuhr die Frau fort. »Wenn Sie Hafenambiente mögen, sollten Sie sich unbedingt Wieck anschauen. Das ist ein kleines Fischerdorf direkt am Bodden. Sehr idyllisch. Und die Holländerbrücke ist eine der ältesten überhaupt, die noch in Betrieb ist.«

»Perfekt, das nehmen wir«, beschied Julia freudig und sprach damit Wolff aus dem Herzen.

Kurz darauf, als sie auf den Marktplatz traten, blieb sie plötzlich stehen. »Du, ich weiß, es war meine Idee, hierherzukommen. Aber wäre es sehr schlimm, wenn wir uns den Rundgang durch die Stadt sparen? Ich meine, den Dom sieht man ja schon von hier aus, und die Häuser können doch nicht noch hübscher sein als die hier am Platz. Wir haben wenig Zeit, und um ehrlich zu sein, würde ich lieber gleich nach Wieck. Binz ist offenbar ansteckend. So viel Stadt wie in Greifswald bin ich nicht mehr gewöhnt. Und das nach fünf Tagen, stell dir das mal vor.«

Wolff war damit einverstanden, und so fuhren sie aus der Stadt hinaus und den Ryck entlang, der ruhig zwischen kahlen Feldern nach Osten floss, dem Bodden entgegen. Nach wenigen Minuten hatten sie das kleine Fischerdorf erreicht. Dort stellten sie das Auto am Ortsrand ab und gingen durch die kleinen, gewundenen Straßen auf den Hafen zu. Und mit einem Mal traten die Häuser zurück, und vor ihnen erstreckte sich der Ryck. Sein Wasser war dunkelblau und auch grün, und obwohl der Fluss alles andere als breit war, wirkte er durch die niedrige Häuserzeile am anderen Ufer imposant.

»Wie malerisch«, seufzte Julia angetan. »Und schau mal, da ist ja die Brücke!«

Wolff betrachtete die hölzerne Konstruktion, die mit ihren zahlreichen Zugketten den Hafen überragte. »Das hat was«, meinte er anerkennend. »So urig und auch modern.«

Sie gingen auf die Brücke zu, betraten sie und blieben in ihrer Mitte stehen. Julia lehnte sich an das Geländer und starrte zum Meer hinaus.

»Überleg mal, wie viele Schiffe in all den Jahrhunderten hier entlang gefahren sind«, sagte sie. »Fischerboote, Handelsschiffe, Kriegsschiffe. Sie alle fuhren auf dieses riesige Meer und wussten nicht, was sie da draußen erwartete. Ein Sturm vielleicht oder ein guter Fang, Piraten oder das Geschäft ihres Lebens. Es war immer eine Fahrt ins Ungewisse.«

»Aber sie waren bereit, dieses Risiko einzugehen«, meinte er.

»Und die, die nicht mit hinausfuhren, mussten genauso mit diesem Risiko leben. Sie wussten auch nicht, wer wiederkommt und ob sich die Fahrt gelohnt haben würde. Für sie war das vielleicht noch viel schwerer, weil sie die Fahrt nicht erlebten. Sie mussten warten und hoffen und bangen und konnten sonst nichts tun. Und erst Wochen oder Monate später oder sogar nie erfuhren sie, was aus ihren Leuten geworden war.«

»Ach herrje, Julia«, seufzte Wolff. »Du wirst ja melancholisch.«

»Du hast recht«, meinte sie nachdenklich. »Wir sollten schnell weitergehen.«

Am anderen Ufer fand sich ein Fischimbiss. Julia wählte einen Fischburger, Wolff entschied sich für ein Fischbrötchen mit Lachs.

»Wo wollen wir essen?«, fragte Julia und sah sich suchend um. »Hier zieht es.« Tatsächlich war eine leichte Brise aufgekommen, die sich hier, am offenen Hafen, besonders bemerkbar machte. »Es ist auf jeden Fall nicht das Wetter, um sich irgendwo hinzusetzen.«

»Wir könnten am Fluss entlangschlendern«, schlug Wolff vor, und so gingen sie wieder über die Klappbrücke und spazierten neben dem Wasser aus dem Dorf hinaus. Dabei zählte Julia die Boote, an denen sie vorüberkamen.

»Es ist unglaublich schön hier«, unterbrach sie sich selbst. »So ruhig – und diese Luft erst!«

»Ich rieche nur Fisch«, meinte Wolff und biss in sein Lachsbrötchen.

»Du Spinner!«, lachte sie.

Der Hafen war nicht groß, und sie waren bald an seinem Ende angelangt. Der Ryck verströmte sich in den Bodden, und genauso fließend ging an seiner Seite das Ufer in eine Mole über, die noch einige Meter auf das Wasser hinausführte. Julia und Wolff gingen weiter, bis sie das rund auslaufende Ende der Mole erreicht hatten. Um sie herum erstreckte sich das Meer. Es lag matt und struppig vor ihnen ausgebreitet, darüber vollführte der Himmel ein Wechselspiel aus Wolken und Sonnenschein. Vor dem Horizont breitete sich Rügen grün und dunkel aus.

»Gestern waren wir dort hinten«, meinte Wolff und wies auf den Bodden hinaus. »Mit unserem kleinen Boot, ganz allein.«

»Es ist schön hier«, flüsterte Julia.

»Geradezu atemberaubend«, stimmte er ihr zu. »Das Meer ...«

»Ja, das Meer, der Himmel, die Insel. Du und ich. Es ist wirklich schön hier – mit dir.« Sie schmiegte sich an seine Seite, während er ihre Schulter umschlang. So standen sie für einen Moment still und hingen ihren Gedanken nach.

»Es ist kalt hier draußen«, meinte sie irgendwann und verkroch sich bis zur Nasenspitze in ihren Schal. »Wir sollten langsam zurückgehen.«

»Ja«, stieß er seufzend aus, »und nicht nur nach Wieck. Wahrscheinlich muss ich auch langsam nach Rügen. Um drei in Putbus, nicht wahr? Nicht, dass ich Nimrod am Ende verpasse.«

»Mein kleiner Detektiv«, scherzte sie. »Stell dir mal vor, dass du am Ende recht hättest und Nimrod wirklich der Mörder wäre. Das wäre doch was!«

»Ja, schon«, entgegnete er ausweichend. Er wusste nicht, ob sie sich über ihn lustig machte oder ob sie gar begeistert war von dieser Idee. Beides war ihm unangenehm. »Auf jeden Fall sollten wir den Rückweg antreten. Da fällt mir ein: Wie kommst du eigentlich nach Binz? Ich kann dich ja schlecht mit nach Putbus nehmen.«

»Auf keinen Fall!«, rief sie entschieden aus. »Ich will damit nichts zu tun haben. Es ist schlimm genug, dass du in dieser Sache drinsteckst. Außerdem glaube ich nicht, dass Nimrod besonders gesprächig wäre, wenn wir beide ihn beim Kaffeetrinken überfallen. Nein, das gehst du besser alleine an.«

»Klar, aber wie kommst du nach Binz?«

»Das ist ganz einfach«, meinte sie nachsichtig. »Ich habe dich hergebracht und fahre dich auch wieder zurück nach Rügen. In Putbus trennen sich unsere Wege. Du kannst den Wagen haben …«

»Ja, und du?«

»Ich nehme den *Rasenden Roland*!« Sie lächelte verschmitzt. »Dank deiner Ausführungen weiß ich ja, dass er nach Binz fährt. Und weißt du, ich bin noch nie mit einer Dampflok gefahren. Tja, mein Schatz, dieses Erlebnis entgeht dir dann leider. Das kommt davon, wenn man sich heimlich auf Mörderjagd begibt. Man verpasst die wirklich spannenden Dinge im Leben.«

Spitzbübisch sah sie ihn an.

»Ach, was!«, konterte er launig. »Wir fahren schon noch irgendwann zusammen mit dem *Roland*. Wir sind ja noch ein paar Tage hier.«

»Das mag sein, mein Herr«, entgegnete sie. »Aber so eine Jungfernfahrt kann man nicht wiederholen. Du musst aber nicht traurig sein. Ich verrate dir nicht, wie es war, dann bleibt es für dich aufregend. Und nun los, Herr Nimrod wartet nicht!«

23. KAPITEL

»Das ist er also.« Wolff sah sich um. Da waren sie nun so früh in Putbus angekommen, dass er einen kleinen Abstecher zum Circus von Putbus gemacht hatte – und nun das. Ein größeres und 13 kleinere weiße Häuser, die um einen runden Platz standen. Von Bäumen umstandene Wege führten quer über den Rasen, in dessen Mitte ein Obelisk aufgestellt war.

Wolff ging an der Häuserzeile entlang, doch egal, aus welcher Perspektive er den Platz betrachtete, er konnte sich nicht so recht für ihn begeistern. In den Reiseführern, die er gelesen hatte, war der Platz in den allerhöchsten Tönen beschrieben worden. Aber so sehr er sich auch bemühte, dem Arrangement etwas abzugewinnen: Am Ende waren es einfach nur ein paar im Kreis aufgestellte Häuser. Schließlich blieb er stehen.

»Und deswegen der ganze Zirkus?«

Da hörte er ein Lachen hinter sich. Er drehte sich um und sah einen älteren Mann, der mit federndem Gang aus einem der Häuser getreten war.

»Ein amüsantes Wortspiel«, meinte er, »wenngleich natürlich naheliegend. Aber sicherlich hört man es nicht allzu oft. Die meisten Besucher sind begeistert von dem Circus.«

»Ich wollte nicht … also, das ist schon schön«, beeilte sich Wolff zu versichern, aber der andere winkte nur lachend ab.

»Lassen Sie mal gut sein. Lieber ein skeptischer Beobachter als ein ahnungsloser Bewunderer.« Damit reichte er Wolff die Hand.

»Ich verrate Ihnen etwas. Sie müssen diesen Platz aus verschiedenen Blickwinkeln betrachten, um ihn zu verstehen.«

Wolff ergriff die ihm dargebotene Hand.

»Sind Sie sich sicher? Ich bin von der Zufahrtsstraße bis hierher gegangen.« Er blickte zu dem Haus zurück, aus dem der Mann gekommen war. »Bis zur Nummer zehn. Die Hälfte vom Platz hab ich umrundet, aber er sieht immer gleich aus.«

»Da haben Sie eine wesentliche Eigenschaft des Circus erkannt. Die Grünfläche mit ihren Wegen und Bäumen ist absolut symmetrisch. Aber das meinte ich nicht, als ich vom Blickwinkel sprach. Sie müssen den Platz auch von einem historischen und kulturellen Standpunkt betrachten. Viele Besucher denken, der Circus sei nur ein Rondell. In den Reiseführern steht, es sei den englischen Badeorten nachempfunden und das letzte, das in Europa angelegt wurde. Nun ja, das Rondell ist ein hübsches Kleinod, aber zum Circus gehören neben der Grünfläche auch die Häuser drum herum. Was können Sie da erkennen?«

Wolff sah ihn verdutzt an. Er fühlte sich plötzlich an seinen Schulunterricht erinnert. Kamen sich seine Schüler auch so überrumpelt vor, wenn er ihnen unvermittelt solche offenen Fragen stellte, um das Gespräch auf einen bestimmten Punkt zu führen?

Er betrachtete den Mann genauer. Wolff schätzte ihn auf etwa 60. Er war hochgewachsen und schlank und seine Bewegungen zeugten von einer gewissen, wohldosierten Energie. Trotz seines grau melierten Haars wirkte er zeitlos jung geblieben, der gut sitzende, aber schlichte Anzug verriet eine unaufdringliche Eleganz. Er war sicher nicht ein pedantischer Oberlehrer, der mit seinen unverblümten Fragen Wolff eine intellektuelle Falle stellen wollte. Nein, dieser Mann schien von unverfälschter Freundlichkeit zu sein, ein uneitler Bildungsbürger der alten Schule, der sich in Putbus vielleicht im Kulturausschuss vom Stadtrat engagierte. Kurz, der Mann wirkte so sympathisch, dass Wolff beschloss, sich auf das kleine Spielchen einzulassen. Er überlegte: Was also sah er, wenn er sich umschaute?

»Ich sehe Häuser«, setzte er an. »Alle sind recht kantig, mit klaren Strukturen und wenig Verzierungen.«

»Recht typisch für den Klassizismus«, führte der Mann aus. »Man orientierte sich damals an den Werten der Antike. Mathematische Präzision statt überflüssiger Schnörkel. Nüchterne Symmetrie statt Extravaganzen. Das war mehr als Architektur, das war ein politisches Statement.«

»Aber dieses eine Haus fällt aus dem Rahmen«, warf Wolff ein und deutete an den Rand der Zufahrtsstraße. »Das ist gut doppelt so groß wie alle anderen ringsum.«

»Das stimmt. Aber warum diese Unwucht? Warum wird die Gleichmäßigkeit, die den Platz bestimmt, so offensichtlich durchbrochen? Nun, die Lösung ist einfach. Dort war das Pädagogium eingerichtet. Indem ausgerechnet dieses Gebäude unter allen anderen so deutlich heraussticht, wurde der Wert der Bildung unterstrichen. Diese überdimensionierte Größe des Gymnasiums erlaubte es außerdem, dass viele Schüler unterrichtet werden konnten. Denken Sie nur, Putbus wurde 1810 gegründet – und gerade einmal rund 20 Jahre später entsteht diese imposante Schule für den höheren Bildungsweg. So betrachtet, zeigt der Circus, welche Ideale Fürst Wilhelm Malte zu Putbus verfolgte, als er hier, zwischen Wald und Sumpfland, seine Residenzstadt aus dem Boden stampfte.«

»Das muss ein interessanter Mensch gewesen sein«, gab Wolff zu.

»Er war ein Mann des Umbruchs – und die bedeutendste Persönlichkeit, die Rügen hervorgebracht hatte. Als er geboren wurde, gehörte die Insel zu Schweden. Dann kam sie unter Napoleon an die Franzosen, später an die Dänen und zuletzt an Preußen. Dass Rügen heute zu Deutschland gehört, hat auch mit Fürst Wilhelm Malte zu tun, der sich dafür in Berlin stark machte.«

»Also ein Politiker und Stadtgründer«, fasste Wolff zusammen.

»Sie müssen beides zusammendenken«, erklärte der Mann. »Indem der Fürst in Putbus eine Stadt nach der Mode der Zeit baute und befreundete Adlige bis zum preußischen König einlud, lenkte er überhaupt erst das öffentliche Interesse auf Rügen. Bis dahin war das nur eine schwedische Insel mit ein paar Bauern darauf, mehr nicht. Der Fürst war es, der dem preußischen Hof gezeigt hat, wie schön es ist und wie gut es sich hier leben lässt. Auch deshalb hat er das Schloss bauen lassen und die Kultur nach Rügen geholt. Drüben am Marktplatz ist durch ihn ein Theater entstanden.«

»Alles schön und gut, aber das ist längst Vergangenheit«, wehrte Wolff ab. »Ohne Ihnen zu nahe treten zu wollen, aber das Schloss wurde abgerissen, das Theater – nun ja – ist auch nicht mehr das Massenmedium Nummer eins und Putbus zwar eine recht hübsch restaurierte Kleinstadt, aber nicht gerade ein deutsches Monaco. Dieser Fürst war sicher bedeutend in seiner Zeit – aber heute? Ein Fall für die Heimatgeschichte.«

Der Mann lachte.

»Da haben Sie recht – auf den ersten Blick zumindest. Aber wussten Sie, dass es Fürst Wilhelm Malte war, der unten in Lauterbach den ersten Badeort einrichtete? Jaja, das gehört zur Geschichte dazu. Der Fürst hat die High Society nach Rügen gelockt, zu Feiern im Schloss, zur Jagd – und zum Baden. Diese Mode hat er sich von den Engländern abgeguckt. Von Lauterbach ging das auf die Orte an der Ostküste über, auf Sassnitz, Binz und Baabe und so weiter. Das wären heute allesamt kümmerliche Fischerdörfer, wenn der Fürst nicht das Baden populär gemacht hätte. Denken Sie nur an all die Touristen! Und die kommen nicht nur wegen der Ostsee her, sie schauen sich auch das an, was der Fürst gebaut hat: den Circus, aber auch das Jagdschloss Granitz und das Badehaus Goor. Sie sehen also, er wirkt bis heute ordentlich nach.«

Der Mann lachte glucksend vor sich hin. Er war mit sich und seinen Ausführungen offenbar sehr zufrieden. Wolff aber sah auf die Uhr. Die Erwähnung des Badehauses hatte ihn daran erinnert, weshalb er eigentlich nach Putbus gekommen war. Halb drei. Gut möglich, dass Nimrod schon im Café war. Wolff musste sich beeilen, wenn er ihn nicht verpassen wollte.

»Es tut mir leid, wenn ich das Gespräch so abrupt beenden muss«, entschuldigte er sich. »Es war sehr interessant, aber ich muss weiter, zu genau dem Badehaus, das Sie gerade genannt haben.«

»Oh, dann will ich Sie nicht länger aufhalten«, meinte der Mann. »Ich hoffe, ich habe Sie nicht allzu sehr gelangweilt mit meinen Ausführungen. Aber wenn man mit der

Stadt und der Insel so verbunden ist wie ich, kommt man leicht ins Schwatzen.«

»Es war sehr interessant!«, versicherte Wolff und reichte dem Mann die Hand zum Gruß. »Ich danke Ihnen für die Aufklärung, Herr …?«

»Putbus.«

Wolff stutzte.

»Sie sind …?«

Der Fürst zu Putbus lächelte.

»… nur hier, um meine Mutter zu besuchen.« Damit nickte er Wolff freundlich zu und ging seiner Wege. Wolff sah ihm verblüfft hinterher. Dann brach auch er auf.

24. KAPITEL

Wolff ging zurück zum Markt, wo er seinen Wagen geparkt hatte, und wenige Minuten später fuhr er die Allee entlang, die von Putbus nach Lauterbach führte, dem Viertel am Bodden. Zwischen den Bäumen tat sich linker Hand die kleine Ortschaft auf, Wolff sah den Hafen, das Meer und mittendrin die Insel Vilm. Vor ihm tat sich schließlich das Badehaus auf. Hinter einer begrünten Freifläche nahm eine säulenbestandene Fassade das Blickfeld ein. Wolff parkte seitlich davon. Der imposante Bau umfasste neben dem Hauptgebäude zwei Seitenflügel, die sich zum Ufer hin öffneten. Dem Ort zugewandt, fand Wolff nach kurzem Suchen das Restaurant. Es war gut besucht, der Kellner lotste Wolff zwischen dicht besetzten Tischen hindurch. Emsiges Geplauder erfüllte den Raum wie ein eintöniges Summen.

Wolff sah sich um. Er war etwa 20 Jahre jünger als die meisten übrigen Gäste. Er kam sich alt vor. Der Kellner räumte das Geschirr von dem eben verlassenen Tisch und bat Wolff, Platz zu nehmen. Während der Kellner die Tischplatte abwischte und das Blumengesteck zurechtrückte, bestellte Wolff einen Kaffee und ließ sich das Kuchenangebot aufsagen. »Haben Sie auch etwas ohne Sahne?«, fragte er.

Der Kellner nickte.

»Schwarzwälder Kirschtorte.«

»Dann davon ein Stück.«

Als der Kellner gegangen war, sah sich Wolff im Restaurant um. Niemand nahm von ihm Notiz, nirgendwo war ein vertrautes Gesicht. Obwohl er mitten unter anderen Menschen saß, fühlte er sich plötzlich sehr allein. Was Julia wohl in diesem Augenblick machte? Melancholisch rührte er durch seinen Kaffee, obwohl er weder Milch noch Zucker zugegeben hatte.

Draußen vor dem Fenster lag das Meer. Zwischen den weißen Gardinen zogen manchmal kleine Schiffe über den Fensterrahmen, dem Hafen von Lauterbach zu. Dann passierte wieder für endlos lange Momente nichts.

Wolff arbeitete sich mechanisch durch das Tortenstück. Dabei schaute er sich öfter um, aber Nimrod ließ auf sich warten. Es war viertel vier, dann 20 nach 15 Uhr. Die Zeit verging schleppend, das Tortenstück wurde nicht kleiner. Wolff schmeckte Alkohol und Zucker und ein bisschen Kirsche. Bei der Hälfte gab er auf. Als der Kellner vorbeikam und fragend auf den Teller schaute, fühlte Wolff, wie er rot wurde.

»Ja, das kann weg«, murmelte er betreten.

»Hat es Ihnen nicht geschmeckt?«, fragte der Kellner routiniert.

»Schon, es war bloß ein bisschen mächtig.«

Der Kellner erwiderte nichts, nahm den Teller auf und war zwischen den Tischen verschwunden.

Wolff lehnte sich zurück. 25 nach 15 Uhr. Vielleicht hatte sich Ehrenstein geirrt. Vielleicht hatte Julia ihn falsch verstanden und Wolff war umsonst hierhergekommen. Er tat sich leid, weil ihm das Warten schwerfiel.

Der Kaffee wurde kalt. Je weniger in der Tasse war, umso häufiger huschte der Kellner um Wolffs Tisch. Er fühlte sich bedrängt. Bald würde er noch etwas bestellen müssen, um seine Daseinsberechtigung zu behalten. Dabei hatte er überhaupt keinen Durst. Er hatte gerade überhaupt keine Empfindung. Er fühlte sich nur leer, ohne Gedanken, Bedürfnisse, Gefühle. Wolff wusste nicht, ob er diesen Zustand gut finden sollte. Ihm tat nichts weh, aber trotzdem war ihm unbehaglich zumute. Vielleicht brauchte er ein Hobby.

Da endlich kam Nimrod. Er tauchte unvermittelt in Wolffs Blickfeld auf und elektrifizierte ihn sofort. Vergessen war jede Abgeschlagenheit. Aufmerksam verfolgte er, wie der neue Gast zu einem Tisch am Fenster geführt wurde und seine Bestellung aufgab. Als der Kellner gegangen war, rückte Nimrod seine Krawatte zurecht und zeigte sein desinteressiertes Gesicht den übrigen Gästen. Als er Wolff erblickte, verformten sich seine Lippen zu einem gezwungenen Lächeln.

Wolff hob die Hand kurz zum Gruß, Nimrod nickte zurück. Das war Wolffs Chance. Er hatte keine Ahnung, was Nimrod vorhatte, wie lange er bleiben würde, ob er jemand erwartete. Von einem Augenblick auf den nächsten konnte die Gelegenheit, mit ihm ins Gespräch zu kommen, verstreichen. Wenn er irgendetwas aus Nimrod herausbekommen wollte, musste er schnell handeln – und notfalls etwas penetrant sein, auch wenn ihm das zuwider war.

»Also schön, mein Freund«, murmelte er vor sich hin. Damit erhob er sich und ging zu Nimrod hinüber.

»Hallo, Herr Nachbar«, rief er freundlicher, als ihm war. »So sieht man sich wieder! Ich darf doch?« Ohne eine Antwort abzuwarten, setzte er sich dem verblüfften Nimrod gegenüber. »Ich war gerade in Putbus, ein bisschen Kultur tanken – und was hat Sie hierher verschlagen?«

»Gewissermaßen dasselbe«, meinte Nimrod kurz angebunden.

»So?«, hakte Wolff nach. »Was könnten Sie mir denn empfehlen? In diesem Teil der Insel kenne ich mich noch nicht so gut aus.«

Der Kellner kam und servierte Nimrod einen Cappuccino.

»Für mich bitte noch einen Kaffee«, sagte Wolff launig. Der Kellner nickte und ging.

Nimrod zupfte grazil ein Zuckertütchen auf.

»Um ehrlich zu sein …«, setzte er an, doch Wolff fiel ihm ins Wort.

»Sie erwarten jemanden, nicht wahr?«

»Im Gegenteil.« Nimrod sah ihn mit einem durchdringenden Blick an. »Ich hatte mich eigentlich auf etwas Ruhe gefreut«, meinte er langsam, wobei er jede Silbe übermäßig betonte. Wolff wusste, dass er nicht mehr lange geduldet werden würde.

»Das kann ich gut verstehen bei dem Trubel im Hotel!« Er beugte sich vertraulich über den Tisch. »Natürlich, die Polizei hat ja den Mörder längst geschnappt. Aber einfach so tun, als ob nichts gewesen wäre – das geht ja auch nicht. Ich sage Ihnen, jeden Abend, wenn wir zurück ins Hotel kommen, überläuft mich ein kalter Schauder bei dem Gedanken, was passiert ist.«

Er machte eine Pause, doch Nimrod ging nicht darauf ein. Er nippte an seiner Tasse und sah zum Fenster hinaus.

»Sie kannten Frau von Berg etwas näher, wie man hört«, schob Wolff nach. Da traf ihn wieder Nimrods kalter Blick.

»So? Sagt man das?«, fragte er knapp.

»Na ja«, wich ihm Wolff aus. In diesem Moment brachte der Kellner den Kaffee. Diesmal verrührte Wolff sehr umständlich Milch und Zucker, wusste er doch, dass er Nimrods ungeteilte Aufmerksamkeit hatte.

»Wer sagt denn das?«, bohrte der nach.

Wolff zuckte mit den Schultern. »Ach, das fiel beiläufig in irgendeinem Gespräch. Ich bin mir nicht sicher …«

»Leeres Geschwätz!«, knurrte Nimrod.

»Vielleicht war es der Portier …«

Nimrod schnaubte höhnisch aus. »An Ihrer Stelle würde ich absolut gar nichts auf Ehrensteins Gerede geben!«

»Oder war es dieser Kommissar?«, fuhr Wolff mit gespielter Gleichgültigkeit fort. »Aber das ist eigentlich auch egal, nicht wahr?«

Nimrod rückte sich nervös zurecht.

»Na schön, dann lassen Sie mich etwas klarstellen. Katharina von Berg war eine flüchtige Bekannte. Ihr tragischer Tod hat mich erschüttert. Auch deshalb bin ich hier – um etwas Abstand zu gewinnen. Und um offen zu sein: Ich werde die *Villa Doris* in den kommenden Tagen verlassen und mich in Putbus einquartieren. Das alles belastet mich zu sehr.«

»Eine flüchtige Bekannte also«, wiederholte Wolff. »Da habe ich aber anderes gehört. Um ehrlich zu sein, ist es ein offenes Geheimnis, dass Sie und Frau von Berg deutlich inniger verbunden waren.«

»Und wenn es so wäre – ginge Sie das rein gar nichts an!«, wies ihn Nimrod zurecht, doch Wolff ließ sich nicht beirren. Er hatte ihn genau da, wo er ihn haben wollte.

»Ich möchte ehrlich zu Ihnen sein: Ihre Geschäfte interessieren mich überhaupt nicht. Ich möchte trotzdem ein paar kleine Ereignisse benennen. Vielleicht erkennen Sie einen gewissen Zusammenhang. Sie und Frau von Berg haben eine Affäre. Am Abend vor ihrer Ermordung flirten Sie mit ihr im Speisezimmer. Alle übrigen Hotelgäste werden Zeugen davon. Wenig später verlassen Sie beide kurz nacheinander den Raum. Es folgt ein heftiger Streit in ihrer Suite. Am nächsten Morgen wird Frau von Berg umgebracht.«

»Moment mal!«, rief Nimrod aufgebracht. »Die Polizei hat ihren Mann verhaftet.«

»Das mag sein, aber nur aufgrund von Indizien. Es ist eine Vermutung, nicht mehr. Soviel ich weiß, liegen keine Beweise gegen ihn vor, sonst wäre es uns längst erlaubt worden, die Insel zu verlassen. Aber dem ist nicht so. Wir müssen uns allesamt der Polizei zur Verfügung halten.«

»Weil er halt noch nicht gestanden hat!«, rief Nimrod halblaut.

»Weil er es gar nicht gewesen ist?«, fragte Wolff geradeheraus. »Herr von Berg musste am Morgen der Tat erst geweckt werden. Ich habe ihn kennengelernt. Er ist in manchen Momenten aufbrausend, aber wäre er auch so kaltblütig, einen Mord zu begehen und sich anschließend ins Bett zu legen? Wohl kaum! Natürlich hätte er auch vortäuschen können, dass er schlief – aber mal ehrlich: Hätte er die Nerven dafür gehabt? Ich glaube, nicht. In Wahrheit hat er den Mord an seiner Frau schlichtweg verschlafen. Sie dagegen …«

»Was?«, fuhr ihn Nimrod an.

»Sie haben sich ziemlich seltsam verhalten. Noch vor dem Frühstück haben Sie das Hotel verlassen. Wenig später wurde Frau von Berg tot auf ihrem Zimmer gefunden …«

Nimrod erbleichte. »Das hat nichts miteinander zu tun, das schwöre ich!«

Wolff zuckte bloß mit den Schultern. »Ich könnte mir

vorstellen, dass Kommissar Steinhagen das anders sieht. Auf jeden Fall wird er ein paar Fragen an Sie haben.«

»Na schön, Sie verdammter Schnüffler«, presste Nimrod zwischen zusammengekniffenen Lippen hervor. »Ja, Sie haben recht. Katharina und ich hatten eine Affäre. Das wollten Sie doch hören, oder? Es begann im vergangenen Jahr, auch in Binz, und in dieser Saison fing es wieder an. Da war dieses Knistern, diese Leidenschaft – da brauchen Sie gar nicht so dreckig zu grinsen! Für Sie bin ich wahrscheinlich nur ein berechnender Gigolo, aber mit Katharina war es etwas anderes. Es war … mehr als das. Sie hatte diese Aura. Sie war keine dieser vergessenen Ehefrauen, die sich in Selbstmitleid ersäufen. Ihr Ehemann umgurrte sie, aber das war ihr nicht genug. Sie war hungrig nach Leben, nach Extravaganz und dabei ausgesprochen großzügig.«

Wolff verfolgte mit einem leicht zynischen Lächeln Nimrods nostalgische Erzählung.

»Aber dann …«, warf er drängend ein.

»Dann war es aus. Genau an diesem Abend vor ihrem Tod hat sie die Sache beendet. Aus heiterem Himmel. Gerade noch ein offener Flirt und im nächsten Moment … Natürlich wusste ich, dass sie launisch war und dass sie mit den Leuten umsprang, wie es ihr gefiel. Aber doch nicht mit mir! Aber an diesem Abend erklärte sie mir, dass sie sich verändern wollte, dass sie sich erneuern und verjüngen wollte.«

»Wie das?«

»Ich weiß nichts Genaueres. Den Anfang sollte wohl eine Augenoperation machen.«

»Eine was?«

»Oh, sie litt an Alterssichtigkeit. Eigentlich hätte da eine einfache Lesebrille genügt. Aber sie wollte das Ding nicht die ganze Zeit über mit sich herumtragen. Das war ihr lästig. Sie wollte sich stattdessen lieber die Augen lasern lassen und sich auch von einigen anderen Altlasten trennen, wie sie es nannte. Ich hatte keine Ahnung, dass sie mich damit meinen könnte! Sie nannte mich – baufällig. Ich höre es noch: Ihr Mann sei zwar ein Langweiler, aber ich sei noch viel schlimmer. Ich verspräche das Abenteuer, sei aber in Wahrheit nur ein – ausstaffierter Frührentner. So hat sie mich genannt.«

»Und das hat Sie wütend gemacht?«

Nimrod sah ihn verständnislos an. »Vor allem hat es mich beschämt. Mich von den eintönigen Ehemännern zu unterscheiden, ist mein ganzes Kapital!«

»An uns allen geht die Zeit nicht spurlos vorüber«, warf Wolff ein.

»Und wenn schon! Ich kämpfte, ich flehte und umwarb sie, aber umsonst. Sie hatte sich entschieden. Und mehr noch: Das Biest forderte plötzlich ihr Geld zurück. Sie meinte, sie hätte investiert, sei unzufrieden und würde nun reklamieren. Als ich mich weigerte, drohte sie mir mit ihrem Mann. Ihm wollte sie die Rechnungen vorlegen: unsere überschäumende Zweisamkeit, pingelig festgehalten in Zahlungsbelegen von Herrenausstattern, Restaurants, Eintrittskarten … Sie wollte ihm einreden, dass sie mir das Geld nur geliehen hätte, und es mit seinen Anwälten bei mir eintreiben. So war sie, die gute Katharina von Berg. Da ließ sie ihre Maske fallen!«

»Um welchen Betrag ging es denn?«

Nimrod hob geringschätzig eine Augenbraue. »Ein paar wenige 100, kaum mehr als 1.000 Euro, alles in allem. Auf jeden Fall keine Summe, über die es sich zu sprechen lohnte. Ein lächerlicher Betrag!«

»… den Sie aber trotzdem nicht parat hatten.«

»Natürlich nicht«, echauffierte sich Nimrod. »Wer hebt schon Geld auf, wenn man es ausgeben kann!«

»Und deshalb haben Sie sie umgebracht. Weil Sie keinen anderen Ausweg sahen!«

Nimrod fuhr zusammen. Dann rappelte er sich schnell wieder auf.

»Nein!«, raunte er empört. »Ich … ich hab mich aus dem Staub gemacht. Ich wollte für eine Weile unauffindbar sein, damit niemand irgendwelche Forderungen stellen konnte. Deshalb habe ich am Morgen nach unserem Auseinandergehen im Streit das Hotel in aller Frühe verlassen.«

Wolff kniff die Augen zusammen. »Ohne Gepäck?«

»In Panik! Als ich später zurückkam, um es zu holen, war Katharina tot. Ich nehme stark an, dass sie zwischen unserem Streit und ihrer Ermordung keine Gelegenheit hatte, mit ihrem Mann zu sprechen. Immerhin wurde er quasi direkt aus dem Bett verhaftet.«

»Sieht so aus«, meinte Wolff vage. »Wo waren Sie an diesem Morgen, als Frau von Berg ermordet wurde?«

Nimrod zog sein Portemonnaie hervor und kramte in den Zetteln, die in allen Fächern der Lederbörse steckten. Er warf einen kurzen Blick auf Wolff.

»Ja, was schauen Sie denn so? Quittungen sind wichtig! Was ich Katharina nicht vorgelegt habe, kommt zum Steuerberater. Irgendwo lässt sich alles absetzen. Ah, da haben wir ihn ja.« Er zog einen Beleg hervor. »Da!«, meinte er und reichte ihn Wolff über den Tisch hinweg. »Sehen Sie? Ein Kaffee und zwei belegte Brötchen bei der Bäckerei *Horn* in der Bahnhofstraße, gleich hinter der Kirche. Schauen Sie auf die Uhrzeit. Die machen um sechs Uhr früh auf, ich war der erste Kunde. Man läuft etwa eine Viertelstunde bis dorthin. Sie sehen also, ich habe ein wasserdichtes Alibi für die Tatzeit. Sie können gern die Verkäuferin fragen. Es war die Frau des Chefs, sehr angenehm. Sie wird bezeugen können, dass ich da war. Sie können es also drehen und wenden, wie Sie mögen, es bleibt dabei: Ich war definitiv nicht im Hotel, als Katharina ermordet wurde.«

»Sieht so aus«, meinte Wolff wieder. »Aber warum haben Sie die Quittung nicht dem Kommissar gezeigt?«

Nimrod zuckte mit den Schultern.

»Bislang hatte niemand die Dreistigkeit, mich zu verdächtigen. Und außerdem schadet so etwas dem Ruf. Schon ein bloßer Verdacht kann tödlich sein. In so einem Ort wie Binz macht das schnell die Runde – zumindest in den Kreisen, in denen ich für gewöhnlich verkehre. Man kennt sich, verstehen Sie?«

Wolff nickte langsam.

»Damit sind Sie wohl tatsächlich aus dem Schneider«, murmelte er.

»So pietätlos es klingen mag, aber mit Katharinas Tod hatten sich meine Probleme schlagartig gelöst. Also blieb ich im Hotel. Alles andere hätte verdächtig ausgesehen. Und damit ist meine Geschichte zu Ende.« Wolff gab ihm die Quittung zurück. »Die würde ich behalten«, sagte er lächelnd. »Das war möglicherweise das wertvollste Frühstück Ihres Lebens.«

Nimrod lächelte säuerlich. Betont würdevoll erhob er sich. »Ich nehme an, dass Sie nichts dagegen haben, mein Getränk zu bezahlen. Nicht, dass ich so knapp bei Kasse wäre. Aber da Sie mir ja nicht zufällig über den Weg gelaufen sind, ist es nur fair, wenn Sie mich für dieses lästige Verhör entschädigen.« Damit wandte er sich um.

»Eine Frage noch, Herr Nimrod!«, rief Wolff. »Warum haben Sie sich diesen Tisch reservieren lassen?«

Nimrod sah ihn kühl von oben herab an. »Sie haben absolut keine Ahnung! Natürlich rechne ich damit, dass Ehrenstein all meine Termine ausplappert. Und um so ausgelasteter ich wirke, umso kostbarer erscheint die Zeit, die ich jemandem widme. Kennen Sie nicht den Spruch ›Willst du gelten, mach dich selten‹? Also wirklich!«

Und ohne einen Gruß ließ er Wolff zurück und bahnte sich einen Weg durch die dicht gestellten Tische.

25. KAPITEL

Als er Binz erreichte, war die Dämmerung bereits angebrochen. Wolff lenkte den Wagen über das Kopfsteinpflaster und parkte vor dem Hotel. Er hatte Hunger, er war müde und verärgert. Seine beiden Verdächtigen waren entlastet. Antonia Neuss kam als Raubmörderin kaum infrage und Nimrod hatte für die Tatzeit ein Alibi. Damit stand Wolff wieder am Anfang seiner Ermittlungen. Wer hatte Frau von Berg umgebracht – und warum? »Am Ende hat es gar nichts mit der Affäre zu tun«, murmelte er vor sich hin, als er den Motor abstellte.

Nachdenklich stieg er aus dem Auto. Im gleichen Moment öffnete sich die Hoteltür, und zwei Polizisten kamen mit ernster Miene auf ihn zu. Es waren nicht Hennings und Meinecke, Wolff hatte diese beiden noch nie zuvor gesehen.

»Stefan Wolff?«, fragte einer der Männer kurz angebunden. Wolff bejahte. »Kommen Sie bitte mit«, forderte der Polizist ihn auf.

»Ja, aber … wohin denn?«, fragte Wolff verdutzt.

»Herr Steinhagen hat ein paar Fragen an Sie«, meinte der andere.

Wolff lächelte unsicher.

»Aber warum dieses Aufsehen? Ich wäre auch ohne Ihre Begleitung zur Polizeistation gekommen.« Die Polizisten zeigten sich unbeeindruckt.

»Bitte kommen Sie mit uns«, beharrte der Mann und

wies auf den Einsatzwagen, der an der Straßenecke parkte. Wolff fühlte sich nicht unsanft, aber bestimmt am Arm gepackt und mitgezogen.

»Also wirklich!«, knurrte er. »Was sind denn das für Methoden?«

»Stefan!«, hörte er hinter sich Julias Stimme. »Stefan! Oh, mein Gott!« Er wandte sich zu ihr um, doch schon war der zweite Polizist zwischen sie getreten.

»Ich muss Sie bitten zurückzubleiben«, fuhr er Julia an. »Bitte behindern Sie nicht diesen Polizeieinsatz.«

»Na, hören Sie mal!«, rief Julia empört, doch es half ihr nichts. Der Polizist ließ sich von ihrem Protest nicht beeindrucken.

»Ist schon gut, Julia!«, beruhigte Wolff sie, als sein Begleiter die Autotür öffnete. »Ich komme schon klar. Ich bin bald wieder da. Das kann ja nicht lange dauern.« In diesem Moment legte der Polizist die Hand auf den Kopf und schob ihn in den Wagen hinein. Kurz darauf brauste der Polizeiwagen an dem Hotel vorbei, hinter dessen Scheiben im Erdgeschoss Wolff die wohlbekannten Gesichter der anderen Gäste sehen konnte. Zu seiner Überraschung fuhren sie nicht in den Ortskern, zur Wache, sondern hielten auf die Landstraße zu.

»Das ist eine unglaubliche Frechheit«, rief Wolff erbost. »Ich werde mich bei Ihrem Vorgesetzten beschweren, bei Kommissar Steinhagen persönlich! Mich einfach so abzuführen wie einen Verbrecher! Wohin fahren wir überhaupt?« Doch die beiden Polizisten reagierten nicht. Sie waren auf den Straßenverlauf konzentriert, und Wolff gab sein Wüten bald auf.

Sie fuhren über Bergen und weiter nach Osten, quer über die Insel. Wenige Tage zuvor erst waren Julia und

Wolff in entgegengesetzter Richtung nach Binz gefahren, ihrem Urlaub entgegen. Sie hatte sich Entspannung gewünscht, er hatte auf ein bisschen Romantik gehofft. Und was war daraus geworden! Schwer seufzend lehnte er sich an die Rückbank.

Es war dunkel, als sie den Rügendamm überquerten. Rechts davon leuchtete die Stadt, am Ufer erhob sich das mächtige Ozeaneum. Linkerhand überragte die Werft den Hafen. Im nächsten Augenblick tauchte der Wagen in das Straßengewirr der Stadt ein, schlängelte sich zielsicher über die vielen Kreuzungen und hielt schließlich vor einem alten Bürogebäude.

»Das Kriminalkommissariat?«, fragte Wolff ungläubig, als er die Beschilderung neben der Eingangstür las. Aber die Polizisten schwiegen eisern, als sie ihn durch das Treppenhaus und die Flure des Gebäudes führten, bis sie endlich vor einer Bürotür hielten. Einer der Beamten klopfte. Es dauerte etwas, bis sich in dem Zimmer etwas regte. Steinhagen öffnete die Tür, blickte auf Wolff, dann zu den beiden Beamten.

»Danke, Jungs«, sagte er ruhig. »Ich übernehme.« Die Männer grüßten und machten kehrt, Wolff und Steinhagen blieben zurück. »Darf ich bitten?«, fragte der Kommissar und wies Wolff an einzutreten.

Steinhagens Büro sah aus, als wäre es gerade erst bezogen worden. Das Linoleum glänzte matt im grellen Licht der Neonröhren. Die Tapete, die Schränke, der Schreibtisch: Alles war in demselben zeitlosen Weißton gehalten, der genauso gut gelb sein konnte. Das Büro wirkte seltsam steril auf Wolff, ohne dass er sofort erkannte, woran das lag. Erst im zweiten Moment fiel ihm auf, dass in den Fenstern keine Blumen standen, dass der Schreibtisch vollkommen leer war. Nicht einmal eine Ablage fand sich dort, geschweige denn ein Bilderrahmen. In diesem Büro gab es nichts Persönliches, das irgendwelche Rückschlüsse auf den Kommissar zuließ. Im Gegensatz zu dem kargen Büro prangte über dem Schreibtisch ein raumfassendes Gemälde. Es war sehr dunkel gehalten und zeigte einen mit Teppichen an Boden und Wänden ausgekleideten Raum. Vor einem umgeworfenen Sessel kniete ein Mann mit gruselig weit aufgerissenen Augen. In seinem Armen hielt er einen anderen, jüngeren Mann, der im Sterben lag. Mit einer Hand zog ihn der Alte an sich heran, mit der anderen bedeckte er die Kopfwunde, aus der dem Sterbenden das Blut über die Wange lief. Es schien Wolff, als küsste der Alte den anderen. Dabei sah er starr in weite Ferne, als würden ihm die Folgen dieses Todes bewusst – oder als sei er der Wirklichkeit entrückt und dem Wahnsinn verfallen.

Die Blutspritzer auf seiner Stirn: Er war zweifellos der Täter dieses Verbrechens. Die Tatwaffe lag vor den beiden Männern auf dem Teppich: ein Spazierstock. Der Alte musste den Jüngeren in voller Wut niedergestreckt haben, der so stark blutenden Wunde nach zu schließen. Auf diesen unbändigen Zorn war das tiefe Entsetzen gefolgt, mit dem der Mann – am Ende gar der Vater – den Sterbenden an sich gepresst hatte. Ein Schauder lief Wolff über den Rücken.

»Haben Sie das ausgesucht?«, fragte er den Kommissar.

Steinhagen besah das Bild nur kurz.

»Nein, das hing hier schon«, meinte er flüchtig. »Nehmen Sie doch Platz!«

Wolff setzte sich auf den Stuhl, der vor dem Schreibtisch stand.

»Schon interessant«, sagte er. »So düster.«

»Ja«, entgegnete der Kommissar flüchtig, als er hinter dem Tisch Platz nahm. »Das ist Iwan der Schreckliche, wie er seinen einzigen Sohn ermordet. Ich konnte mich noch nicht entschließen, es abzuhängen – seit fast 20 Jahren schon. Aber die Auswahl im Kommissariat ist ziemlich begrenzt. Die Alternative wäre ein französischer Impressionist, und so weit bin ich noch nicht, dass ich mir diesen Kitsch ins Büro hänge. Aber nun zu Ihnen.« Er sah Wolff durchdringend an. »Ich nehme an, Sie wissen, warum ich Sie herbestellt habe?«

Wolff rutschte unruhig auf seinem Stuhl umher. Der plötzliche Themenwechsel hatte ihn kalt erwischt.

»Ich denke, Sie wollen noch mal eine Zeugenbefragung ...«

»Eine Zeugenbefragung? Sicher nicht«, unterbrach ihn Steinhagen. Er hatte den Kopf auf beide Hände abgestützt und massierte seine Stirn. Dabei hielt er den Blick gesenkt. »Ich zähle das in wahlloser Reihenfolge auf. Siegelbruch – das macht nach Paragraf 136 des Strafgesetzbuchs bis zu einem Jahr Haft. Behinderung von Ermittlungsarbeiten – nach Paragraf 257 bis zu fünf Jahre Gefängnis. Und wenn wir herausgefunden haben, was Sie in der Suite von Frau von Berg entwendet haben, macht das nach Paragraf 243 noch mal eine Freiheitsstrafe von bis zu zehn Jahren. Ganz ehrlich, Herr Wolff!« Der Kommissar schaute ihn an. »Das sieht nicht gut aus für Sie! Hatte ich Ihnen nicht dringend geraten, sich nicht in unsere Arbeit einzumischen? Und da haben Sie nicht Besseres zu tun, als sich mal eben im Zimmer des Mordopfers umzusehen.«

Wolff wagte ein kleines Lächeln.

»Ich weiß nicht, was Sie meinen.«

»Ach, hören Sie doch auf!«, fuhr ihn Steinhagen an. »Aus dem Hotel bekamen wir heute Morgen die Meldung, dass sich jemand an dem Siegel zu schaffen gemacht hat.«

»Und wie kommen Sie da auf mich?«

»Das ist doch naheliegend, oder? Sie waren der Einzige, der sich nicht mit Herrn von Berg als Täter zufrieden gegeben hat. Sie haben schon vorher herumgeschnüffelt. Also wirklich! Da müssten Sie mich schon für ziemlich beschränkt halten, wenn ich nicht sofort an meinen besonderen Lehrer gedacht hätte.«

Wolff tat gelassen.

»Haben Sie denn Fingerabdrücke gefunden?«

Der Kommissar lachte kernig auf.

»Ein ganz Schlauer, was? Mensch, Fingerabdrücke sind doch von gestern. Den Jungs von der Spurensicherung reicht eine mikroskopisch kleine Fussel von Ihrem Handschuh, und schon haben wir Sie dran! Damit haben Sie nicht gerechnet, oder?«

»Nun ja …« Wolff zögerte. »Nehmen wir mal an, ich wäre tatsächlich derjenige, der in das Zimmer …«

»Ach, hören Sie auf mit diesen Spielchen!« Steinhagen erhob sich wütend. Für einen kurzen Moment hatte er eine gewisse Ähnlichkeit mit Iwan dem Schrecklichen, der hinter ihm an der Wand hing. »Das ist doch sonnenklar, dass Sie bei der Toten eingestiegen sind! Haben Sie sich mal gefragt, wie das für einen Außenstehenden aussehen muss? Da wimmelt es nur vor Auffälligkeiten. Es ist ja nicht nur der Einbruch!«

»Ich weiß ehrlich nicht, was Sie meinen.«

»Dann darf ich Ihr Gedächtnis auffrischen«, meinte Steinhagen aufgebracht. »Zuerst halten Sie sich am Tatort auf, als die Kollegen vom Streifendienst dort eintreffen. Denen reden Sie ins Wort und entfernen sich erst nach dringender Aufforderung. Dann sind Sie für den Rest des Tages nicht mehr aufzufinden. Als Sie wieder auftauchen und ich Sie rein routinemäßig als Zeuge befrage, kritisieren Sie erneut die Kollegen und meine Vorgehensweise. Wieder fallen Sie negativ auf – und am folgenden Tag sind Sie komplett untergetaucht.«

»Wir waren in Schweden.«

»Das wird ja immer besser! Man könnte glatt denken, Sie wollten sich etwas dilettantisch ins Ausland absetzen.«

»Das nicht. Nur waren *Sie* meiner Freundin negativ aufgefallen, und wir wollten ein bisschen Abstand haben zu den Ereignissen – und Ihnen.«

Steinhagen stutzte kurz. Dann fuhr er unvermindert fort. »Ich wiederhole: Für einen Außenstehenden ist das alles mehr als dubios. Wenn Sie nicht gerade verschwunden sind, stören Sie die Polizeiarbeit, immer wieder. Erst heute haben Sie die Insel verlassen, obwohl ich Ihnen das ausdrücklich untersagt hatte – wie allen Gästen der *Villa Doris*.«

»Das kam spontan. Ich war noch nie in Greifswald«, versuchte Wolff sich zu erklären, doch Steinhagen ließ sich nicht beschwichtigen.

»Und wenn Sie zum Mond gefahren wären! Merken Sie denn nicht, wie auffällig Sie sich benehmen – von außen betrachtet? Man könnte glatt denken, dass Sie selbst der Mörder sind und nachträglich irgendwelche Spuren beseitigen wollten. All diese verdächtigen Momente. Und nicht zuletzt waren Sie zur Tatzeit im Hotel.«

Wolff war fassungslos.

»Wollen Sie mir etwa einen Mord anhängen?«

»Nein, natürlich nicht. Ich möchte Ihnen bloß vor Augen führen, wie seltsam Sie sich verhalten.«

»Also halten Sie mich nicht für den Mörder?«

»Nein«, stieß Steinhagen verärgert aus. »Dafür sind Sie zu sehr – Lehrer wahrscheinlich. Man muss Sie ja nur fünf Minuten kennenlernen, um zu sehen, dass Sie nicht das Zeug zum Gewalttäter haben. Aber wie liest sich das in meinem Bericht, hm? Da steht zusammengefasst, dass Sie sich ziemlich merkwürdig, wenn nicht gar verdächtig verhalten. Und das zwingt mich natürlich zum Handeln. Ich kann schließlich nicht seelenruhig zuschauen, wie Sie permanent die Ermittlungen durchkreuzen. Also bleiben mir nur zwei Möglichkeiten.« Er setzte sich wieder und schwieg sich aus. Dabei beobachtete er Wolff, der sich trotz des konzentrierten Blicks nichts anzumerken lassen versuchte.

Julia hat recht gehabt, dachte Wolff, es war eine ausgemachte Dummheit gewesen, in die Suite einzusteigen.

»Entweder klären Sie mich sofort über Ihre kleinen Ermittlungen auf – und zwar komplett, Herr Wolff – oder ich muss Sie wegen Behinderung der Polizeiarbeit aus dem Verkehr nehmen. Das hieße konkret, dass ich Sie sofort einbuchten würde. Wenn ich Sie nach Paragraf 70 Absatz 2 der Strafprozessordnung in Erzwingungshaft nehme, kann ich Sie bis zu sechs Monate wegstecken. Ein Anruf beim Staatsanwalt reicht da. Also – es ist Ihre Entscheidung.«

Immer noch blickte er Wolff scharf an. Der kniff die Augen zusammen. Klar, er müsste nun doch mit der Sprache herausrücken. Der Kommissar hatte ihn durchschaut und clever in die Ecke gedrängt. Deshalb das ganze Theater, dachte Wolff. Dieses Gespräch hätten sie auch in der Polizeiwache von Binz führen können. Aber hier, im Kommissariat von Stralsund, wirkte die Drohkulisse deutlich besser. Steinhagen wollte den Eindruck erwecken, als könnte er ihn tatsächlich kurzerhand festsetzen – und er ließ keinen Zweifel daran, dass er alle Hebel in Bewegung setzen würde, um genau das zu erreichen. Trotzdem zögerte Wolff. Konnte er diesem Kerl vertrauen? Würde er Wolffs Überlegungen ernst nehmen? Oder würde er sich trotz aller Einwände an Joachim von Berg als Täter festklammern?

»Na schön«, setzte Wolff vorsichtig an. Dabei behielt er sein Gegenüber fest im Blick. Der Kommissar sah ihn ebenso gebannt an. »Meine Freundin und ich sind am Tag vor dem Mord angereist. An diesem Abend habe ich die anderen Gäste zum ersten Mal gesehen – im Speisesaal vom Hotel – und sie zumindest flüchtig kennengelernt. Es war nicht zu übersehen, wie offensiv Frau von Berg mit Herrn Nimrod kokettierte und dadurch ihre Affäre öffentlich machte. Ihr Mann unternahm nichts, um das zu unterbinden. Im Gegenteil, er ließ sich von ihr herumstoßen wie ein Lakai und besorgte ihr noch einen Schal, den sie dann doch nicht wollte. Die reinste Schikane – und geradezu skurril, wenn man bedenkt, wer er eigentlich ist.«

»Ein vielfacher Millionär«, führte Steinhagen aus. »Sie schildern da eine zwar komische, doch irgendwie heile Welt. Die Frau betrügt selbstverständlich ihren Mann, der das ohne jeden Einwand hinnimmt. Aber trotzdem gab es an diesem Abend zwei Streits, in die Frau von Berg verwickelt war.«

»Ja«, bestätigte Wolff. Langsam gewann er seine Selbstsicherheit zurück. »In der ersten Auseinandersetzung trennte sie sich von Nimrod. Sie hatte genug von ihm und forderte ihr Geld zurück. Sie drohte damit, alles ihrem

Mann zu beichten und das Geld durch ihn einzutreiben. Damit hätte sie Nimrod vernichtet – denn sein Metier lebt ja von der Verschwiegenheit. Keine Frau der besseren Gesellschaft hätte sich mehr mit ihm abgegeben, wenn sein Ruf als Gigolo bekannt geworden wäre.«

»Ich verstehe«, murmelte der Kommissar nachdenklich. »Das macht ihn natürlich hoch verdächtig. Aber woher wissen Sie das alles?«

»Nimrod hat es mir erzählt.«

»Warum sollte er sich selbst verdächtig machen – ausgerechnet Ihnen gegenüber? Ich meine, uns hat er nichts von all dem gesagt.«

Wolff lächelte verschmitzt.

»Ich habe ihn ein, zwei Mal gestört, als er eine neue Bekanntschaft gesucht hat. Ich denke, ich war ihm sehr lästig. Aber als Täter kommt er nicht infrage«, fügte er eilig hinzu. »Er ist nicht der Typ für solche groben Angelegenheiten.«

»So, so«, meinte Steinhagen. »Und das sagt Ihnen Ihr Gefühl, oder was?«

»Das auch, aber vor allem kann Nimrod beweisen, dass er nicht im Hotel war, als Frau von Berg ermordet wurde. Er hat zur Tatzeit in einer Bäckerei gefrühstückt. Sein Alibi ist ziemlich wasserfest. Der Portier kann bestätigen, dass Nimrod nicht im Haus war. Er selbst hat eine Quittung vom Bäcker und die Verkäuferin ziemlich genau beschrieben, die ihn bedient haben soll. Ich denke, eine kurze Befragung der Frau bestätigt, dass er zum fraglichen Zeitpunkt dort gewesen ist. Nein, Nimrod war sicher nicht der Mörder.«

Der Kommissar kratzte sich nachdenklich am Kopf. Dabei geriet sein ohnehin struppiges Haar noch mehr durcheinander.

»Na schön«, sagte er schließlich. »Dann spricht doch alles für Herrn von Berg. Im zweiten Streit an diesem Abend gerieten die Eheleute aneinander. Es ging um ihre Affäre. Frau Tiberius hat ausgesagt, dass er dabei äußerst erregt gewesen ist. Sie haben mir das bestätigt. Ich wüsste nicht, was daran zu rütteln wäre. Er hat sie wegen ihrer Affäre im Streit erwürgt. Oder sehen Sie das anders?«

»Auf den ersten Blick sieht es tatsächlich danach aus«, entgegnete Wolff. »Aber ist das nicht komisch? Beim Abendessen flirtet seine Frau, und er weist sie in keiner Weise zurecht. Und ein paar Stunden später rastet er deswegen vollkommen aus – um sie am nächsten Morgen eiskalt zu ermorden und sich anschließend seelenruhig ins Bett zu legen. Sie haben ihn doch in den letzten Tagen hier gehabt – macht Herr von Berg auf Sie den Eindruck, dass er so ein abgebrühter Typ wäre? Ich denke, nicht.«

»Na, sieh mal einer an!« Der Kommissar lehnte sich weit in seinem Stuhl zurück und verschränkte die Arme vor der Brust. Ein zynisches Lächeln umspielte seine Lippen. »Sind Sie etwa unter die Psychologen gegangen?«

»Das nicht, aber ich war bei dem Streit dabei. Mal abgesehen von Frau Tiberius, die da nicht mehr nüchtern war, bin ich der einzige Zeuge«, trumpfte Wolff auf. Er grinste herausfordernd. »Ich bin das Beste, was Sie in diesem Fall in der Hand haben.«

Steinhagen lachte auf.

»Was Sie nicht sagen! Ich habe einen Mörder mit Motiv und Gelegenheit in Rekordzeit hinter Gittern gebracht. Mit Ihrer Aussage …«

»… haben Sie immer noch kein Geständnis«, meinte Wolff gelassen.

»Und wenn schon! Dann läuft es halt auf einen Indizienprozess hinaus.«

Wolff wischte den Einwand des Kommissars mit einer flüchtigen Handbewegung weg. »Welche Indizien? Dass er als ihr Ehemann einen Schlüssel zu ihrer Suite hatte und dort sicherlich überall seine Fingerabdrücke hinterlassen hat, spricht bestimmt nicht gegen ihn. Und wenn Sie in jedem etwas heftigeren Ehestreit gleich den Auftakt für einen Mord sehen, könnten Sie wahrscheinlich jedes zweite Ehepaar vorsorglich in Haft nehmen. Mal ehrlich, alles in allem ist der Verdacht gegen Joachim von Berg ziemlich dünn begründet. Und mehr noch. Es gibt ein wichtiges Indiz, das sogar klar gegen ihn als Täter spricht.«

Der Kommissar hatte Wolffs Rede schweigend über sich ergehen lassen. Nun horchte er neugierig auf.

»So? Und das wäre?«

Wolff holte tief Luft.

»Frau von Berg wurde bestohlen.«

Steinhagen sah ihn verdutzt an.

»Wie bitte?«

»Sie wurde bestohlen«, wiederholte Wolff kleinlaut. »Schauen Sie gern mal in ihrem Portemonnaie nach. Alle Geldscheine fehlen, obwohl sie laut der Rechnungen regelmäßig größere Beträge in bar bezahlte. Ihr Mann hatte es wohl kaum nötig, sie zu berauben. Und deshalb glaube ich, dass es sich bei ihrem Tod nicht um eine Eifersuchtstat handelt.«

Schweigen. Der Kommissar sah Wolff prüfend an. Dabei begann er, mit seinen Fingern auf die Tischplatte zu trommeln. Schwerfällig und unnachgiebig fielen seine Fingerkuppen auf den Tisch.

»Sie meinen …?«

»Ja. Das war wohl eher ein Raubmord.«

»Und das wissen Sie, weil …?«

»Ja«, gestand Wolff. »Weil ich in die Suite eingebrochen bin.«

26. KAPITEL

Das Meer erstreckte sich in einem milden Blau bis zum Horizont hinaus. Weiter vorn, wenige Meter vor dem Strand, wälzte es sich mühselig in flache Wellen auf, die träge in sich zusammenfielen und eine dünne Gischt an das Ufer spülten.

Ein leichter Wind zog durch die Binzer Bucht. Nur wenige Menschen waren am Strand, als die Sonne draußen, irgendwo aus dem Meer heraus langsam aufging. Ihre ersten, noch schwachen Strahlen fielen flach über die Ostsee und machten sie glitzernd.

Die Straßenbeleuchtung war bereits ausgeschaltet. Der Ort lag still am Strand, und wenn nicht ein paar Autos entlang der Straße zwischen den Bäumen gestanden hätten, man hätte Binz für ausgestorben halten können.

Die beiden Männer gingen langsam die Promenade entlang.

Joachim von Berg hielt seinen Kaffee mit beiden Händen umschlungen. Es war ihm anzusehen, dass er fröstelte, trotz des dicken Mantels, der den kleinen Mann wie Watte umhüllte.

»Haben wir ein Glück, dass dieser Bäcker schon offen hatte«, murmelte er müde über seinen Schal hinweg. »Ohne diesen Kaffee könnte ich keinen Moment länger die Augen offen halten. Was für eine Nacht, Herr Wolff! Was für eine Nacht!«

»Ja«, gab Wolff zurück. Auch er fühlte, dass ihm der Schlaf fehlte. Es war spät geworden in Stralsund. Das

Gespräch in Steinhagens Büro hatte sich hingezogen. Schließlich hatte Wolff seine Aussagen zu Protokoll geben und unzählige Papiere gegenzeichnen müssen, von denen er selbst nicht mehr wusste, worum es sich eigentlich handelte. Der Kommissar hätte das Prozedere sicher abkürzen können, da war sich Wolff sicher. Aber Steinhagen hatte sich hart gezeigt. Das war wohl seine Art gewesen, Wolff für den Einbruch in die Suite und überhaupt das Herumschnüffeln zu bestrafen. Und dafür musste Wolff noch dankbar sein, denn letztlich hatte ihn der Kommissar wegen all dem keine Anzeige aufgebrummt. Die Sache war für ihn recht glimpflich ausgegangen.

Am Ende war es früher Morgen gewesen, als er endlich aus dem Kommissariat entlassen worden war. Joachim von Berg war im gleichen Atemzug auf freien Fuß gesetzt worden, wenn auch mit der Auflage, sich weiterhin zur Verfügung zu halten. Auch Wolff hatte die strikte Anweisung bekommen, Rügen bis auf Weiteres nicht zu verlassen.

»Was denken Sie, Herr Wolff, wen die Polizei nun ins Visier nehmen wird?«

»Ich weiß es nicht.«

»Aber haben Sie denn keine Vermutung?«

Wolff schüttelte den Kopf.

»Mir fällt niemand ein.«

»Und doch muss es jemand gewesen sein«, beharrte von Berg. »Der Kommissar hat uns alle aufgefordert, hier zu bleiben. Das heißt dann wohl, dass er nach wie vor den Mörder oder die Mörderin unter den Hotelgästen vermutet.«

»Hat er Ihnen nichts gesagt?«

»Nein«, antwortete von Berg. »Nur, dass er heute Mittag weitere Befragungen durchführen möchte. Direkt im

Hotel. Damit will er wohl den Druck erhöhen. Er weiß, dass er uns nicht ewig festhalten kann. Frau Tiberius, Frau Neuss, meine Wenigkeit – das sind alles zu bekannte Namen. Das verpflichtet ihn.«

Wolff war sich dessen nicht so sicher. Immerhin hatte er Steinhagen als ziemlich harten Kerl kennengelernt. Der Kommissar wirkte nicht wie jemand, der sich von großen Namen beeindrucken ließ. Herrn von Berg hatte er immerhin auch kurzerhand eingesperrt.

Nachdenklich nahm er einen Schluck Kaffee und verzog angewidert das Gesicht. Er hatte den Zucker nicht gut genug verrührt. Nun musste er diese bittere Brühe trinken, bevor der übersüßte Satz folgte. Trotzdem trank er weiter. Er war zu müde, um auf den Kaffee zu verzichten.

»Wissen Sie, Herr Wolff, ich möchte einfach nur, dass es ein Ende hat. Der Tod meiner Frau, meine Verhaftung – das hat mich alles ordentlich mitgenommen. Ich bin nicht für all diese Aufregung gemacht. Die Zeit im Gefängnis war unerträglich. Und wer weiß: Wenn es erst zu einer Anklage gekommen wäre, hätte sich der Prozess sicher endlos hingezogen, bis meine Unschuld bewiesen worden wäre. Wenn Sie nicht gewesen wären … Ich verdanke Ihnen sehr viel!« Wolff war unangenehm berührt, als sich der Ältere bei ihm unterhakte. »In der Tat, Herr Wolff, ich wünsche mir nichts mehr als einen Moment der Ruhe.« Er sah zur See hinaus. »Ist es nicht schön hier?« Er lachte. »Da fährt man extra hierher, um nah bei der Natur zu sein – und dann beschäftigt man sich am Ende doch wieder nur mit den Menschen.«

»Da haben Sie wohl recht«, meinte Wolff. Er folgte seinem Blick. Hatte er eigentlich jemals das Meer richtig angesehen? Wolff wusste es nicht. »Warum überhaupt Binz?«, fragte er mit einem Mal. Von Berg sah ihn fragend an. »Entschuldigen Sie meine Neugier. Im Grunde geht es mich auch nichts an. Frau Neuss hatte erzählt, dass Ihre Frau quasi im Hotel wohnt. Wenn ich mich recht erinnere, war es St. Moritz im Winter, Nizza im Frühling, Portofino im Sommer und Binz im Herbst.«

Herr von Berg lächelte schmal.

»Ja, das stimmt. So war ihr Jahresplan, immer wieder. Ich wäre ja lieber nach Sanary-sur-Mer gefahren. Das liegt ein wenig weiter südlich – nicht viel, aber es macht doch etwas aus. Aber sie bestand auf Nizza, direkt zwischen Saint-Tropez und Cannes auf der einen Seite und Monaco auf der anderen. Mir war das immer viel zu viel Trubel. Aber sie hat es geliebt. Ich habe immer gescherzt: Sie ist im Jetset und ich bin im Jetlag. So unterschiedlich kann man sein, trotz all der vielen Jahre zusammen.«

»Aber warum Binz?«, fragte Wolff nach. »Das kam mir schon merkwürdig vor, als ich es damals gehört habe. Ich meine, Monaco und Binz – das ist doch nicht dieselbe Liga.«

»Weiß Gott nicht«, pflichtete ihm von Berg bei. »Um ehrlich zu sein, mag ich die Nordsee mehr. Wenn es schon die Küste sein muss, dann lieber Sylt. Ich bin eben eher dort beheimatet als hier. Bei Katharina war es genau umgekehrt und da blieb sie sich treu. Sie kam aus einem dieser kleinen Orte aus dem Hinterland von Binz. Das hat sie mir einmal erzählt, aber hingefahren sind wir nie. Es war ihr wohl peinlich, als würde es nicht mehr zu ihrer neuen Umgebung passen. Und trotzdem fuhr sie immer wieder her, war vernarrt in die Insel. Die ließ sie nicht los. Katharina hat diese oberflächliche Welt der Schickeria geliebt, aber hier auf Rügen war sie zu Hause. Und dass sie in all den Jahren immer wieder hierher zurückgekommen ist, das hat mich irgendwie berührt. Es hat mir gezeigt, dass da etwas in ihr war, das tiefer und echter war als der Glanz und all diese Unsinnigkeiten, mit denen sich Leute den Tag füllen, die zu viel Geld und zu wenig Aufgaben haben.«

»Das hat sie nicht gestört?«, fragte Wolff leise.

»Und wie es mich das getan hat!«, meinte Herr von Berg ruhig. »Ich leite einen Familienbetrieb in dritter Generation. Ich habe Verantwortung für hunderte Mitarbeiter und für ein Unternehmen von Weltniveau. Das ist kein Zuckerschlecken. So eine Aufgabe erfordert Aufmerksamkeit und Disziplin. Aber ich habe mich eben für diesen süßen Fratz aus diesen kleinen Verhältnissen entschieden.« Seine Stimme wurde ungeahnt sanft. »Wenn Sie wüssten, wie sie damals gewesen ist! Wenn Sie sie nur gesehen hätten! Ich wusste, dass sie sich nicht für meine Arbeit interessiert. Dass sie nicht mit Geld umgehen kann – das war mir egal. Sehen Sie, ich bin damit groß geworden, dass Reichtum immer wieder neu verdient und bewahrt werden möchte. Ich war das gewöhnt. Sie dagegen ist mit unserer Hochzeit praktisch über Nacht zu einem Vermögen gekommen und hat es so investiert, wie es ihr richtig erschien.«

»Sie meinen, Ihre Frau hat es verprasst.«

Herr von Berg nickte.

»Jeder, wie er es kann. Hätte sie mir ein Buch gegeben, ich hätte es als Türstopper gebraucht. In meiner Familie hatte niemand Sinn für Literatur. Genauso ging es ihr mit meinem Vermögen. Sie hat nie gefragt, woher es kommt und wie es erhalten werden kann. Sie hat es so verwendet, wie sie es verstanden hat. Und auch wenn ich mich gelegentlich darüber geärgert habe: Am Ende des Tages konnte ich ihr nie einen Vorwurf daraus machen. Nehmen Sie Binz zum Beispiel! Sie glauben gar nicht, was mich ihre kleinen Aufenthalte gekostet haben! Da konnten Monaco und St. Moritz längst nicht mithalten. Jedes Mal, wenn sie hierher fuhr, ließ sie sich vorher von unserem Sekretär ein üppiges Taschengeld auszahlen. Ein paar Zehntausende in bar. Was sie für das Hotel und den Alltag brauchte, hat sie vor Ort geregelt. Die Quittungen brachte sie fein mit zurück nach Hause. Nur dieses Taschengeld – da sprach sie nie drüber, und ich fragte sie nicht danach. Verstehen Sie?«

»Nicht ganz, um ehrlich zu sein.«

»Sie hat es sicher für ihre Liebeleien verwendet. Wofür sonst? Aber ich nahm ihr das nicht krumm. Letztlich hätte sie mit jedem durchbrennen können, aber sie blieb doch bei mir. Auf eine gewisse Weise war sie mir also doch treu.« Auf seinen Lippen lag ein seliges Lächeln, sein Blick schien sich in der Ferne verloren zu haben. Herr von Berg wirkte glücklich und melancholisch zugleich.

Wolff hingegen dachte an das leere Portemonnaie, das er in der Handtasche der Toten gefunden hatte. »Und auch diesmal hatte sie ihr Taschengeld dabei?«

»Nein. Das war es ja gerade, was mich so stutzig machte. Das Geld lag bereit, der Sekretär stand parat –nach all den Jahren gibt es eine gewisse Routine. Aber sie hat es nicht geordert. Als ich davon erfuhr, war ich glücklich. Nicht wegen des Geldes, sondern weil ich dachte, dass sie ihr Leben geändert hätte. Dass sie sich nicht mehr auf einen Liebhaber einließ, dass diese Liebeleien ein Ende hätten. Begeistert reiste ich ihr nach. Nun stellen Sie sich meine Enttäuschung vor, als ich sie hier fand – mit diesem Nimrod.« Tiefe Traurigkeit lag in seinen Augen. »Manche Dinge ändern sich dann wohl doch nicht.«

Schweigend gingen die Männer weiter.

»Hatte sie Familie auf der Insel?«, fragte Wolff unvermittelt.

Herr von Berg zuckte leicht zusammen, als sei er aus einem Traum erwacht.

»Nein«, meinte er. »Nicht, dass ich wüsste. Katharina sprach nie von ihrer Familie. Ich denke, sie wollte nicht daran erinnert werden, woher sie kam. Ihre einfachen Verhältnisse waren ihr peinlich in diesen Kreisen, in denen sie verkehrte. Das fand ich traurig, aber habe es akzeptiert und sie nie nach ihrer Familie gefragt. Aber Sie haben ja Familie!«, rief er plötzlich. »Da rede ich und rede und halte Sie von Ihrer Freundin ab. Die arme Frau dürfte ja eine Angst und Sorge sein.«

Wolff lachte.

»Da kennen Sie Julia aber schlecht. Ich nehme an, dass sie sich einen entspannten Abend gemacht hat und jetzt noch schläft.«

»Tatsächlich? Aber Sie wurden doch gestern von der Polizei abgeführt wie ein Verbrecher. War sie da nicht aufgebracht?«

»Das stimmt schon. Aber sie war wohl eher wütend, dass ihr wieder ein schöner Abend verdorben wurde. Immerhin sind wir im Urlaub. Außerdem weiß sie genau, dass ich mich sofort bei ihr melden würde, wenn ich in ernsthaften Schwierigkeiten stecken würde.« Er sah auf seine Armbanduhr. »So langsam sollte ich mich aber auf den Weg zum Hotel machen. Wenn sie aufwacht und ich nicht da bin, könnte ich sonst wirklich in besagten Schwierigkeiten stecken.« Wolff nahm einen letzten, großen Schluck von seinem Kaffee, der ihm geradezu unerträglich süß in den Mund schwappte. »Wollen

Sie mich begleiten? Sie können doch sicher auch etwas Schlaf gebrauchen.«

Herr von Berg zögerte.

»Da haben Sie recht. Aber ich weiß nicht … Dort erinnert mich alles an sie. Es ist noch so frisch. Und sicher streunt dieser Nimrod dort herum. Ich weiß nicht, ob ich genug Selbstbeherrschung hätte … Natürlich ist mir klar, dass er nicht der Erste war. Ich bin Unternehmer, Leidenschaft ist mir fremd. Und wie heißt es so schön? Die Katze lässt das Mausen nicht. Die Sache war klar. Aber trotzdem hatte ich gehofft, denn letztlich habe ich sie geliebt.«

Herr von Berg sah alt aus, müde und erschöpft. Wolff fühlte sich unangenehm berührt von diesem unerwarteten Geständnis. Er hatte Mitleid mit diesem traurigen, einsamen Mann. Zugleich war er verlegen, weil er von ihm so unvermutet ins Vertrauen gezogen worden war. Die beklemmende Stille, dieser wehmütige Blick, die Lächerlichkeit des hilflosen, reichen Mannes waren ihm peinlich. Er verabschiedete sich eilig und ging.

27. KAPITEL

Er wollte zurück zum Hotel. Es war gerade kurz nach sieben, Julia würde noch schlafen. Wenn er sich ranhielt, könnte er sie wecken und ihr erzählen, was in der vergangenen Nacht geschehen war. Wie Kommissar Steinhagen ihn verhört hatte. Wie ihm Herr von Berg sein Herz ausgeschüttet hatte.

Sie würde ihm Vorwürfe machen – zu Recht. Er hatte es verdient, dass sie ihn rüffelte. Immerhin hatte er ihr ein paar ordentliche Sorgen bereitet. Aber damit war nun Schluss. Wolff hatte reinen Tisch gemacht und dem Kommissar den Einbruch gestanden. Er war straffrei davongekommen. Ihm war es sogar gelungen, Steinhagen davon zu überzeugen, dass Joachim von Berg unschuldig war. Wolff konnte zufrieden mit sich sein. Er hatte viel erreicht.

Trotzdem kam keine richtige Freude in ihm auf. Natürlich, Herr von Berg war auf freiem Fuß. Der Gerechtigkeit war Genüge getan worden. Und mehr noch: Wolffs Nachforschungen hatten bewiesen, dass auch Frau Neuss und Herr Nimrod den Mord an Katharina von Berg unmöglich begangen haben konnten. Jeder, der ihm verdächtig gewesen war, hatte sich zweifelsfrei als unschuldig erwiesen. Alles, was ihn in den vergangenen Tagen umgetrieben hatte, war erledigt. Und doch war da diese Unruhe, diese dumpfe Enttäuschung. Der wahre Mörder war noch nicht entlarvt. Schlimmer noch: Wolff hatte keine Ahnung, wer die Tat begangen haben könnte. Dabei hatte er das unbestimmte Gefühl, dass alle Hinweise, die zu dem Täter führten, längst bekannt waren. Er wusste nur nicht, wie sie zusammenpassten.

»Ach, soll sich Steinhagen drum kümmern«, murmelte er entnervt vor sich hin. Immerhin kam der Kommissar heute noch einmal aus Stralsund rüber. Er würde alle Hotelgäste befragen und neue Schlussfolgerungen ziehen. Wer auch immer der Mörder sein mochte, der Kommissar würde ihn schon finden.

Was aber, wenn nicht? Bislang hatten die Binzer Streifenpolizisten keine gute Figur gemacht, und Steinhagen war auch im Dunkeln getappt. Er war vollkommen darauf versteift gewesen, dass sich Täter und Opfer nicht nur kennen, sondern auch miteinander verwandt sein müssten. Was hatte er gesagt? »In mehr als 95 Prozent aller Mordfälle ...« So hatte er den Ehemann der Toten ins Visier genommen. Wen würde er verdächtigen?

Wolff blieb mitten auf der Hauptstraße stehen. Er konnte nicht gleichzeitig gehen und gut denken. Im Kopf ging er die Namen der Hotelgäste durch: Herr von Berg war entlastet, Frau Neuss und Herr Nimrod ebenfalls. Wenn er Julia und sich herausnahm, blieben die alte Frau Tiberius und der gutmütige Doktor Gruber übrig. Konnte einer der beiden ein heimtückischer Mörder sein? Auf jeden Fall hatten sie nichts mit Frau von Bergs Affäre zu tun. Das Tatmotiv musste woanders liegen. Und zur Familie gehörten sie sicher auch nicht. Der Kommissar würde also mit seiner Herangehensweise nicht viel weiterkommen.

Wolff stutzte. Die Familie – aber natürlich!

Plötzlich hatte er es eilig. Er lief die Straße bis zu deren Ende, dann bog er in die Bahnhofstraße ein – aber nicht zum Hotel, sondern in die entgegengesetzte Richtung. Er folgte dem gewundenen Straßenlauf bis zu einem begrünten Hügel, auf dem, von kahlen Bäumen umstanden, eine Backsteinkirche thronte. Er hastete den geschotterten Weg hinauf. Außer Atem nahm er die letzten Stufen vor dem großen Portal, griff nach der Klinke, drückte sie runter – doch die Kirche war verschlossen. Ärgerlich sah er sich um. Eine zweite Tür war ebenfalls zu. »Wäre auch zu schön gewesen«, meinte er zerknirscht.

Da bemerkte er, wie eine ältere Frau den Weg zur Kirche hinaufkam.

»Sagen Sie, der Pastor ist wohl gar nicht da?«, rief er ihr entgegen.

»Einen Pastor haben wir hier nicht«, sagte die Frau ruhig. »Wir haben nur eine Pastorin.«

»Und wo kann ich die finden?«

Die Frau war bis zu Wolff herangekommen. Sie trug einen Korb unterm Arm, der mit Blumen gefüllt war.

»Um diese Uhrzeit? Das weiß ich nicht. Ab neun können Sie es im Pfarrhaus versuchen. Da ist sie meistens. Aber wenn Sie in die Kirche wollen, kann ich Ihnen aufsperren. Ich mache nämlich den Blumenschmuck, wissen Sie.« Sie deutete auf die Blumen in ihrem Korb.

»Danke, aber ich brauche eher eine Auskunft«, meinte Wolff. »Zu der Gemeinde und den einheimischen Familien quasi.«

»Ach Gott«, meinte die Frau, »da kann ich Ihnen nicht weiterhelfen. Ich bin erst mit dem Ruhestand hierhergezogen. Fast zwei Jahre sind das jetzt. Da müssten Sie wohl doch später ins Pfarrhaus gehen.«

Damit trat sie neben Wolff, zog einen Schlüssel aus dem Korb und schloss die Tür auf. »Wenn Sie reinwollen, gern.

Ich mache trotzdem zu. Das ist mir nichts, wenn die Tür so offen steht.« Damit grüßte sie kurz und zog die Tür hinter sich zu.

Wolff war allein. Wieder sah er auf die Uhr. Es waren noch gute anderthalb Stunden bis neun Uhr. So lange konnte er nicht warten. Ratlos sah er sich um. Wer könnte ihm stattdessen weiterhelfen? Wohin er auch blickte, die Straße war wie ausgestorben. Weiße Häuser reihten sich aneinander. Hotels, Appartements und Ferienwohnungen wechselten sich ab, dazu die kleine Bäckerei, von der Nimrod ihm erzählt hatte.

Wolff stutzte.

»Natürlich«, stieß er aus. »Die Bäckerei!«

Hastig lief er den Hügel hinunter und die Straße entlang. Weit musste er nicht gehen. Schon hinter der nächsten Villa fand er, was er gesucht hatte. Wolff nahm die wenigen Stufen hinauf zu dem Haus, öffnete die Tür und trat in einen kleinen, anheimelnden Verkaufsraum. Alles wirkte wie in einem Dorfladen aus längst vergangenen Zeiten. Die Wände waren hüfthoch gefliest, darüber zog sich eine ockerfarbene Tapete, die sich unter den Ränken verschiedener Blumen verlor, die auf dünnen Borden ruhten. Hinter einer mit Wachstuch bedeckten Theke stapelten sich die Brote in den Regalen. Zwei Tischen standen am Fenster, darauf fanden sich kleine Deckchen, dazu Servietten und Kaffeegeschirr.

Kaum dass Wolff eingetreten war, kam eine junge Frau aus dem Nebenraum. Sie lächelte ihn aus großen, freundlichen Augen an, während sie ihre Hände an einer Schürze abtrocknete.

»Guten Morgen!«, grüßte sie gut gelaunt. »Was darf es denn sein?«

Wolff stockte. Dann trat ein Lächeln auf seine Lippen. Klar, er konnte die Bäckerin schlecht sofort mit seinen Fragen bombardieren – so gern er es getan hätte. Er betrachtete flüchtig die Auslage. So richtig Hunger hatte er nicht, sein Magen schlief noch. Aber da war dieser süßliche Geschmack in seinem Mund, den der Kaffee hinterlassen hatte.

»Ich nehme einen Tee«, meinte er nach kurzem Überlegen. »Und haben Sie etwas Herzhaftes?«

»Wir haben belegte Brötchen. Salami, Saftschinken oder Käse. Möchten Sie Kräuter- oder Früchtetee?«

»Pfefferminz«, antwortete Wolff. »Und gern zwei Salamibrötchen.«

Während die Frau den Tee aufbrühte, versuchte er, mit ihr ins Gespräch zu kommen. Ihm lagen so viele Fragen auf der Zunge, doch wusste er nicht, wie er anfangen sollte. Diese junge und zudem auf eine erfrischend unverfälschte Art sehr attraktive Frau irritierte ihn. Plötzlich fühlte er sich alt und müde. Wo war nur der Schwung hin, mit dem er früher solche Situationen gemeistert hatte? Stell dich nicht so an, ermahnte er sich. Doch es half nichts.

»Sie sind hier zu Besuch?«, fragte die Frau, als sie die Tasse vor Wolff abstellte.

»Ja«, meinte er erleichtert. Das Eis war gebrochen. Sie hatte das Offensichtliche gefragt. Nun konnte er den Faden aufnehmen. »Ja, ich – also wir – wir sind aus Leipzig.«

»Oh, eine schöne Stadt«, meinte die Frau und schob Wolff den Teller mit den Brötchen über den Tresen. Wolff zahlte. Es kam ihm sehr wenig vor.

»Aber hier ist es auch sehr schön. So …« Er suchte nach dem richtigen Wort. »… ruhig.«

Sie lachte. »Weil Sie im November hier sind! Da müssen Sie mal im Sommer kommen, wenn Hochsaison ist. Da platzt Binz aus allen Nähten.«

»Aber Sie kommen von hier?«, erkundigte sich Wolff möglichst beiläufig.

»Aus Göhren. Dann war ich eine Zeit lang in Berlin«, zählte sie auf. »Aber wie das so ist. Das Meer lässt einen nicht los. Und so bin ich wieder hergekommen.«

»Kann ich mir vorstellen«, sagte Wolff. »Ich meine, Sie haben all das hier, was man sonst nur im Urlaub hat. Das Meer direkt vor der Nase …«

»Das schon«, entgegnete die Frau. »Aber wenn Sie irgendwas brauchen, müssen Sie halt nach Stralsund oder Rostock. Das muss man bedenken, wenn man sich entscheidet, hier zu wohnen.«

Wolff nickte zustimmend. Er nahm an einem der Tische Platz und biss in sein Brötchen. Er sah zum Fenster hinaus. Die Straße war immer noch leer. »Aber dafür rückt man sicher umso enger zusammen«, meinte er. »Gerade in einem so kleinen Ort, oder? Da kennt man sich ja.«

Die Frau lächelte. »Das stimmt. Ich habe hier meine Freunde, die Familie in Göhren, dazu die Verwandtschaft von meinem Mann. Und über die Kinder lernt man natürlich auch immer wieder irgendjemand kennen.«

Wolff wusste nicht, wieso, aber als die Frau von ihrer Familie sprach, wurde er traurig. Er dachte an Julia. Waren sie auch so glücklich? Oder nahmen sie sich keine Zeit dafür? Und warum hatten sie eigentlich keine Kinder? Hatten sie dieses Thema so lange für später aufgehoben, dass es unmerklich zu spät geworden war? Nein, das sicher nicht. Es war immer noch Zeit genug, um an Nachwuchs zu denken. Nur würden sie dann älter sein. Dieses junge

Glück, das dieser Verkäuferin aus den Augen strahlte, diese Zuversicht – das würden sie nicht haben. Sie würden abgeklärter sein, aber nicht weniger glücklich.

»Schmeckt es Ihnen?«, fragte die Frau von der Theke herüber und riss Wolff damit aus seinen trüben Gedanken.

»Ja, doch«, beeilte er sich zu sagen. »Aber wissen Sie, es ist schon komisch, so zu frühstücken.«

»Wie meinen Sie das? Weil Sie nicht in Ihrer Unterkunft essen?«

»Nein, eher weil – na ja – ich eben hier privat sitze und Sie drei Meter weiter praktisch im Dienst sind. Da kriege ich ein schlechtes Gewissen, wenn ich Ihnen was vorkaue.«

Sie lachte.

»Ich kann mich ja für einen Moment zu Ihnen setzen, wenn es Ihnen dann besser schmeckt.«

»Ja, das würde es.«

Sie goss sich einen Kaffee ein und kam an Wolffs Tisch. Ihm gegenüber nahm sie Platz.

»Sind Sie das erste Mal hier?«, fragte sie, während sie das Tischdeckchen zurechtrückte.

»Ja«, meinte Wolff.

»Und wie gefällt es Ihnen?«

Wolff holte tief Luft.

»Es ist sehr … also verglichen mit zu Hause … da ist ja alles anders – was natürlich seine gute Seiten hat. Deswegen fährt man ja in den Urlaub.«

»Aha, verstehe.« Sie lachte wieder. »Sie sind erst seit Kurzem hier. Noch gar nicht richtig angekommen, sozusagen.«

»Sozusagen, genau.« Nachdenklich zupfte er an dem Teebeutel. »Und dann diese schreckliche Sache bei uns im Hotel.«

»Ach herrje, Sie meinen doch nicht Katharina von Berg?«, hauchte die Frau. In ihrem Gesicht stand pures Entsetzen.

»Sie wissen davon?«

»Natürlich. Die Zeitung war voll davon! Silke – die wohnt weiter oben Richtung Prora – hat schon gesagt: ›Wie gut, dass gerade Außersaison ist. Das hätte einigen Leuten den Urlaub verhagelt.‹ Daran hab ich gar nicht gedacht. Ich meine, zuerst ist das ja menschlich eine absolute Tragödie.«

»Ja«, pflichtete ihr Wolff bei und biss erneut in sein Brötchen.

»In der Zeitung stand, ihr Mann hätte sie erschlagen oder erwürgt«, fuhr die Verkäuferin fort. »Genau weiß man es noch nicht. Aber es ging wohl um einen anderen Mann. Silke sagte, das wäre schön blöd von der Frau, einen Millionär zu betrügen, wo sie doch das große Los gezogen hatte. Aber ich finde es immer furchtbar, egal wie reich oder arm der Mann ist. So was tut man nicht.«

Wolff sah in ihre offenen Augen. Genau das hätte Julia auch gesagt, ging es ihm durch den Kopf. Sollte er ihr verraten, dass Herr von Berg unschuldig war? Aber nein, das würde nur weitere Fragen nach sich ziehen. Und früher oder später würde sie es aus der Zeitung erfahren.

»Und Sie wohnen auch in der *Villa Doris*?«

Er nickte.

»Dann haben Sie alles hautnah miterlebt?«

»Ein bisschen. Das Unumgängliche halt.«

»Das tut mir leid für Sie!«

»Na ja, geht schon«, meinte Wolff gerührt. »Kannten Sie das Opfer? Sie kam ja aus der Gegend, heißt es.«

Die Frau rührte in ihrem Kaffee herum.

»Ja, das stimmt. Aber ich kann Ihnen nicht sagen, woher genau. Ich bin ja aus Göhren zugezogen. Und in meinem Freundeskreis – nun ja, sie war eher in der Generation meiner Mutter. Also, da war sie kein Thema. Sie ist ja auch sehr früh weggegangen.«

Wolff war enttäuscht. Verlief sich seine Spur gerade im Sand?

»Aber dass sie einen Millionär geheiratet hat, hat sich natürlich trotzdem rumgesprochen«, meinte sie. »So groß ist Binz dann auch wieder nicht. Das soll ein hohes Tier im Holzbau sein – und adlig. In der Zeitung stand, dass er ein Nachfahre der Großherzöge von Berg wäre. Ich weiß nicht, ob das wirklich stimmt. Aber es hat schon was, oder?«

»Ja«, meinte er. »Fast zu schön, um wahr zu sein. Das einfache, einsame Mädel vom Land heiratet den adligen Millionär. Ein modernes Märchen.«

»Na, so einsam war sie ja nicht«, entgegnete die Frau. »Sie hatte doch ihre Familie hier. Wissen Sie das nicht?«

Wolff sah überrascht auf. Er hatte nicht mehr damit gerechnet, dass er irgendetwas herausfinden könnte, das ihm weiterhelfen würde. Umso mehr war nun seine Neugier geweckt. »Sie meinen, Katharina von Berg hat hier noch Verwandtschaft?«

»Ja, natürlich«, meinte sie. »Was denken Sie, warum sie so oft hierherkam? Schön ist diese Geschichte freilich nicht. Stellen Sie sich vor …« Damit beugte sie sich vertraulich über den Tisch. Instinktiv rückte Wolff ihr entgegen. Flüsternd fuhr die Frau fort.

»Nein!«, stieß Wolff aus. »Das ist doch nicht möglich!«

28. KAPITEL

›Heute geschlossene Gesellschaft‹, stand auf dem Schild, das an der Hoteltür hing. Wolff öffnete und fand die Rezeption zu seiner Überraschung unbesetzt. Ehrenstein, der sonst so beflissene Portier, hatte seinen Posten verlassen.

Vor dem Speiseraum fand er Julia. Sie ging unruhig auf und ab. Als sie ihn erblickte, stürmte sie auf ihn zu.

»Da bist du ja endlich!«, hauchte sie an seine Wange. »Steinhagen ist hier, er hat mir alles erzählt. Wir haben es gleich geschafft. Diese eine blöde Befragung, dann haben wir es endlich hinter uns. Du glaubst ja gar nicht, wie erleichtert ich bin!«

»Welche Befragung?«

Bevor sie antworten konnte, öffnete sich die Tür. Felix deutete eine Verbeugung an.

»Kommen Sie? Der Kommissar wartet schon.«

Wolff runzelte die Stirn. Wortlos betrat er den Raum, Julia an seiner Seite. Alle Hotelgäste hatten sich versammelt. In der Ecke saß die alte Frau Tiberius, am Fenster Herr Nimrod, etwas weiter entfernt Doktor Gruber und Frau Neuss. An einem separaten Tisch in der Nähe der Tür hatte sich das Personal zusammengefunden. Wolff hatte die meisten der Angestellten noch nie zuvor gesehen. Er kannte nur die beiden jungen Leute persönlich, Felix und Vanessa, die Kellnerin. Von dem übrigen Personal wusste er nur, was Felix ihm erzählt hatte. Die wuchtige Matrone musste Fräulein Junghans sein, die Madame de Maison. Neben ihr saß ein nicht weniger gewichtiger Mann, der zweifelsohne Herr Wildenbrook, der Chef de Cuisine, war. Ehrenstein stand etwas abseits, ebenso wie die beiden Streifenpolizisten Hennings und Meinecke. Der Direktor Hansen hingegen hatte sich ebenso wie der Kommissar in der Mitte des Raumes aufgestellt. Es waren alle versammelt, stellte Wolff fest.

»Da sind Sie ja endlich, Herr Wolff!«, knurrte Steinhagen etwas ungehalten. »Wo haben Sie sich denn rumgetrieben? Na ja, ist ja auch egal. Hauptsache, wir sind endlich vollständig. Nehmen Sie Platz!«

Wolff und Julia gingen auf den Tisch zu, an dem der Doktor und Frau Neuss saßen.

»Was heißt vollständig?«, meckerte Frau Tiberius. »Der Mörder fehlt noch, der Herr von Berg!«

»Aber ich bitte Sie, meine werte Dame«, beeilte sich Herr Hansen zu beschwichtigen. »So wollen wir nicht von anderen Gästen sprechen. Wir sind gewissermaßen alle eine Familie in der *Villa Doris*.«

Der Kommissar sah erst den Direktor, dann Frau Tiberius scharf an.

»Herr von Berg ist nicht von Belang für die weiteren Ermittlungen.«

»Soll das etwa heißen, dass Sie den Falschen festgenommen haben?«, feixte Herr Nimrod.

Steinhagen wand sich um die passende Antwort.

»Nun ja ...«

»Der Mörder ist noch auf freien Fuß?«, hauchte Frau Neuss. Nervös griff sie nach Doktor Grubers Hand. »Und er war hier – die ganze Zeit über?«

»Da haben Sie ja schön versagt!«, höhnte Frau Tiberius.

»Nun reicht es aber!«, rief der Kommissar wütend. »Ich habe Sie alle hierher beordert, um den Tathergang zu rekonstruieren, ausgehend von dem Abend vor dem Mord an Katharina von Berg. Da die Einzelbefragungen nichts ergeben haben, versuchen wir es einmal so. Wenn ich Sie alle bitten dürfte, Ihre Plätze einzunehmen. Setzen Sie sich dorthin, wo Sie am fraglichen Abend saßen! Herr Hansen, Sie und Ihre Leute bleiben bei der Tür sitzen.«

Es entstand ein Tumult. Stühle wurden gerückt, die Gäste schoben sich murmelnd aneinander vorbei, Frau Tiberius warf dem Kommissar böse funkelnde Blicke zu. Doktor Gruber lachte.

»Ich war ja gar nicht anwesend!«

»Dann fangen wir gleich mit Ihnen an«, erklärte der Kommissar. »Wo waren Sie an diesem Abend gegen acht Uhr?«

»Spazieren«, meinte der Doktor gelassen. »Und falls es Sie interessiert: Es hat mich niemand gesehen, den ich gekannt hätte. Aber das habe ich alles zu Protokoll gegeben.«

»Trotzdem«, blaffte der Kommissar. »Setzen Sie sich irgendwohin und halten Sie sich zur Verfügung.« Er sah sich im Saal um. »Wer war als Erstes hier?«

»Das war ich«, meldete sich Frau Tiberius zu Wort. Mit durchgestrafftem Rücken sah sie den Kommissar aus zugekniffenen Augen an. Ihre Figur verlor sich unter den endlosen Rüschen eines altmodischen Kleides. Ihre behandschuhten Hände ruhten starr auf ihrem Knie. Mehr als je zuvor wirkte sie wie aus einem anderen Jahrhundert entsprungen. »Und ich wiederhole gern, was ich Ihnen bei unserem ersten Gespräch gesagt habe. Ich hätte diese Schickse liebend gern umgebracht, nur um den dämlichen Stuss, den sie den ganzen Tag von sich gab, nicht mehr hören zu müssen. Diese geschmacklose Dirne war mir unerträglich.« Mit einem angedeuteten Nicken wies sie auf ihre Hände. »Ich versichere es Ihnen, nur meine Arthrose hat mich daran gehindert, sie zu erdrosseln. Und ich bin demjenigen, der es stattdessen getan hat, zu größter Dankbarkeit verpflichtet.«

Für einen Moment war es totenstill in dem Raum. Die übrigen Gäste sahen Frau Tiberius fassungslos an.

»Na schön«, meinte der Kommissar schließlich. »Kommen wir zum Nächsten. Wer hat den Saal nach Frau Tiberius betreten?«

»Das waren wir«, meldete sich Julia schüchtern. Steinhagen wollte gerade seine Befragung aufnehmen, da schnitt ihm Wolff kurzerhand das Wort ab.

»Dieses Prozedere können wir uns gerne sparen. Wir sind unschuldig.«

»Na, hören Sie mal! Das haben Sie nicht zu entscheiden. Wer schuldig ist und wer nicht, das bestimme immer noch ich«, fuhr ihn der Kommissar an, doch Wolff blieb unbeeindruckt.

»Ich gebe Ihnen recht, der Mörder ist sicher in diesem Raum. Aber während Sie ihn noch suchen, habe ich ihn schon gefunden.«

Wieder trat eine Stille ein, so vollkommen, dass man eine Stecknadel hätte fallen hören können. Diesmal waren alle Augen auf Wolff gerichtet. Allmählich löste sich die Verblüffung, und die Blicke wanderten zum Kommissar herüber. Der versuchte zu lachen, was ihm misslang.

»So, Sie haben den Mörder gefunden? Haben Sie noch nicht genug von Ihrer dilettantischen Detektivarbeit? Soll ich den Leuten erzählen, wen Sie alles schon verdächtigt haben? Und jetzt wollen Sie den wahren Mörder endlich gefunden haben? Dass ich nicht lache!«, gluckste er hämisch. Er sah sich um, doch niemand fiel in seinen Spott ein. Eine angespannte Stille umgab ihn. Der Kommissar fuhr sich durch das struppige Haar. »Na schön«, meinte er kleinlaut und lehnte sich an eine Tischplatte. Trotzig verschränkte er die Arme vor der Brust. »Dann klären Sie mich auf! Wer soll Ihrer Meinung nach der Mörder sein?«

Wolff schob seinen Stuhl so, dass er dem Kommissar direkt zugewandt war.

»Ich gebe zu, dass ich am Anfang auf dem Holzweg war. Nun ja, der Tod von Frau von Berg hatte uns alle überrascht und entsetzt. Einige von uns mehr, andere etwas weniger.« Er warf Frau Tiberius einen nachsichtigen Blick zu. »Doktor Gruber und ich waren mehr als alle anderen Gäste mit dem Mordfall konfrontiert, weil wir zu der Leiche gebeten worden waren. Der Doktor sollte im Auftrag von Herrn Ehrenstein ihren Tod feststellen, ich begleitete ihn eher zufällig. Ich gebe zu, dass mich der Mord seitdem nicht mehr losgelassen hat. Ich fragte mich, wer ein Motiv haben sollte, eine so grausame Tat zu begehen. Und ich war bei meinen Nachforschungen sicherlich hier und da auf dem Holzweg, wie der Kommissar richtig feststellte. Aber insgesamt durchschaute ich die Zusammenhänge immer mehr, bis ich heute Morgen den letzten, fehlenden Hinweis bekam – ausgerechnet beim Bäcker.«

»Spielen Sie auf mein Alibi an?«, fragte Herr Nimrod nervös. »Ich schwöre, dass ich dort war – egal, was man Ihnen gesagt hat.«

Wolff lächelte.

»Nein, Herr Nimrod, darauf möchte ich nicht hinaus. Mich hat zunächst gar nicht interessiert, wer die Tat hätte begehen können. Ich fragte mich eher, wer überhaupt Frau von Berg umbringen wollte. Und da kamen zu meiner Überraschung einige Namen zusammen. Da war Herr von Berg, der betrogene Ehemann. Er war seiner Frau nachgereist und musste erleben, wie sie ihm vor aller Augen Hörner aufsetzte. Spätabends gab es deswegen einen Streit zwischen den Eheleuten, deren unfreiwillige Zeugen Frau Tiberius und ich wurden.«

»Das stimmt«, meldete sich die Genannte zu Wort. Ihre mehrfach um den Hals gelegte Perlenkette klirrte schwerfällig. »Furchtbar ordinär, sich öffentlich so gehen zu lassen!«

»Alles sprach also gegen Herrn von Berg«, fuhr Wolff fort, »und so war es nicht verwunderlich, dass die Polizei ihn festnahm. Aber war er auch der Täter? Gab es niemand anderen, der Frau von Bergs Tod wünschte?«

»An wen denken Sie?«, hauchte Frau Neuss.

»An Sie, zum Beispiel«, entgegnete Wolff. »Hatte Frau von Berg Ihnen nicht den Liebhaber ausgespannt? Wenn Sie mit Herrn Nimrod in aller Öffentlichkeit kokettierte, demütigte Sie das nicht?« Eh sich die verblüffte Frau Neuss echauffieren konnte, wandte sich Wolff Herrn Nimrod zu. »Und auch Sie hatten eine gewisse Abneigung gegen Ihre Geliebte. Immerhin wollte sie die Affäre beenden und forderte außerdem ihr Geld zurück – Geld, das Sie nicht mehr hatten. Ein zweites, nicht unwichtiges Detail: Auch Sie hatten mit dem späteren Mordopfer kurz vor ihrem Tod einen Streit.«

Nimrod rutschte nervös auf seinen Stuhl herum.

»Aber deswegen bringe ich doch niemanden um!«, rief er fahrig aus. »Außerdem habe ich ein wasserdichtes Alibi.«

»Das stimmt«, bestätigte Wolff. »Sämtliche Verdächtige sind mehr oder weniger entlastet. Sie, Herr Nimrod, mussten nach dem Streit mit Frau von Berg fürchten, dass sie sich ihrem Mann anvertrauen und er die Auslagen seiner Frau zurückfordern würde, notfalls auf dem juristischen Weg. Diese Misere haben Sie abgewendet, indem Sie frühmorgens aus dem Hotel geflüchtet sind. Als Frau von Berg ermordet wurde, befanden Sie sich bei dem genannten Bäcker. Erst später kehrten Sie zurück, um Ihr in der Panik zurückgelassenes Gepäck abzuholen. Da erfuhren Sie von dem Mord und entschieden sich zu bleiben. Warum auch nicht! Alles andere hätte Sie nur verdächtig gemacht.«

Nimrod nickte.

»Ja«, meinte er leise. »So war es – auch wenn ich nicht stolz darauf bin.«

»Und was ist mit mir?«, rief Frau Neuss aufgebracht. »Ich bin nicht weniger unschuldig als er.«

»Das stimmt«, pflichtete Wolff ihr bei. »Leider hat die Polizei übersehen, dass Frau von Berg nicht nur kaltblütig ermordet wurde, sie wurde auch beraubt. Sämtliches Bargeld aus ihrem Portemonnaie wurde entwendet. Und das hatten Sie, Frau Neuss, nicht nötig.«

»Ganz bestimmt nicht«, meinte sie halb empört, halb zufrieden.

»Und Herr von Berg ebenso wenig. Der Mörder von Frau von Berg hat einen entscheidenden Fehler gemacht. Durch seine Habgier hat er sämtliche Verdächtige entlastet. Aber wer war es nun? Was trieb ihn an? Wie konnte er bis jetzt unentdeckt bleiben?«

»Ja«, knurrte der Kommissar. »Das würde mich auch interessieren. Also kommen Sie endlich auf den Punkt!«

Wolff hob besänftigend die Hände. »Die Habgier des Täters hat nicht nur alle anderen Verdächtigen entlastet, sondern uns auch das Motiv für den Mord gegeben. Es ging um Geld. Sehen Sie, Herr von Berg erklärte mir, dass seine Frau üblicherweise mit recht viel Bargeld nach Binz reiste. Es ging um mehrere 10.000 Euro. Er dachte, dass sie damit ihre Affäre finanzierte, und nahm es hin. Aber von Herrn Nimrod weiß ich, dass er nur mit ein paar 100 Euro ausgehalten wurde. Das stimmt doch?«

Nimrod nickte zerknirscht.

»So eine Krähe!«, murmelte er. »Sitzt auf dem großen Geld und fordert von mir diese lumpigen Peanuts zurück.«

»Im vergangenen Jahr lief das anders«, fuhr Wolff fort. »Diesmal aber hatte sich so einiges verändert. Sie, Herr Nimrod, brachten mich darauf. Frau von Berg liebte den Jetset und das leichte Leben. Sie gönnte sich Liebhaber und ging sorglos mit dem Geld um. Warum auch nicht? Durch ihre Heirat war sie zu einigem Reichtum gekommen. Und ihr treu ergebener Ehemann ließ sie gewähren. In diesem Jahr aber änderte sich alles.«

»Wie das?«, platzte der Doktor neugierig heraus. Verlegen sah er sich um, doch er blieb dabei. »Mein guter Freund, nun machen Sie es nicht so spannend!«

»Es ist recht einfach. Sie stellte fest, dass sie alterte.«

Frau Tiberius lachte höhnisch auf.

»So etwas Dummes habe ich ja noch nie gehört!« Ihre Kette klickte kalt. »Wir alle werden tagtäglich älter und Frauen nun einmal viel mehr als Männer. Wenn sie das nicht gewusst hätte, wäre sie wirklich meschugge gewesen.«

»Älter werden wir alle, ja«, meinte Wolff. »Aber das Altern ist etwas anderes, das passiert in Schüben. Es sind kleine Dinge, die einem das Älterwerden bewusst machen. Beim Laufen geht einem plötzlich die Puste aus, die Hose passt nicht mehr, der Rücken schmerzt häufiger, die Finger versteifen. Bei Frau von Berg waren es die Augen. Sie wurde alterssichtig und zwar so sehr, dass sie auf eine Lesebrille angewiesen war. Das wollte sie nicht hinnehmen. Die Augen sollten operiert werden. Und das war nicht alles: Sie wollte den Kampf gegen das Altern aufnehmen und so manch bequeme Gewohnheit aufgeben. Sie wollte sich verändern – und zwar radikal. Einige Entscheidungen traf sie dabei sehr spontan. So beendete sie ihre Affäre mit Herrn Nimrod abrupt und überraschend. Andere Entscheidungen hatte sie vor Wochen geplant.«

»Das ist ja alles schön und gut«, bemerkte der Kommissar. »Aber warum erzählen Sie uns das alles? Frau von Berg hatte also Probleme mit dem Altern. Was hat das aber mit ihrer Ermordung zu tun?«

»Ganz einfach. Ihre Entscheidungen veränderten nicht nur ihr Leben, sondern auch das von anderen Menschen. Und so ergab sich das Motiv für den Mord.«

»Ich weiß nicht, wie es den anderen geht, aber ich kann Ihnen nicht folgen«, gestand Frau Neuss. »Von welcher Entscheidung sprechen Sie?«

»Sie erinnern sich, dass Frau von Berg für gewöhnlich eine große Summe Bargeld mit nach Binz brachte? Nun, in diesem Jahr reiste sie ohne dieses Geld an.«

Frau Neuss zuckte mit der Schulter.

»Vielleicht hat sie die Kartenzahlung entdeckt«, meinte sie sarkastisch. »Ich kann sowieso nicht verstehen, warum man sich heutzutage mit größeren Summen Bargeld belasten sollte.«

»Bargeld hat die angenehme Eigenschaft, relativ unbemerkt von einem zum anderen wandern zu können«, erklärte Wolff. »Genau darum ging es Frau von Berg offenbar. Es sollte nicht herauskommen, wofür sie das Geld verwendete. Ihr Ehemann glaubte, dass sie damit ihre Affären finanzierte. Aber in Herrn Nimrod investierte sie eine deutlich geringere Summe. Wofür verwendete sie das Geld tatsächlich?«

»Nun?«, drängte Julia. »Du machst es aber wirklich spannend, Stefan!«

»Es muss etwas mit Binz zu tun haben. Sie nahm nur dann Bargeld mit, wenn sie hierherkam. Felix!« Der Student zuckte zusammen. »Sie haben mir vor ein paar Tagen einen kleinen Einblick in die finanzielle Situation des Hotels gegeben. Wie war das? Ein zweites Hotel sollte eröffnet werden, aber das klappte nicht.«

»Ja«, meinte Felix. »Oben in Lohme.«

»Und seitdem fährt das Hotel auf Sparflamme. Der Seitenflügel bekommt nicht die dringend notwendige Reparatur, das Personal wurde reduziert – aber trotzdem halten Sie sich, Herr Hansen, geschickt über Wasser.«

Der Hoteldirektor räusperte sich verlegen. »Gutes Management«, raunte er heiser.

»Oder waren es eher die kleinen Finanzspritzen, die Frau von Berg alljährlich beisteuerte? Bar natürlich, damit es die Behörden nicht merkten?«

Alle Augen richteten sich auf den Direktor. Dessen Wangen erröteten vor kaum unterdrückter Empörung.

»Na, hören Sie mal! Das ist eine unerhörte Unterstellung!«

»Aber dann wollte sich Frau von Berg erneuern und von alten Verpflichtungen befreien«, fuhr Wolff unbeeindruckt fort. »Und deshalb entschied sie sich, Ihr Hotel nicht weiter zu finanzieren. Sie haben natürlich versucht, sie zu bereden. Und als alles Bitten und Flehen nichts half, schlug Ihr Lamentieren in blanke Wut um. Sie ermordeten Frau von Berg. Dann durchsuchten Sie ihre Suite nach dem Geld, das sie aber nicht mitgebracht hatte. Also nahmen Sie zumindest die Scheine, die sich in ihrem Portemonnaie fanden, an sich. Ich gebe zu, es war der fast perfekte Mord. Als Hoteldirektor hatten Sie natürlich einen Schlüssel für alle Zimmer im Haus. Und dass Ihre Fingerabdrücke überall zu finden sind, ist auch verständlich. Aber in einer wichtigen Sache haben Sie sich geirrt – ebenso wie Frau von Berg übrigens auch: Selbst in bar lässt sich Geld verfolgen.«

Hansen starrte Wolff mit offenem Mund an.

»Herr Kommissar«, stammelte er schließlich. »So tun Sie doch etwas! Diese Verdächtigung ist ungeheuerlich.«

Steinhagen zögerte.

»Herr Wolff, ich weiß nicht recht.« Er kratzte sich an seinem stoppeligen Kinn. »Haben Sie denn Beweise für diese ziemlich wilde Spekulation?«

Wolff lächelte.

»Wir haben beide einen großen Fehler gemacht, Herr Kommissar. Wir haben den Mörder nur unter den Gästen gesucht und das Hotelpersonal außen vor gelassen – allen voran den Direktor. Oder haben Sie da jemals ein Alibi überprüft?«

Der Kommissar sah ihn griesgrämig an. »Ich verstehe Ihre Theorie nicht. Warum sollte Frau von Berg in dieses Hotel investieren?«

»Genau!«, rief Hansen erhitzt. »Und warum hätte ich einen so lieben Gast – einen Stammgast noch dazu – ermorden sollen? Das ergibt überhaupt keinen Sinn!«

»Oh, die Antwort ist einfach«, räumte Wolff mit einem schmalen Lächeln ein. »Sie wollte gar nicht investieren. Für finanzielle Angelegenheiten hat sie sich nie so richtig interessiert. Aber Sie, Herr Hansen, sind sie geradezu angegangen um Geld. Immer wieder, Jahr für Jahr. Denn so kühl und distanziert Frau von Berg auch war, hatte sie doch eine nostalgische Schwäche für Rügen und Binz. Sie war hier geboren und aufgewachsen. Und auch wenn sie inzwischen in der großen Welt zu Hause war, zog es sie hierher zurück. Und das haben Sie ausgenutzt!«

»Aber wie könnte ich …«, brauste der Direktor auf.

»Weil Sie ihr Bruder sind!«, rief Wolff aus. Die Gäste um ihn herum, aber auch Hansens Mitarbeiter sahen ihn sprachlos an. »Der Mädchenname von Katharina von Berg ist Hansen. Ihre Heimatliebe ging so weit, dass sie jedes Jahr kam, sogar in Ihr Hotel. Aber die Verbundenheit reichte wohl nicht aus, um sich offen zu Ihnen zu bekennen.«

Der Direktor stand völlig reglos, aus zusammengekniffenen Augen stierte er Wolff an.

Steinhagen aber runzelte die Stirn.

»Ist das wahr? Warum hat uns Herr von Berg nichts davon erzählt?«

»Weil er es nicht wusste«, sagte Wolff. »Als er seine Frau kennenlernte, war sie bereits verheiratet und hatte ihren Mädchennamen abgelegt. Sie hat ihn im Dunkeln über ihre Herkunft gelassen, weil sie selbst gegenüber ihrem so verständnisvollen Mann nicht ihre Scham darüber verwinden konnte, aus so einfachen Verhältnissen zu stammen. Zuerst hat sie Ihnen sicher bereitwillig unter die Arme gegriffen, Herr Hansen. Aber als sie es mit der Zeit leid wurde, haben Sie sie erpresst. Ihr Schweigen gegen ihr Geld. Katharina von Berg zahlte – damit ihr Mann nicht erfuhr, woher sie kam. Aber dann wollte sie mit dieser lästigen Verpflichtung brechen – und hat völlig unterschätzt, wie sehr Sie inzwischen auf ihre Zuwendungen angewiesen waren. Und was Sie zu tun bereit waren.«

»Du kleiner Schnüffler«, presste Hansen mühsam hervor. Der massige Mann setzte sich plötzlich in Bewegung. Mit hochrotem Kopf stürzte er angriffslustig auf Wolff zu. Schon hatte Hansen seine Hände erhoben, um sie im nächsten Moment um Wolffs Hals zu legen. Doch da warf sich ihm der Kommissar in den Weg. Mit einer ruckartigen Bewegung drehte er sich zur Seite, sodass Hansen in die ihm entgegengehaltene Schulter lief. Obwohl Steinhagen deutlich schmächtiger war, hielt er dem Koloss stand. Hansen taumelte, als wäre er gegen einen Felsen geprallt, und verlor das Gleichgewicht. Er fiel zu Boden, und schon war Steinhagen über ihn.

»Herr Hansen, ich verhafte Sie wegen des dringenden Verdachts auf Erpressung, Mord und Raub. Hennings, Meinecke – übernehmen Sie!«

Die beiden Polizisten halfen Hansen auf die Beine. Er schäumte vor Wut, als Hennings ihm Handschellen anlegte.

»Direkt nach Stralsund mit ihm«, meinte Steinhagen, während er sich das Hemd zurechtrückte, das durch das Handgemenge durcheinandergeraten war. »Da wird sich der Haftrichter freuen.« Er sah den beiden Polizisten nach, wie sie Hansen abführten. Noch immer stand der Kommissar mitten im Speisesaal, während die anderen um ihn herum fassungslos die Szene beobachteten.

»Haben wir den Fall endlich gelöst«, murmelte er zufrieden vor sich hin. »Das heißt …« Er wandte sich zu Wolff um. »Ich glaube, ich muss mich bei Ihnen entschuldigen.«

Wolff erhob sich.

»Keineswegs«, meinte er und streckte ihm die Hand aus. Steinhagen ergriff sie.

»Düvel ok«, lachte er, »dass mir aber auch ausgerechnet ein Grundschullehrer die Butter vom Brot nimmt, da komme ich wohl mein Lebtag nicht drüber!«

EPILOG

»Und, spürst du es schon?«

»Was genau sollte ich denn spüren?«

Julia lehnte sich zurück. »Na, wie sich die Verspannung löst. Du hast doch die Frau gehört. Deine Muskeln lockern sich, und deine ausgelaugte Haut regeneriert.«

Wolff hob seine Hand aus dem Bad. Er betrachtete seine Finger, die langsam schrumpelig wurden. »So ausgelaugt bin ich gar nicht.«

»Doch«, beharrte sie. »Das merkst du bloß nicht. Aber hinterher hast du ein anderes Gefühl in deiner Haut. Der Honig versorgt sie mit Feuchtigkeit und die Sahne – ja, die Sahne ist auch für irgendwas wichtig.«

Wolff war wenig überzeugt.

»Ich komme mir vor wie eine Backzutat«, meinte er deprimiert, aber sie ließ sich nicht darauf ein.

»Das ist die Kleopatra-Packung, das muss so sein.«

»Ich wette, das kriegt man hinterher ewig nicht runter. Da stehst du dann bestimmt endlos unter der Dusche und schrubbst dir den Honig ab, damit du dir nicht die Klamotten einsaust. Ich seh's schon kommen.«

»So, mein Freund, jetzt hast du genug gemeckert«, befand Julia. »Ich bin nämlich völlig verspannt nach der ganzen Aufregung und mir auch nicht zu fein, das zuzugeben. Und ich möchte mich wenigstens für eine halbe Stunde wie Kleopatra fühlen. So lange wird der Herr wohl seinen Schnabel halten können!«

Damit schloss sie die Augen und atmete langsam tief ein und aus. Das Wasser um ihre Brüste wellte sich mit jedem Atemzug. Fernöstliche Musik flötete aus den Deckenboxen. Wolff war langweilig. Er griff nach dem Sektglas, das neben der Wanne stand, und leerte es in einem Zug. Er verstand nicht, warum es hier kein Bier gab. Nachdenklich stellte er das Glas auf seinem Bauch ab. Das klatschende Geräusch riss ihn aus seinen Gedanken. Er hob das Glas, setzte es wieder auf – immer wieder gab es ein helles Klatschen. Schließlich tauchte er das Sektglas in das Wasser ein. Es verschwand in dem milchigen Weiß, bis er es wieder aus dem Wasser zog. Er überlegte, welcher Cocktail wohl eine solch cremige Farbe hatte. Dabei drehte er das Glas langsam um, wobei das Wasser auf seine Brust plätscherte.

»Bei Ihnen ist alles in Ordnung?«

Erschreckt fuhr Wolff herum. Hinter ihm stand die Frau in der Tür, die sie in das Bad geführt hatte.

»Ja, klar«, meinte Wolff verlegen und stellte das Glas an den Wannenrand. Die Frau schien nicht überzeugt, fragte aber nicht weiter nach.

»Mit dir blamiert man sich bis auf die Knochen«, stellte Julia fest, nachdem die Frau gegangen war. »Kannst du nicht für einen Moment ruhig sein und entspannen?« Wieder schloss sie die Augen und atmete tief ein und aus.

»Was machst du da eigentlich?«, fragte Wolff, um das Thema zu wechseln. »Gehört dieses komische Atmen dazu?«

»Ach Gott, das lernt man beim Yoga. Du atmest sechs Sekunden lang tief ein, dann hältst du zwei Sekunden die Luft an und atmest wieder aus, vier Sekunden lang. Oder auch sechs? Egal, auf jeden Fall unterstützt das die Entspannung. Du kannst ja morgen mit zu dem Kurs kommen. Jetzt, wo der Spuk vorbei ist.« Ihr Gesicht verfinsterte sich. »Das war aber auch eine wirklich furchtbare Sache. Diese Frau …«

»Mir tut sie eher leid.«

»Diese schreckliche Person?«, staunte Julia. »Mir hat sie schon nach einem Abend gereicht. Sie hat sich unmöglich benommen!«

»Ich finde, sie war eher eine tragische Figur. Mit ihrer Herkunft konnte sie nichts anfangen und mit dem Reichtum auch nicht. Sie war eigentlich nirgendwo zu Hause, hat sich immer nur verstellt. Wenn sie hier war, hat sie ihre Verwandtschaft geheim gehalten, und da draußen in Monaco und sonst wo – da war sie oberflächlicher als alle anderen, wenn man ihrem Mann glauben darf. Sie hat immer nur eine Rolle gespielt.«

Julia runzelte die Stirn.

»Nun werde mal nicht psychologisch! Ich finde es auf jeden Fall sehr beruhigend, dass der wahre Mörder hinter Schloss und Riegel sitzt. Und dass jetzt endlich der Urlaub anfängt. Ja, mein Held«, lachte sie und spritzte dabei Wolff ins Gesicht. »Da brauchst du gar nicht erst nach einer Ausrede zu suchen. Jetzt fängt die Erholung an, ob du willst oder nicht. Morgen gibt es also Yoga, dann geht es in die Biosauna …« Wolff warf ihr einen schmerzerfüllten Blick zu, doch sie ließ sich davon nicht erweichen. »Sie bieten auch ein tolles Moorbad an. Ach«, seufzte sie. »Stell dir mal vor, wir könnten das für immer haben!«

Er ließ das weiße Wasser von seiner Hand tropfen. »Na, zum Glück hat unser Urlaub irgendwann ein Ende.«

»Und was, wenn nicht?«, fragte sie und sah ihn dabei mit forschendem Blick an.

Er verstand nicht recht. Skeptisch lächelte er.

»Aber irgendwann müssen wir doch zurück.«

»Ja, aber was, wenn nicht?«, fragte sie wieder. »Was, wenn wir einfach hierbleiben würden?«

»Was?« Er traute seinen Ohren nicht. War das ein Scherz?

»Ich habe dir doch schon mal gesagt, dass ich mir ein Leben hier vorstellen könnte. Und du hast auch von der Ostsee geschwärmt. Wie war das: die offene Weite, die ungezähmte Natur ...«

»Aber das bedeutet doch nicht gleich, dass ich hier wohnen möchte!«, rief er empört aus.

»Was spräche dagegen? Wir sind doch recht flexibel, oder? Ganz ehrlich, was hält uns in Leipzig?«

Er überlegte kurz.

»Die Verantwortung«, meinte er schließlich mit festem Ton.

»Wofür?«, kicherte sie spöttisch. »Für einen Affenbrotbaum? Den könnten wir samt Übertopf genauso gut auch hier aufziehen.«

»Ich habe einen Job!«, warf er ein, aber sie ließ sich davon nicht überzeugen. »Denkst du nicht auch, dass es auf Rügen auch Kinder gibt? So schwer kann das doch nicht sein zu wechseln. Klar, es ist ein anderes Bundesland, aber bei dem aktuellen Lehrermangel ist doch bestimmt so einiges möglich.«

»Und was ist mit deinem Job?«

»Ach«, wehrte sie lachend ab, »hier gibt es auch genügend ältere Leute, die gepflegt werden müssen. Mach dir da mal keine Sorgen.«

Er sah sie lauernd an. »Du meinst das wirklich ernst, oder?«

»Natürlich«, antwortete sie leichtfertig. »Überlege doch mal! Das wäre ein neues Kapitel in unserem Leben.«

»Aber so etwas entscheidet man doch nicht spontan«, warf er ein. Da zog sie einen Schmollmund, der sich aber gleich wieder auflöste.

»Weißt du was – wir sind ja noch eine Woche hier. Viel länger brauchst doch nicht mal du, um spontan zu sein. Denk nur, wie aufregend das wird!«

Ächzend sank er in die Wanne zurück. Er hörte sie noch »Neuanfang« und »fabelhaft« sagen, dann war er unter Wasser und vernahm nur noch ein dumpfes Rauschen. Und da spürte er sie mit einem Mal: die entspannende Wirkung der Kleopatra-Packung.

Anne Nørdby
Rot. Blut. Tot.
Thriller
512 Seiten, 13,5 x 21 cm,
Premium-Klappenbroschur
ISBN 978-3-8392-0430-6
€ 17,00 [D] / € 17,50 [A]

»Da war der Wolf. Er kam jede Nacht. Nebelgrau, mit
gelben Augen und mächtigen Pfoten. Er konnte seine
Krallen durch den Stoff seines Hemdes spüren. Sie
drangen in ihn ein. Der ganze Wolf drang in ihn ein ...«

Nach 30 Jahren Haft kehrt ein entlassener Mörder
in seine alte Heimat auf die Insel Møn zurück. Alle
wissen, was der „Wolf von Møn" damals getan hat.
Als Leichen mit brutal auseinandergerissenen Kiefern
auftauchen, beginnt für die Super-Recognizerin Marit
Rauch Iversen und ihre Kollegen von der Kopenhage-
ner Mordkommission eine Menschenjagd.

GMEINER SPANNUNG

WWW.GMEINER-VERLAG.DE
Wir machen's spannend

DIE NEUEN

GMEINER KULTUR

WWW.GMEINER-VERLAG.DE
Mensch, Kultur, Region